Tussen Lewe en Dood

Marsofine Krynauw

Malherbe Uitgewers Publikasie

Outeur: Marsofine Krynauw
Voorbladontwerp: Ria Richards

Geset in Franklin Gothic Book 11pt

Hoofstuk 1

"Môre oupa se roosknop. Het jy lekker geslaap?"

"Ja, ek het oupa. Gaan ons nou van ouma se lekker pap eet, daardie wit pap wat sy op die stoof maak?" vra die vyfjarige Elyna waar sy op haar oupa se skoot sit.

"Ja, ek is reeds besig met julle twee se pap," antwoord Imke waar sy voor die houtstoof besig is.

"Tag, Imke, dit is darem maar wonderlik om elke dag te begin met ons klein roosknop hier by ons. Ek wens Claude en Camille wil dit nou ernstig oorweeg om hulle ook permanent hier op Duwiseb te kom vestig."

"Gunther, jy moet ook verstaan sy familie en landgoed is in Frankryk. Dit sal seker nie vir hom so maklik wees om net hierheen te immigreer nie."

"Sy ouers leef tog nie meer nie, dit is net sy suster, en sy het haar eie lewe. Dit sal tog meer vir ons as grootouers beteken om ons kleindogter te sien groot word hier op Duwiseb. Net soos haar mamma, sal ek haar leer perdry."

"Ja, Frankryk is nou ook nie net om die draai nie, dit sal wonderlik wees om hulle almal hier te kan hê. Ek wonder hoe gaan dit daar met die stappery in die Visrivier canyon?"

"Ek is seker dit sal goed gaan, hulle is albei fiks en dit is mos nie 'n gevaarlike roete nie. Al wat dalk hulle kan pla is die hitte, want die tyd van die jaar raak dit mos maklik daar veertig grade in die dag."

"Elyna, dink ouma se roosknop nie ook julle moet liewer hier by ons op die plaas kom woon nie?"

"Ja, ja, dit sal baie lekker wees. Dan kan ek saam met oupa na die perde kyk en met ouma die hoenders se eiers uithaal. Dit is vir my baie lekker om hier op die plaas te kuier."

Camille is Gunther en Imke se dogter. Nadat sy haar graad in Landbou behaal het, het sy op 'n toer na verskillende lande gegaan om meer te gaan leer oor boerderymetodes daar. In haar omswerwinge het sy Claude Boudin, 'n Fransman, op 'n wynplaas in Frankryk ontmoet. Hulle het verlief geraak en is getroud. Dit was baie swaar vir Gunther en Imke dat hulle dogter so ver woon, maar hulle moes dit maar later aanvaar. Nadat Elyna gebore is, het dit net nog moeiliker vir hulle geword. Hulle sien haar net elke tweede jaar vir die maand wat Claude en Camille kom kuier.

Sy het baie diep in hulle harte gekruip met haar borrelende geaardheid. Daar is skielik net meer lewe hier op Duwiseb. Met haar koperrooi krulhare, lewendige groen ogies en rinkellaggie kleur sy hulle almal se lewens elke dag in. Sy dartel oor die plaaswerf, dan is sy in die kombuis, en dan weer by die stalle. Soms dwaal sy oor na die ou Kasteel wat 'n toeriste aantreklikheid is en ook op die plaas geleë is. Daar kan sy vir ure ronddwaal en speel. Heel verlief op die oud wêreldse gebou.

"Oupa, vertel my weer die storie van die kasteel asseblief?"

"Kom ek vertel vir jou, oupa se roosknop. Baie lank gelede, in die vorige eeu was daar oorlog hier tussen die Namas, Heroes en koloniale regering, wat toe nog Duits was. Daar was 'n jong baron wat in hierdie omgewing teen die Namas en Herero's geveg het. Sy naam was Hans-Heinrich von Wolf. Hy het baie lief geword vir hierdie area en na die oorlog het hy vir hom hier op Duwiseb 'n perdestoetery gevestig. Toe gaan hy bietjie met vakansie

2

terug na Duitsland en terwyl hy daar is raak hy verlief en trou met 'n Amerikaanse meisie.

Hy besluit toe om vir sy nuwe bruid 'n kasteel hier op Duwiseb te laat bou en dit gebeur ook so. 'n Man met die naam Wilhelm Sander, was net die man vir die werk. Hy was 'n argitek en was reeds ook die man wat die kastele in Windhoek geteken en die bouwerk daarvan suksesvol laat gebeur het. Daar is drie kastele in Windhoek naamlik Heinitzburg, Schwerinsburg en Sanderburg wat sy eie kasteel was.

Die kasteel is gebou en kort daarna het Von Wolf en sy vroutjie besluit om weer na Duitsland te gaan om 'n volbloed hings daar te gaan aanskaf vir die stoetery. Hulle is weg Duitsland toe.

Terwyl hulle daar was breek die Eerste Wêreld oorlog egter uit. Hy het gevoel hy moes sy deel vir sy land doen en sluit weer aan en gaan veg. Nie lank in die oorlog in nie, sterf hy in 'n skermutseling. Sy vrou het nooit weer teruggekeer na die destydse Suidwes-Afrika nie. Die splinternuwe kasteel en perde stoetery was net so agtergelaat. Baie lank daarna is die plaasgedeelte verkoop aan 'n ander eienaar en die kasteel is verklaar tot monument. Dit is baie hartseer, want die Von Wolfs het nie vir lank hulle pragtige kasteel bewoon om dit te kon geniet nie. Vir baie jare is ons nou al so gelukkig om die plaas Duwiseb ons eie te noem. Soos Von Wolf boer ons ook met perde en skape en die kasteel is ons bevoorreg om hier reg op ons drumpel te hê om die skoonheid daarvan te geniet."

"Dit is so hartseer oupa ... die arme tannie wat nie eers in haar kasteel kon woon nie. Dit is baie, baie mooi vir my."

"Dit is baie hartseer my kindjie, maar die lewe is soms maar so. Ons is gelukkig om hier te kan woon en mamma dat sy hier kon grootword."

3

"Ja, by ons huis is dit net druiwe, druiwe en nog druiwe. Daar is nie so baie dinge om te doen soos hier by oupa-hulle nie. En as die druiwe ryp is, pluk hulle dit en gaan dit na die kelder en daar stink dit net."

Gunter en Imke lag uit hulle mae vir klein Elyna. Sy trek haar pragtige gesiggie op 'n plooi en kreukel haar neusie om haar misnoeë met die stinkende kelder te wys.

"Dit is nie al nie, dan is daar van die werkers wat baie stout is en hulle eie wyn maak daar in die lande. Hulle begrawe 'n sak met druiwe en dan vrot dit en raak dit wyn. Dan drink hulle dit en raak dronk en praat vreeslik baie nonsens. Oupa kan maar vir pappa vra, dit is waar," vertel sy ewe kordaat.

"Ai oupa se kind, ja die werkers klink my of hulle baie stout is. Ek glo jou. Pappa raak seker baie kwaad as hulle so baie nonsens praat."

"Hy raak, hy raak sommer so rooi in sy gesig en wil hulle net neuk," reageer sy. Imke moet net keer of sy proes van die lag vir die kind se onskuldige weergawe.

"Nou ja, julle pap is gereed, kom ons eet gou, dat ons die dag kan aanvat."

Terwyl Elyna haarself geniet op die plaas by ouma en oupa is Claude en Camille in verwondering oor die natuurskoon van die Visrivier canyon. Dit is hulle tweede dag en hulle is vuur en vlam om aan die gang te kom. Dit is die tweede maal dat Camille die roete stap. Sy het dit in haar matriekjaar saam met 'n groep mense gestap. Hierdie keer is dit vir haar meer besonders omdat sy al die natuurskoon met Claude kan deel.

Hierdie vyf en sewentig kilometer roete het al baie mense bekoor en sommige kom net weer-en-weer terug. Die roete begin by Hobas en eindig by die toeriste-oord Ai-Ais wat bekend is vir sy warmwaterbronne. Buiten dat dit 'n besonderse roete is, is dit ook 'n uitdaging vir elke stapper wat dit aandurf. Stappers moet alles wat hulle nodig mag kry, saamneem. Dit sluit nie net hulle kos en water in nie, maar ook 'n grondseil, matrassie, slaapsak, bio-afbreekbare seep en 'n graffie. Die stappers is almal bewus dat hulle so veilig as moontlik moet beweeg, want hier in die canyon is geen selfoon opvangs nie. Daar is ook net twee plekke waar mens uit die canyon kan kom in noodgevalle. So jy moet ten alle tye wakker en paraat wees.

Voor hulle die roete kon aandurf moes hulle fiks verklaar word deur 'n geneesheer. Gelukkig is hulle albei baie sportief en fiks.

Die eerste dag het hulle die steil daling in die canyon in aangevat. Dit is so steil dat hulle met die gebruik van kettings afgeklim het tot by hulle oornag punt wat by Spoorkop is.

"Gister was seker die moeilikste deel?"

"Ja, my liefste, dit was. Daardie afklim is vrek steil, maar tog ook so die moeite werd."

"Beslis, ek het nog nooit soveel kleure en teksture van verskillende rotse gesien in my lewe nie. Dit is pragtig. Dan natuurlik gisteraand se bad in die rivier, dit was hemels na die verskriklike hitte van gister."

"Dit was wonderlik en dan die stilte en die visarend wat ons met sy pragtige roep gisteraand met sononder vermaak het. Vandag lê daar weer nuwe avontuur voor. Ons sal beslis 'n paar maal die rivier oorsteek vandag. Net voor ons uitspan vanaand kry ons die Drie Susters en dit is waar daar 'n baie rotsagtige gedeelte voorkom."

Die dag verloop goed, buiten dat dit nog warmer as die vorige dag is met 'n temperatuur van vyf en veertig grade. Hulle bereik die rotsagtige gedeelte twee ure voor hulle by hul beplande uitspan plek kom. Claude en Camille is net agter die leier van hulle groep wanneer hulle begin klouter oor die rotse. Claude klim oor die rots en sit sy voet op 'n graspol neer en die volgende oomblik gryp hy na sy been.

Camille wat reg agter hom is, sien hoe hy steier en op 'n rots gaan sit en sy enkel vashou. Sy haas haar om by hom te kom en trap op dieselfde graspol waarop hy minute gelede geland het. Die volgende oomblik sien sy die mamba. Voor sy egter kan reageer, voel sy die brandpyn in haar kuit en momenteel besef sy wat met Claude gebeur het, het nou ook met haar gebeur. Sy steier en land langs Claude wat inmekaar getrek van pyn is. So in haar val, waarsku sy.

"Slang, julle, ons is gepik. Pasop!"

Die leier stol in sy spore. Hy kan dit nie waag om ook gepik te word nie. Die res van die groep kom ook tot 'n halt bo-op die rotse en sien die mamba wat nou kordaat en steeds aanvallend regop staan. Hulle sien ook hoe Claude en Camille nie eers twee meter van waar hulle staan lê en in hewige pyn verkeer. Almal van hulle besef dat hierdie twee mense dit nie lewendig sal maak tot by hulp nie. Hulle is twee dae se stap in die canyon in. Een van hulle sal moet uitklim en dan hulp ontbied. Omdat die mamba neurotoksiese, dun vinnigwerkende gif het, sal dit reeds te laat wees teen die tyd wat die persoon uit die canyon uitgeklim het.

"Nee, nee, nee! Dit is 'n swart mamba, hulle gaan albei sterf. Dit is verskriklik," weeklaag een van die meisies wat die tragedie staan en aanskou.

"Julle, ons moet kalm bly. Dit is so, hulle gaan albei sterf en dit is tragies. Al wat ons nou kan doen is om onsself te beveilig. Ons sal moet wag en kyk presies in watter rigting die slang wegbeweeg en dan na die anderkant moet afklim."

"Wat gaan aan julle, kan julle vir Claude en Camille sien?" roep Francois wat die leier is.

"Ja, ons kan. Hulle is deur 'n mamba gepik en albei besig om te sterf. Hoe wreed dit nou ook al klink, daar is niks wat ons vir hulle kan doen nie. Ons sal wag om te sien waarheen die slang seil en dan so ver moontlik in die ander rigting afklim."

Binne die volgende uur sterf Claude en Camille daar by die Drie Susters in die Visrivier canyon, terwyl hulle mede-stappers magteloos moet toekyk en niks kan doen vir hulle nie.

Die res van die groep haas hul nou om by hul oornag plek te kom. Almal is tot stilte geskok en oë is op die grond om te verhoed dat een van hulle dieselfde lot teëkom.

"Julle kan uitspan, ek sal uitklim en die kamp laat weet van die tragedie. Dit is voorwaar die eerste maal in my lewe dat ek 'n slang in hierdie canyon raakloop. Vader alleen weet vanwaar hy gekom het."

Dit is net na tien die aand, Gunther en Imke slaap reeds as hulle deur die dringende gelui van die telefoon in die sitkamer gewek word.

"Wie is so onnodige en bel die tyd van die nag?" vra Gunther ongeduldig.

"My man, jy weet as die telefoon hierdie tyd van die nag lui, kan dit niks goeds voorspel nie, gaan, gaan hoor," por Imke hom aan. Sy is meteens wawyd wakker en kyk na klein Elyna waar sy op 'n matrassie voor haar bed rustig slaap. Sy lyk soos 'n engeltjie, so pragtig. Kyk net hoe waaier daardie koperrooi lokke van haar oor haar kussing.

"Nee, nee dit kan nie waar wees nie!" hoor sy haar man in die sitkamer uitroep en weet daar is groot fout iewers. Sy spring uit haar bed en storm na die sitkamer.

Daar vind sy hom, met die gehoorstuk nog in sy hand, spierwit in die gesig en trane wat oor sy wange stroom.

"Gunther! Gunther, my man, wat is verkeerd? Wat het gebeur? Wie het gebel?" rammel sy die vrae af.

"Hulle is dood ... hulle is albei dood!"

"Wie? Wie is dood? Praat met my!"

"Claude en Camille..." Hy uiter die woorde terwyl hy homself regop dwing, want hy weet, sy vrou sal hierdie tragiese nuus nog moeiliker vat as hyself.

"Nee! Nee! Nee ... Vader! Nee, Vader, sy kan nie dood wees nie..." kerm sy en word dan flou in Gunther se arms.

Hy neem haar na die spaarkamer om nie vir klein Elyna te steur nie. Vader, wat van hierdie kindjie? Hoe kon sy albei haar ouers so saam verloor het? Dit is verskriklik. Help ons, help ons net hierdeur.

Hoofstuk 2

Die volgende dae is gevul met trauma van die tragiese dood van Claude en Camille. Eers die hele drama om die lyke uit die canyon te kry en daarna al die reëlings om Claude se familie in kennis te stel en hul begrafnisse te reël. Albei word op Duwiseb in die familiebegraafplaas daar begrawe. Claude se familie het hom laat veras en 'n gedeelte van sy as neem hulle saam met hul terug en die ander deel word saam met Camille begrawe.

Die families is dit gelukkig almal eens dat dit die beste vir Elyna sal wees om by haar grootouers op Duwiseb groot te word. Vir haar word die hele trauma versag deur die feit dat sy by haar ouma en oupa is en so mal is oor Duwiseb. Gedurende die dag neem Gunther haar oral saam. Dit help hom om te vergeet van sy dogter se tragiese dood op so 'n jong ouderdom. Sy was maar net vier en dertig jaar oud.

"Oupa, weet my mamma en pappa dat ek hier naby hulle is?"

"Hulle weet, my roosknop. Jy kan maar weet as ons so oor die plaas ry, jou mamma is oral hier. Dit was haar geliefde plek. Sy het wanneer sy met vakansie was, elke aand oor hierdie grasvlaktes gery met haar perd. Haar teenwoordigheid is oral hier."

"Oupa, is hier nie ook sulke giftige slange soos die wat vir mamma en pappa dood gepik het nie?"

"Hier is definitief, my blom, maar jy hoef nooit bang te wees nie. Ou Foksie is baie wakker en hy sal ons waarsku as daar 'n slang naby is. Hy sal sy bes doen om ons te beskerm. Op die werf sal hulle nie sommer kom nie, want sien, daar is die katte. Slange hou nie van katte en sulke bedrywighede soos daar is nie."

"Okei, dan is ek bly. As ek eendag groot is gaan ek ook soos my mamma elke dag met die perd in die veld in ry. Dan sal ek ook vir Foksie saam vat, hy sal my mos beskerm."

"Hy sal beslis, maar buiten dat hy jou sal beskerm, sal ons hemelse Vader jou ook beskerm."

"Ja, net soos Jesus die mense in die boot op die kwaai see beskerm het, nè Oupa?"

"Net so, my roosknop."

Twee jaar later moet Elyna skool toe gaan. Gelukkig is Maltahöhe nie so ver nie. Dit is net een en tagtig kilometer en gelukkig is Gunther junior se dogter al twaalf en ook daar in die koshuis. Sy sal na Elyna omsien in die week, en naweke kom hulle Duwiseb toe.

"Ek gaan baie na Ouma en Oupa verlang."

"Ons sal ook na jou verlang en jou baie mis. Maar gelukkig is jy net vir vier slapies weg, en dan is jy weer op die plaas. Oupa belowe as jy 'n groot meisie is en nie huil nie, begin ons jou sommer die naweek al leer perdry. Wat dink jy daarvan?"

"Dit sal lekker wees. Ek sal nie huil nie. Lida is mos daar en sal mooi na my kyk."

Gunther en Imke moet maar albei die trane terug sluk. Dit is vir hulle baie, baie swaar om haar hier in Maltahöhe te los, al is dit nie ver nie en al kom sy oor 'n paar dae weer plaas toe. Vandat haar ouers so tragies gesterf het twee jaar vantevore, is sy die lig in almal van hulle se lewens.

Getrou aan sy woord begin Gunther haar leer perdry op Vonk daardie heel eerste naweek na die skool begin het.

Vonk was altyd haar moeder se perd. Hy is 'n volbloed Arabier met 'n wonderlike temperament.

"Mamma sal darem vreeslik trots op jou wees as sy weet jy gaan haar perd ry. Ons sal jou mooi leer."

"Dankie, Oupa. Ek wil net so goed soos my mamma wees. Sy het so baie bekers met perdry gewen in Frankryk."

"Ja, my roosknop, ek dink perde is maar in ons Schmidt's se bloed. Jou oom Gunther is net so 'n voorslag ruiter en nou ook Lida. Een van die dae kan jy saam met Lida oor die vlaktes ry."

Dit gaan van die begin af klopdisselboom, net soos oorlede Camille het Elyna ook nie 'n bang haar op haar kop nie en huiwer geen oomblik om op Vonk te klim as Gunther haar help nie. Gunther junior en Lida is toeskouers en leun teen die omheining aan.

Gunther hou die leisels vas en lei haar in die oefen arena, sy sit kierts regop en geniet haarself. Op haar gesiggie is die vreugde duidelik sigbaar. Elke nou en dan hoor hulle net daardie bekende rinkellaggie wat so eie is aan Elyna.

"Sy geniet haarself vreeslik, Pappa. Sy is glad nie bang nie."

"Jou tannie Camille was dieselfde. Van die oomblik wat sy op 'n perd se rug beland het, was sy op haar gelukkigste. Daardie suster van my het geen ander vermaak nodig gehad nie, as sy rondom perde was, was sy gelukkig."

"Mis Pappa haar baie?" vra Lida bekommerd.

"Ja, ek mis haar. Sy was nog so jonk en vol lewenslus. Al het hulle so ver gebly, het ek steeds geweet dat ek haar weer sal sien. Nou is dit so leeg en finaal. Ek sien so baie van haar in Elyna. Dit is 'n groot troos vir my."

"Pappa, ek dink ook dat dit makliker vir Elyna is om met haar ouers se dood te deel omdat sy hier by ons almal is. Sy weet hoe lief haar mamma vir Duwiseb was en dat sy oral hier op die plaas herinneringe gemaak het. Ek dink dit laat Elyna nader aan haar voel. Sy het nou die dag vir my gevra of haar mamma ook in die koshuis was waar ons is. Gelukkig weet ek tannie Camille was ook daar. Dit is vir haar 'n troos."

"Dit is goed so. Ja, by al die seer en gemis is daar steeds dinge waaroor ons kan dankbaar wees, my kind. Ek is ook dankbaar dat jy daar is om haar te help en dat sy nie alleen oor die weg moet kom in die koshuis nie. Wanneer jy hoërskool toe gaan oor twee jaar, sal sy al lekker aangepas het."

"Pappa, kyk, Oupa laat sowaar al vir Vonk met haar draf en sy is steeds nie bang nie. Sy is voorwaar 'n brawe meisie."

"Miskien, maar ek dink dit is omdat sy Schmidt-bloed het. Jy was ook van die begin af glad nie bang nie. Jou moeder wou die piep kry daardie eerste maal wat ek jou op 'n perd getel het. Vandag lag sy net daaroor."

Die jare snel verby en Elyna ontpop in 'n pragtige jongmeisie. Net soos haar moeder raak sy nie baie lank nie, maar is atleties gebou. Sy het die mooiste bene en van al die aktiwiteite waaraan sy deelneem, nie 'n greintjie vet aan haar lyfie nie. Haar koperrooi haardos is die een ding wat almal altyd eerste raaksien. Tydens haar hoërskooljare het menige seuns op haar verlief geraak. Sy is nie net pragtig nie, maar het ook daardie sprankelende borrelende persoonlikheid. Waar sy is, is almal altyd gelukkig. Sy blink uit in atletiek, tennis en haar groot liefde, wat perdry is. Die seuns hou sy op 'n afstand en is met almal maats. Gelukkig het sy altyd 'n verskoning as een van hulle haar uitvra.

"Ek het werklik nie tyd nie, namiddae doen ek sport en saans moet ek leer."

Daar word ook geen spasie gelaat vir redenasie nie. Sy was vandat sy hoërskool toe gegaan het nog altyd onder die top drie in haar klas, en almal weet dat sy haarself so dryf.

Soms nooi sy van haar maats vir 'n naweek saam Duwiseb toe om op te maak vir haar anti-sosiale leefwyse as sy by die koshuis is. Dan word daar gebaljaar en perdgery en neem Gunther junior hulle om te gaan bergklim. Nou dat sy eie dogter op Universiteit is en hy haar baie mis, sien hy uit na die naweke wat Elyna haar maats plaas toe nooi.

Oupa Gunter weier dat die tieners alleen gaan bergklim, en Gunther junior gaan altyd saam. Na wat met Claude en Camille gebeur het jare gelede kan hy sekerlik ook nie sy vader kwalik neem dat hy so versigtig is as die kinders die berge in gaan nie.

Lida en Elyna het 'n baie hegte verhouding en vakansietye geniet hulle dit om vir ure te gesels en saam perd te ry.

"Elyna, jy het nou voorwaar ontpop in 'n jongvrou. Ek is so trots om te hoor hoe goed jy op skool doen en dan nog so uitblink in sport."

"Dankie Lida, dit is seker maar in ons gene, want oom Gunther vertel my gereeld van al jou prestasies op universiteit. Aan skoonheid ontbreek jy ook nie. Daardie jongmanne baklei sekerlik vir jou aandag."

"Ag, Elyna jy is nog net so snaaks soos altyd. Ek het 'n paar mansvriende, maar hulle moet maar eers bietjie tweede viool speel. Ek is mos daar om te leer. Die jool is altyd pret, jy sal sien as jy universiteit toe kom. Daarna moet 'n mens maar kop neersit en werk. Daar is nie onderwysers wat jou die hele tyd voer met 'n lepeltjie nie. Wat van jou, is daar nog nie 'n spesiale outjie nie?"

"Nee, ek het ook nie nou al tyd vir daardie dinge nie. Dit is nou eers tyd om te leer. Ek het baie seuns- en meisievriende en jou pa het jou seker al vertel hoe ons die plaas naweke kan omkeer as ons hier is. Hy gaan altyd saam met ons bergklim. Oupa weier selfs nou dat ek in matriek is dat ons alleen mag gaan."

"Ek verstaan dit, hy is baie besorg oor jou. Jou ouers se dood het hom baie erg geruk – eintlik vir ons almal en sekerlik vir jou net so al was jy nog so jonk."

"Daarvan gepraat, ek het myself belowe ek gaan sodra ek een en twintig is terug na die canyon om die plek op te soek waar hulle gesterf het. Buiten dat ek graag die uitdaging wil aanvat om dit te stap, wil ek net een maal in my lewe staan op die plek waar hulle so vroeg in hulle lewe saam gesterf het. Ek is baie dankbaar vir julle almal en veral vir Oupa en Ouma, steeds dink ek dit sal my vrede in my hart gee."

"Ek kan dit verstaan, as dit is hoe jy voel, moet jy dit doen. Ek kan jou net nou al waarsku dat Oupa veral jou sekerlik gaan probeer keer omdat hy jou daar nie sal kan beskerm nie."

"Ek sal mooi met hom praat en ek hoop werklik dat hy sal verstaan dit is iets wat ek wil doen vir myself."

"Dit sal my geensins verbaas as hy gaan probeer om my pa om te praat om saam met jou te gaan nie."

"Nee, ek sal weier dat hy dit doen. Dit is iets wat ek alleen moet doen."

"Gelukkig is daar nog drie jaar voor jy mondig word, so laat ons ons nie nou al daaroor bekommer nie. Ek dink ons albei moet nou net rus en die plaas geniet. Gaan jy saam, ek wil so teen vyfuur gaan perdry. Daardie gevoel van die wind in my hare het ek ontsettend gemis. Daardie gevoel van vryheid oor die vlaktes met die Swartrandberge wat oor my waak."

"Wat vra jy nog, ek gaan natuurlik saam met jou ry. Alhoewel ek baie meer gereeld as jy ry, weet jy mos dat ek nooit genoeg op die rug van 'n perd kan wees nie."

"Dan is dit afgespreek. Ek wil gou gaan kyk of ek vir Mamma met middagete kan help. Sien jou dan later."

"Dankie vir die geselsie, ek het jou gemis, Lida. Sien later."

Lida se gedagtes is by haar en Elyna se gesprek van flussies as sy by haar moeder in die kombuis instap.

"As jy so half in gedagte lyk, my blom?"

"Ek het met Elyna gesels. Sy is werklik 'n pragtige meisiekind. Ek dink tog sy mis haar ouers soms."

"Hoekom sê jy so my kind. Sy was dan net vyf toe hulle oorlede is. Dit is al byna vyftien jaar gelede."

"Mamma, sy was nog altyd 'n baie intelligente kind. Sy het my nou vertel dat sy beplan om wanneer sy mondig word die plek te gaan opsoek waar haar ouers gesterf het. Sy is baie lief vir ons almal, dit weet ek. Tog onthou sy haar ouers en daar is daardie leemte in haar hart. Sy glo dat sy dalk sal kan afsluiting kry, soort van 'n vaarwel."

"Ai, die kind. Jy is reg, mens het net een paar ouers en hulle was 'n baie gelukkige gesin. Albei Claude en Camille het vir haar gelewe. Ek onthou hoe hulle haar altyd hulle prinses genoem het. Dan het sy daardie rinkellaggie van haar gegee en hulle albei so om die nek geval."

"Ons is so gelukkig om hier op Duwiseb te woon, ons is lief vir mekaar en dra mekaar. Ek kyk en luister baie na my maats op universiteit en daar is sovele male onenigheid tussen hulle en hul ouers. Dit is asof hulle nie respek het vir hul ouers nie. Wanneer ek met hulle gesels oor die plaas en ons familie, dan kyk hulle my aan asof ek van Mars af kom. Hulle kan nie glo dat ek so lief is vir my ouers en grootouers nie. Van die Bybel en ons Vader, moet ek glad nie eers waag om te praat nie. Ek dink dit is hartseer dat kinders in stede so ondankbaar teenoor hulle ouers is en geen verhouding met hul ouers het nie."

"My blom, ons is ook dankbaar vir jou en ons familie hier. Jy dink anders as hulle omdat jy naby die natuur groot geword het, en weet hoe afhanklik ons van ons Vader is vir elke dag se voorsiening. Julle twee meisies maak ons almal so trots. Ek is seker Elyna sal net so uitblink op universiteit. Sy wil mos 'n argitek gaan word."

"Ja, ek wonder nog altyd waar dit vandaan kom."

"Kom ek vertel jou – van haar eerste besoek saam met haar ouers aan Duwiseb toe sy net drie jaar oud was, het die kasteel haar al gefassineer. Oupa het toe vir haar die geskiedenis van die kasteel vertel en sy was dadelik verlief op daardie storie. Elke keer daarna wat hulle kom kuier het uit Frankryk, moes oupa weer vir haar die verhaal vertel. Sy het elke keer geluister asof sy nog nooit die storie vantevore gehoor het nie. Dit is waar haar liefde vir argitektuur sy oorsprong het. Ek dink oupa het al toe sy net hoërskool toe gegaan het kom vertel, Elyna wil 'n argitek word."

"Dit is interessant en net Elyna se karakter. Sy het besluit en staan daarby. Ek dink sy sal 'n wonderlike argitek wees, sy is baie kreatief."

"Ja, beslis. Ek is meer bekommerd oor wat jou oupa se reaksie gaan wees as hy hoor sy wil teruggaan na die Visrivier canyon. Ek dink nie hy gaan so ingenome daarmee wees nie."

"Dit is presies wat ek vir Elyna gesê het. Sy is egter vasbeslote, maar kom ons bekommer ons nie nou al daaroor nie. Daar is nog byna drie jaar oor voor sy mondig word."

"Jy is reg my kind. Geniet julle twee nou eers julle welverdiende rus. Julle gaan ry seker vanmiddag perd?"

"Reg geraai, Mamma. Sal ek vir Pappa gaan roep vir middagete?"

"Ja, asseblief. Hulle is besig om skape te ent, en dan verloor hy tred met die tyd."

Sy drentel na die krale om haar vader te gaan roep, met 'n intense tevredenheid wat in haar hart rus.

Hoofstuk 3

Later daardie jaar word Elyna aanvaar by Stellenbosch Universiteit om haar droom te gaan bewaarheid om argitek te word. Niemand van haar familie het een sekonde getwyfel dat sy aanvaar sou word nie. Sy is vir die laaste jaar bo aan haar klas en haar wiskunde punte is die beste in die hele skool.

"Elyna, baie geluk, volgende jaar kan ons saamry Stellenbosch toe. Jammer dat ek nou nog net vir een jaar saam met jou sal ry, maar dit sal tog lekker wees," reageer Lida op die nuus dat sy aanvaar is.

"Dit sal lekker wees, alhoewel ek 'n eerste jaartjie sal wees en jy 'n senior, sal dit tog lekker wees om te weet ek is nie alleen daar nie. Dit laat my dink aan toe ek skool toe gegaan het op Maltahöhe, en jy soos 'n moeder hen my beskerm en versorg het. Ek weet regtig nie hoe erg dit vir my sou wees as jy nie daar was nie."

"Ek onthou dit goed, dit was vir my lekker om na jou om te sien."

"Ja, waar het die tyd gegaan, ons klein Elyna is byna klaar met skool en op pad universiteit toe. Daarna sal jy seker eers die wêreld invaar soos jou moeder om te gaan kyk wat in ander lande aangaan. Julle Schmidt-meisiekinders wil mos altyd in alles die beste wees en seker maak dat julle werk nie by enige ander land se mense s'n sal afsteek nie. Ek hoop net jy kom trou darem met 'n Namibiër. My ou hart sal dit nie hou as nog een van my kinders oor die water gaan trou en bly nie."

"Ag, liefste Oupa, ek belowe ek sal nie oor die water gaan bly nie. Ek is hopeloos te lief vir Duwiseb en my land. Ja, gaan verkenning doen en kennis opdoen oor ander lande se argitektuur, dit sal ek beslis graag wil doen. Dit is ook net daar wat dit sal stop, ek belowe."

Almal is baie ingenome met Elyna se belofte. Dit is asof hulle na Camille se dood die begeerte het om net al hul geliefdes onder een dak te hou. Wie kan hulle ook verkwalik?

"Buitendien, het ek nog baie tyd om te trou, want Lida moet nog haar hospitaaljaar doen en volle kwalifikasie as dokter behaal. Ek glo dan sal sy eers begin dink aan trou, en ek kan immers nie voor haar trou nie."

"Elynatjie, laat jou oom jou vertel, as die liefde kom, kom hy soos 'n groot nood. Jy sal dit nie kan keer nie en hy sal hom nie laat voorskryf om te wag vir iemand anders wat moet klaar leer nie," lag Gunter junior.

"Oom Gunther, ek sal bitter graag wil baie seker maak ek het die regte maat as ek die dag trou. Ons het die wonderlikste voorbeeld in julle hier op Duwiseb, en al was ek so jonk toe my ouers oorlede is, onthou ek ook hoe gelukkig hulle was. Ek wil ook dit hê en as ek daarvoor moet wag, dan moet ek wag."

"Netso, Elyna, ek stem met jou saam. So 'n belangrike besluit moet mens baie tyd aan spandeer en baie seker maak. Ons weet mos ons het 'n Vader wat ons sal wys," lewer Lida kommentaar.

"Ag nee wat ons kan ons Vader net dank vir twee meisiekinders soos julle. Ons het niks om ons oor te bekommer nie. Julle twee se koppe is reg aangesit, ouma se blomme. Al probleem is, julle het net te vinnig grootgeword. Ek sou julle nog so bietjie langer wou klein hou en nou is julle albei al nooiens."

"Ouma, ons sal albei altyd terugkom na Duwiseb, hier op die oop grasvlaktes in die Swartrandberge se skadu's het ons albei ons hart al verloor toe ons baie jonk was. Dit is ons plek," stel Lida haar gerus.

"Elyna, het jy al begin kyk na jou rok vir die matriekafskeid?" vra Lida.

"Nog nie regtig nie, ek raak skoon moeg as ek net na my vriendinne luister. Dit is salon afsprake vir naels en hare en ontwerpersrokke en hul metgesel se hemp wat dieselfde kleur moet hê. Dan eindig dit nie daar nie, dan kom die vreeslike duur motor wat gehuur moet word met 'n persoonlike nommerplaat. Nee, o, nee!"

"Ja, die hele affêre het oor die afgelope jare ontaard in 'n gedoente wat byna groter as 'n troue is," reageer Beate, Lida se moeder.

"Tannie Beate, dit is net so. Ek dink dit is heeltemal onnodig en 'n vermorsing van geld. Ek is vas oortuig dat tussen Ouma en tannie sal julle vir my net so 'n pragtige rok aanmekaar kan sit. As ek natuurlik my sin kon kry sou ek maklik in my formele rydrag daar opgedaag het op Vonk."

"Hoekom verbaas dit my glad nie," lag Gunther senior en die ander lag saam. Hulle ken haar net so, nie vol fieterjasies nie.

"Maar vir die geleentheid sal jy sekerlik moet 'n maat saam neem, kind?"

"Ja, Ouma, daar het al van my seunsvriende gevra of ek saam met hulle sal gaan. Ek dink tog ek begin hou nou al hoe meer van die idee van die perde en perdry drag. Miskien moet ek vra wie van hulle bereid sal wees om dit saam met my aan te vat en dan het ek mos my antwoord op alles. Wat dink julle daarvan?"

"Elyna, ek dink dit is 'n briljante en unieke idee. Dit is nou as jou metgesel vir jou ook 'n perd in Windhoek gereël kan kry."

"Maklik, Lida, ek gaan ry gereeld saam met tannie Zelda Maritz perd, sy sal haar perd vir my gratis en verniet leen. My kampioenskap-rydrag het niemand nog gesien nie, want ek het dit net in Duitsland gedra. My baadjie is mos in 'n swaelstertsnit. So, my metgesel kan dan net ook 'n swart swaelstertbaadjie huur as hy nie een het nie en 'n rybroek en stewels sal hy wel hê."

"Jy het dit klaar uitgewerk, kan ek sien. Wat van 'n deftige hoed vir die jongman, want ek dink nie jy moet daardie pragtige koperkrulle van jou bedek nie," las Gunther junior aan.

"Sy by my kool, dit lyk my dat jy tot jou oom oortuig het van jou idee," lag oupa Gunther.

"Oupa, maar kyk so daarna, dit is absoluut 'n wen-wen situasie vir Oupa en vir my. Oupa hoef nie 'n klomp geld uit te gee op 'n rok en al die ander nonsens nie. Verder hoef ek nie my te bekommer dat ek sal op daardie loopplank val omdat ek hoë hakskoene moet dra nie."

"Ja, ek onthou nog hoe uitgestres ek was oor daardie versimpelde loopplank waarop almal moet loop as hulle aankom. Ek dink jy het hier 'n wenplan beet. Nou moet jy net die seun kry wat bereid is om dit saam met jou aan te pak."

"Dit glo ek sal nie te moeilik wees nie. Is dit dan so afgespreek Oupa en Ouma, kan ek dit maar so doen?"

"Elyna, as dit is wat jy wil hê, dan doen jy dit so. Jy moet gemaklik en gelukkig wees," antwoord Imke. Die ander beaam dit en daarmee is die besluit geneem.

Terug by die skool in Windhoek, praat haar maats van die aanpassery en afsprake voor die matriekafskeid en sy is as af en dood stil.

"Elyna, wat van jou, hoekom is jy so stil? Is jou rok al klaar en gaan jy jou hare laat doen, of wat gaan aan dat jy niks praat nie?" vra Ava haar vriendin.

"Julle ken my tog al teen die tyd, al daardie gedoentes is nie vir my nie. Ek gaan nie my hare laat doen nie. Ek is mos gelukkig om krullerige hare te hê, verder sal julle maar moet wag en sien."

"Dit is sekerlik haar Franse bloed wat haar so geheimsinnig maak," laat Mindie hoor.

"Miskien is dit – ek wil tog nooit daarvan beskuldig word dat ek vervelig of voorspelbaar is nie," lag sy.

"Het julle al almal maats waarmee julle saamgaan?" vra Ava. Die meisies reageer almal met blink ogies dat hulle het. Weereens is dit net Elyna wat nie antwoord nie.

"Elyna, ek glo nie vir een oomblik dat niemand jou gevra het nie," bars Ava uit.

"Ek het dit ook nie gesê nie ... ek moet nog besluit wie van die seuns wat my gevra het, die beste by my idee sal inpas. Dit is maar al."

"Nou het jy ons vrek nuuskierig. Gee ons tog net 'n idee, wie maak jou rok en wat is die kleur?" Kan Mindie nie haar nuuskierigheid hou nie.

"Nee, daar is nog net drie weke om te wag, so daar moet tog die verrassingselement ook wees. Ons weet mos nou al reeds dat julle almal ontwerpersuitrustings gaan dra, die hele dag tussen nael- en haarsalonne gaan rondhardloop en met duur, blink motors met persoonlike nommerplate hier gaan aankom. So, ek sal dan die verrassingselement wees."

Daardie selfde middag net voor studietyd begin gesels sy met Sven Günzel om te hoor of hy bereid is om by haar plan vir die matriekafskeid in te val. Hulle is al jare vriende en Sven is ook 'n kampioenruiter.

"Hel, Elyna Boudin, jy is briljant. Niemand anders sal hieraan gedink het nie en die ander meisiekinders is oor die kop geslaan met *designer dresses*. Natuurlik, ek is in. My metgesel sal in elk geval steeds die mooiste wees *designer* rok of te nie. Watter kleur is jou baadjie?"

"Myne is rooi, en joune?"

"Ek het 'n swarte. Het jy 'n perd, of moet ek vir jou een reël?"

"Ek sal sommer tannie Zelda Maritz vra of ek vir Flair kan gebruik. Ek ry gereeld op hom. Hy is 'n pragtige blonde skimmel Arabier."

"Uitstekend, ek het ook 'n Arabier, maar 'n grys skimmel een. Dit gaan bevange lyk. Moet ek 'n *Ball* keil dra?"

"Dit sal darem erg spoggerig wees, Sven. Baie dankie dat jy bereid is om by my uitspattige idee in te val."

"Ek dink glad nie dit is uitspattig nie, ek dink dit gaan uitsonderlik wees. Ons gaan beslis die trofee vat vir oorspronklikheid, daarvoor gee ek jou 'n brief. Ek is nou opgewonde."

"Hou dit asseblief ons geheim. Ava, Mandie en die ander wil dood van nuuskierigheid omdat ek nie saam praat oor die rokke en hare en naeldoenery nie. Hulle vrek ook om te weet saam met wie ek gaan."

"Ek belowe, my mond is geseël. Man, as my mamma nog geleef het, sou sy darem trots op jou gewees het, Elyna. Sy was ook 'n vrou wat dinge anders gedoen het as ander vroue. Ek mis haar geweldig."

"Ja, ek is seker jy doen. Julle was baie naby aanmekaar en dit is nog nie eers 'n jaar dat sy oorlede is nie. My herinneringe is baie vaag, want ek was mos net vyf toe my ouers oorlede is. Tog is ek oneindig dankbaar vir my grootouers en ander familie. Dat ek op Duwiseb kon grootword, dit is seker een van die grootste voorregte in my lewe."

"Ja, dit is 'n mooi plaas. Ek het my naweke daar nog net altyd geniet. Dankie dat jy my gekies het om mee saam te gaan, ek waardeer dit opreg. Die ander meisiekinders se koppe is net te vol muisneste."

"Dit is presies ook hoekom ek saam met jou gaan, ons is vriende en daar is nie allerhande ander nonsens om oor te bekommer nie."

Twee tevrede jongmense gaan na die studiesaal daardie middag.

Drie weke later is die groot aand van die matriekafskeid. Die koshuis is in rep en roer soos meisies voorberei vir die aand. Van Elyna is daar geen spoor nie, maar sy is rustig waar sy is. Halfses trek daar 'n bakkie met 'n dubbele sleepstal op die rugbyveld van WHS op. Niemand anders is bewus van die gebeure daar nie. Ongesteurd klim Sven en Elyna uit. Tobias, Sven se vader, maak die deure van die sleepstal oop en gaan in om die twee perde uit te lei vir die kinders.

Binne minute is hulle op die twee Arabiere en op pad na die hek waar die matrieks deur inbeweeg. Oral staan mense wat nuuskierig is om te sien waarmee vanjaar se matrieks gaan aankom. Baie verbaas gewaar hulle die twee ruiters op die blonde en grys skimmel Arabier perde.

Die meisie se pragtige koperrooi hare val soos 'n waterval oor haar skouer waar sy vier en trots in die saal sit en haar rooi swaelstert baadjie se punte op die skimmel se rug rus. Die blonde jongman lyk net so deftig en statig in sy swart swaelstert baadjie. Hulle het albei wit rybroeke aan en daarby swart rystewels wat in die son blink. Op sy blonde haardos pryk 'n swart Bolkeil.

24

Wanneer hulle in die atletiek-arena in beweeg, gaan daar 'n hoorbare dreuning van verbaasde uitroepe van die paviljoen se kant af op. Hulle kyk vir mekaar en glimlag tevrede met die wete dat niemand dit verwag het nie.

"Wie het ons hier?" kom die Seremoniemeester se stem oor die klankstelsel. Niemand kan hom reghelp nie, want niemand weet nie.

"Wel, wie dit ook al is ... julle twee is voorwaar uniek, pragtig en so statig. As ek nie van beter geweet het nie sou ek my verbeel ek is aan die Franse hof met sulke twee professionele ruiters. Baie welkom."

Die onderwyseres wat langs die seremoniemeester staan, erken vir Elyna aan haar koperrooi hare en besef dat die seun seker Sven Günzel moet wees, want hulle is al jare vriende.

"Dit moet Elyna Boudin en Sven Günzel daardie wees. Hulle is albei kampioenruiters en dit maak net vir my sin dat hulle so iets sal doen."

"Wel, Juffrou Blaauw glo sy weet wie ons misterieuse paartjie is. Dit is Elyna Boudin en Sven Günzel! Baie geluk julle twee met julle oorspronklikheid."

Reg voor die paviljoen bring hulle hul perde tot stilstand en klim af. Sven neem Elyna se hand en lei haar na die loopplank. Met net soveel grasie as een van die Franse dames aan die hof stap sy oor die loopplank tot waar Sven haar inwag.

"Elegant en asemrowend, Elyna," fluister hy as hy haar hand neem om haar met die trappe af te help.

Die paviljoen en gaste wat reeds op die gras staan is almal aan die praat oor die twee kinders se oorspronklike idee en hoe pragtig hulle lyk. Hulle sluit by hul maats aan op die gras.

"Liewe hemel, Elyna en Sven, ek is verstom en julle het voorwaar almal aan die praat met julle idee," reageer Ava eerste.

"Nie net dit nie, so sonder moeite steel hulle die kalklig van ons wat maande voorberei het en rondgehardloop het om die beste te lyk," las Mindie by.

"Jammer julle, ek kan ongelukkig geen eer hiervoor vat nie, dit is ons briljante Elyna se idee en dit het sowaar gewerk," lag Sven tevrede. "Elyna wou gemaklik voel en nou voel sy nie net gemaklik nie, sy lyk ook nog so pragtig."

"Dankie, Sven. Ek moet sê julle rokke lyk almal pragtig, maar ek sal die rok-gedoente maar vir my troue los eendag. Vir nou is ek heeltemal gemaklik in my rydrag en stewels."

Op die paviljoen is Gunther senior en junior met Imke en Beate. Hulle is vrek trots op Elyna en kan net glimlag vir al die opmerkings wat hulle om hulle hoor. Nog nooit in Windhoek Hoërskool se vyf en sewentig jare bestaan het iemand so 'n oorspronklike idee gehad nie.

Hoofstuk 4

Elyna en Lida is op pad Stellenbosch toe, dit is die begin van 'n nuwe seisoen in Elyna se lewe. Weereens is Lida die moederhen wat haar gaan touwys maak daar in die vreemde en op die kampus.

"Is jy bang vir die onbekende?" vra Lida.

"Nee, want ek het mos vir jou wat my gaan help," antwoord Elyna rustig.

"Jy raak nie maklik opgewerk oor enigiets nie, Elyna. Verder kyk jy altyd na die positiewe kant, dit is 'n wonderlike eienskap. Ek voorspel jy gaan binne die eerste maand sommer baie vriende maak op kampus met jou positiewe opgewekte persoonlikheid."

"Miskien is dit maar omdat ek so vroeg moes leer hoe groot die slae is wat die lewe ons kan uitdeel. Dit is nog altyd waaraan ek gebeure in my lewe meet. Ongetwyfeld is dit hoekom daar nie veel is wat my hare kan omkrap nie, die ergste het reeds met my gebeur."

"Ek het nog nooit so daaraan gedink nie – kyk net hoe het jy daardie tragiese gebeurtenis gevat en omgedraai om die grootste positief in jou lewe te word. Jy sal beslis deur universiteit waai soos 'n verfrissende oggendbriesie. Daardie Argitektuur Lektor sal nie weet wat hom getref het nie."

"Ek hoop jy is reg, ek sien baie uit daarna."

"Ek het pas besluit ek sal sorg dat jy my sot word. Ek gaan nie toelaat dat die ander jou spoed of moed breek met belaglike ontgroening nie."

"Ah, Lida, dit sal wonderlik wees. Jy weet tog ek sal hulle net aflag in elk geval."

"Nee, jy weet nie hoe gemeen van die seniors kan wees nie, ek sal dit nie toelaat nie. Dit is klaar, nie een van hulle sal na ses jaar vir my iets vertel nie. Dit is 'n klein wonderwerk dat jy ook in Harmonie Dameskoshuis plek gekry het."

"Ek is baie dankbaar daaroor, ander sou ek seker soos 'n verdwaalde skapie verlore geraak het tussen al daardie studente."

"Ek dink nie so nie, nie jy met jou persoonlikheid nie. Wie sal jou nie wil help nie? Ek dink veral die mansstudente sal maar te graag jou die rigting wil wys."

"Hulle kan maar verby hou vir die volgende drie jaar. Daar is oorgenoeg tyd vir die dinge as ek klaar geleer het. Ek het mos 'n belofte gemaak dat ek nie met 'n man van 'n vreemde land sal staan en trou nie, en Suid-Afrika is net so ver soos enige ander land as mens jou familie mis."

"Ek stem, iewers in Namibië moet daar vir ons elkeen 'n deksel wees, dit glo ek beslis."

Lida se voorspelling word waar, alhoewel sy so goed moontlik 'n oog hou oor Elyna, en haar help om aan die kampuslewe gewoond te raak, is daar baie ander wat haar probeer intrek by hul vriendekring. Vinnig kom sy agter dat Elyna klaar alles mooi uitgekyk en vriende gekies het wat soos sy, hardwerkend en gelowig is. Dit laat haar trots voel op hulle opvoeding en grootword daar op hul geliefde Duwiseb.

"Ek sien jy het eintlik glad nie meer my hulp nodig nie, Elyna. Jy het klaar die koring van die kaf geskei. Ek is dankbaar dat jy so verstandig is. Nou sal ek seker moet 'n afspraak maak om my niggie te sien."

"Nee, man Lida, dit is mos nou nonsens. Jy weet waar my kamer is en jy ken my selfoonnommer. Ek is altyd beskikbaar vir jou, jy is dan soos my moeder-weg-van-die-huis. Jy is die senior en die een met die baie werk, baie meer as ek. So laat net weet as jy tyd het vir 'n kuiertjie en ek is daar. Argitektuur is beslis kinderspeletjies teen medies."

"Die grootste gedeelte is darem al verby. Ek sien uit na volgende jaar wat ek in die hospitaal gaan werk. Die beste ondervinding sal ek sekerlik by die Tygerberg Hospitaal opdoen. Hulle dek die mees uiteenlopende rigtings van medies. Sodra ek egter gekwalifiseer het, sal dit ek en Lady Pohamba in Windhoek wees. Doen julle al praktiese van julle eerste jaar af?"

"Nie offisieel nie, maar ek beplan wel om ten minste twee weke elke vakansie prakties te gaan doen in Windhoek by Nina Maritz Argitekte. Haar ontwerpe is modern."

"Wil jy nog deur die wêreld gaan reis om ander lande se argitektuur te gaan besigtig?"

"Ek sal graag wil, as Oupa dit sal toelaat. Jy weet hy raak skoon kriewelrig as ek praat van op 'n vliegtuig klim ... bang ek sal nie terugkom nie. Wat dink jy is die kanse daarvoor?"

"Het jy hom al vertel van jou planne om die Visrivier te gaan stap as jy mondig word?"

"Nee, maar ek sal sekerlik dit moet met hom bespreek. Dit is oor twee jaar en tyd vlieg mos."

"Ek waarsku net dat jy dalk teenstand moet verwag ... sy hare rys as hy net die naam Visrivier canyon hoor."

"Dit tyd sal dan moet leer, want dit is iets wat ek vir myself móét doen."

Elyna sluit net by die tennisklub aan, want sy wil nie haar program oorlaai nie. Sy mis perdry, maar omdat sy nie haar eie vervoer het nie, sal dit net te veel moeite afgee om 'n paar maal 'n week te kan oefen. Sy het egter nie tred gehou met Lida se vindingrykheid nie. Sommer vroeg in die kwartaal in lui haar foon een middag.

"Elyna Boudin, middag."

"Juffrou Boudin, dit is Charles du Toit wat praat."

"Hoe kan ek u help, meneer Du Toit?"

"Ek verstaan dat jy 'n bekroonde Ruitersport ruiter is?"

"Waar het u dit gehoor?"

"Juffrou, ek het nadat ek dit gehoor het vir my self gaan seker maak, en dit is beslis so. Ek sit hier met jou foto waar jy die kampioenskap in Duitsland laas jaar gewen het."

"Ek sien..."

"Ons sal jou baie graag as lid van ons klub wil hê, sal jy dit nie oorweeg nie?"

"Meneer Du Toit, ek is 'n eerstejaar Argitektuur student en het nie my eie vervoer nie."

"Is dit die enigste rede hoekom jy nie aangesluit het sovêr nie?"

"Ja, dit is."

"Wel in daardie geval, kan ons die probleem maklik oplos. Jy gaan in Harmonie tuis, is ek reg?"

"Ja."

"Wel daar is 'n hele paar meisies daar wat ook aan die klub behoort en twee maal 'n week kom oefen. As jy self met hulle wil praat sal ek hulle kontaknommers stuur. Andersins kan ek ook vir hulle vra wie jou kan help."

"Ek sal self met hulle praat, u kan maar net hul nommers vir my stuur, baie dankie."

"Kan ek jou dan al die week hier verwag?"

"Ja, meneer Du Toit, want perdry is in my bloed en ek mis dit baie. Ek sal so gou moontlik met die meisies gesels." *Hierdie is sowaar Lida se werk, hoe ander sal die man weet van my? Sy het beslis gekonkel.*

Sy hoor haar selfoon skree en kyk na die WhatsApp. Dit is drie kontaknommers van meneer Du Toit af.

Mmmm, laat ek maar dadelik werk maak daarvan, miskien sukkel ek om hulle in die hande te kry. Sy skakel die eerste meisie op die lys, Mila Dreyer.

"Mila, goeiemiddag."

"Mila, Elyna Boudin hier. Ek het jou nommer van meneer Du Toit van die Ruitersportklub gekry."

"Okei, beteken dit jy is ook 'n ruiter?"

"Ja, ek wil hoor of ek dalk middae saam met jou kan ry om te gaan oefen."

"Dit sal geen probleem wees nie, ek oefen Dinsdae en Donderdae en soms gaan ek oor die naweek ook. Gaan jy van die klub se perde gebruik?"

"Ja, vir nou gaan ek. Ek kom van Namibië af en om my perd hier te kry sal 'n tydjie neem."

"Wow, van Namibië! Dit is so 'n mooi land. Boer jou ouers daar?"

"Ja, hulle boer in die Suide."

"Seker met bees."

"Nee, met stoetperde."

"Alle wêreld, dan het jy mos seker op 'n perd se rug groot geword?"

"So min of meer ja. Ek was nie van plan om die jaar te ry nie, maar ek vermoed my niggie het met meneer Du Toit gaan praat. Ek is baie bly dat dit so uitwerk, want dit is in my bloed en ek mis dit baie."

"Ek brand om jou te ontmoet, gaan jy hier in Harmonie tuis?"

"Ja, Kamer 105. Jy is enige tyd welkom."

"Dankie, ek is op die tweede vloer, Kamer 212. Ek swot B.Com. Ek maak vanaand nog 'n draai as dit reg is."

"Dit is heeltemal in orde, baie dankie. Sien jou dan later."

Nou sal ek beslis met Oupa moet praat. Ek gee nie om om met 'n ander perd te oefen nie, maar as ons kompetisies doen is dit mos net Vonk wat weet hoe. Ek sal later vanaand bel, nou wil ek eers my werk klaar maak vir môre.

Twee ure later roep die etensklok, sy kyk in die spieël om te sien of haar hare nog reg is voor sy met die trappe afdraf eetsaal toe. Net voor die eetsaal, loop sy vir Lida raak.

"Ah, hier is die niggie van my wat met meneer Du Toit saamgesweer het."

"Skuldig soos aangekla, het hy jou gekontak?"

"Hy het en ek begin die week oefen. Ek het reeds met 'n meisie, Mila Dreyer, gesels oor 'n saamrygeleentheid klub toe. Sy sal my vanaand nog kom ontmoet. Nou moet ek met Oupa praat om vir Vonk hier te kry."

"Jy weet tussen hom en pappa sal hulle vir Vonk so gou moontlik hier kry. Jy het net jouself om die bos gelei deur te dink dat jy sal kan oorleef sonder om te ry. Selfs ek wat nie kompetisies doen nie, behoort aan die klub om soms te gaan ry, ek kan net nie daarsonder funksioneer nie. Ek is opgewonde om te sien wat meneer Du Toit gaan sê as hy jou sien spring. Ek glo nie hy het al voorheen 'n kampioenruiter in sy klub gehad nie."

"Hou op, dalk is daar baie wat beter as ek is. Ek wil dit net geniet."

Net na sy teruggekeer het van die eetsaal, is daar 'n klop aan haar deur.

"Binne." Haar deur gaan op 'n skrefie oop en 'n meisie met lang swart hare loer om die deur.

"Elyna?"

"Ja, Mila, is dit jy?"

"Ja..."

"Kom binne, aangenaam om jou te ontmoet. Sit sommer hier op my bed."

"Dankie, genade, maar jy het die mooiste bos koperrooi krulle wat ek in my lewe nog gesien het."

"Dankie. Jou swart hare laat jou byna soos 'n Indiaanse meisie lyk, pragtig."

Mila lag uit haar maag omdat Elyna haar fantasie so raak geraai het.

"En nou, as jy so lag?"

"Dit was nog altyd my fantasie om 'n Indiaanse meisie te wees, jy weet so met die vere in die hare en alles."

"Ek weet sommer ons gaan groot maats word, wie wil nie soos 'n Indiaanse meisie lyk nie? Jy het selfs daardie olyfkleur vel wat hulle ook het. Ek sou sê jy is baie naby, hoor."

Die twee meisies kliek net dadelik en gesels vir 'n hele uur oor hulle sport. Nadat hulle 'n tyd afgespreek het vir die volgende dag, groet Mila en verdwyn by die deur uit.

Wat 'n aangename meisie is Mila nie? Dankie Vader vir so 'n aangename maat saam met wie ek kan ry.

Die volgende dag na haar klas, haas sy haar terug Harmonie toe. Sy was haar gesig en smeer sonroom aan. Daarna verklee sy in haar rybroek, stewels en 'n kortmou T-hemp, dankbaar dat sy dit wel gebring het. Haar hare vleg sy en laat dit oor haar skouer hang. Dan sit sy haar rypet op en draf met die trappe af om vir Mila te wag.

Minute later kom Mila die trap af.

"'n Meisie wat betyds is, ek hou daarvan. My familie is manies oor tyd. Ek sien jy het ook 'n vlegsel."

"Ja, dit is die beste vir ons dik hare as mens ry."

Hulle gesels gemoedelik op pad na die Ruitersportklub wat 'n entjie buite Stellenbosch is. Mila stel haar voor aan Charles du Toit wanneer hulle daar aankom.

"Charles, jou nuutste lid, soos ek verneem, Elyna Boudin."

"Aangenaam om jou te ontmoet, Elyna."

"Meneer Du Toit, ook aangenaam om u te ontmoet. Dankie vir die uitnodiging en Mila se nommer. Ek is opgewonde om weer te kan ry. My perd sal binne die volgende maand hier wees, u moet my net laat weet wat die fooie is om hom hier te hou asseblief."

"'n Meisie wat kan organiseer, mooi so. Ek stuur vir jou die kostes, geen probleem. Intussen sal ek jou 'n perd leen om net in oefening te bly."

"Dankie, ek waardeer dit."

"Mila, wys vir Elyna waar Thunder se stal is, sy kan hom eers gebruik."

"Ek maak so, kom Elyna."

Die twee meisies stap weg en Charles glimlag by homself. Die meisiekind wat my so formeel aanspreek, sy is beslis reg-geleer, maar so oud is ek darem ook nie. Ek sal haar moet reghelp.

Die meisies saal die perde op en gaan dan na waar Charles vir hulle wag.

"Mila, doen jy solank 'n rondte, ek wil net vinnig met Elyna gesels."

"In orde so." Mila galop weg om haar perd op te warm.

"Is daar 'n probleem?" vra Elyna bekommerd.

"Nee, geen probleem nie, ek dink net nie dit is nodig dat jy my as meneer moet aanspreek nie. Almal my studente noem my Charles."

"As u dit so verkies, sal ek u Charles noem. Vir my gaan dit oor respek."

"Ek verstaan dit. Elyna, ek gaan jou ook inskryf vir provinsiale kompetisies met die oog op die Nasionale kompetisie later vanjaar."

"Moet jy nie eers kyk hoe goed ek is nie of neem al die ruiters aan die kompetisies deel?"

"Nee, almal neem nie deel nie, net die bestes. Ek hoef nie te sien hoe goed jy is nie, ek weet reeds jy is goedgenoeg."

"Ek wil regtig nie onenigheid veroorsaak met die ander ruiters wat al langer as ek hier is nie."

"Daar sal nie onenigheid wees nie, jy is 'n kampioenruiter, daarteen kan niemand stry nie. Nog nie een van hulle het al internasionaal deelgeneem en nog in hul klas gewen ook nie. Jy het al. Sodra Mila klaar is met haar rondte, kan jy maar 'n rondte doen om gewoond te raak aan die baan."

"Dankie, ek maak so."

Charles du Toit het op papier gesien hoe goed sy is, maar toe hy haar in aksie sien, toe hang sy mond steeds oop. Hy weet dat hy hier 'n nuwe SA-kampioen beet het. Die kompetisie hier is beslis nie so sterk soos in Duitsland nie, sy sal maklik hier wen. Dit doen sy hart goed om te weet dat 'n Matie hierdie jaar die kampioen gaan wees.

Mila wat haar dopgehou het van waar sy by die begin punt wag om weer 'n rondte te spring, besef dadelik dat die Elyna Boudin in 'n ander klas is as enigeen van hulle hier.

"Wow, Elyna, dit was 'n fantastiese rondte en dit nog met 'n perd waaraan jy nie gewoond is nie ... is jy dalk die Namibiese Kampioen in jou klas?"

"Nee, Mila, sy is die Internasionale Kampioen in haar klas ... sy het die Rolex Grand Slam in Duitsland gewen laas jaar," antwoord Charles namens haar.

"Genugtig! Dan is dit mos so dat jy op 'n perd gebore is."

"Nee, man Mila, dit is nie so 'n *big deal* nie. Jy kan dit ook doen. Jy moet net jou perd ken, hom leer om vir niks te skrik nie en daar gaan jy. Ons as ruitersport ruiters se grootste uitdaging is dat perde soms op hul senuwees raak vir vreemde geluide, as jy dit kan oorbrug is jou kop deur. Glo my Vonk, my eie perd, skrik vir niks – ek het hom daar op Duwiseb gedril tot hy geleer het."

"Wow, Elyna, nou noem jy iets waaraan ek nog nie eers gedink het nie," antwoord Charles.

"Allegra Carvelli, is die algehele wêreldkampioen vir die laaste twee jaar al. Ek was so gelukkig om haar te ontmoet en met haar te gesels. Sy het my op daardie geheim ingelaat. Daardie swart hings van haar, skrik ook vir niks en die tye wat sy opsit is bomenslik."

"Ek is ook 'n aanhanger van haar, sy is voorwaar 'n besonderse vrou," laat Charles hoor.

Dit neem nie lank voor al die ruiters by die klub van Elyna kennis neem nie. Die wat op haar jaloers is, waag dit nie wys nie, want sy is met almal vriendelik en die meerderheid is aanhangers. Dit verbaas ook niemand as sy die Nasionale Kampioenskap in Ruitersport van die eerste jaar af al neem nie.

Sy is nie net 'n uitblinker in Ruitersport nie, maar ook onder die top vyf in haar klas. 'n Hele paar jongmanne probeer tydens haar drie jaar op Stellenbosch om haar beter te leer ken, maar sy bly koelkop en hou dinge op 'n vriendskapsgrondslag soos sy haarself belowe het. Kwaad wees kan hulle nie vir haar nie, want sy is daarvoor 'n te minlike persoon. Dus is hulle maar tevrede om net deel te wees van die groep vriende waarin sy veilig voel. As hulle nie leer nie, gaan klim hulle berg of gaan hou piekniek, of vir so 'n nou en dan se bederf gaan hulle strand toe vir die dag as die Kaapse weer dit toelaat.

Elyna is gelukkig en haar tyd op universiteit vlieg behoorlik verby. Net soos die spreekwoord sê spoed die tyd verby terwyl sy haarself geniet met haar studies, sport en vriende.

In haar laaste jaar, net voor sy klaar maak met universiteit, raak Elyna een en twintig daardie September. Met haar belofte aan haarself in haar agterkop, het dit tyd geraak om tydens haar Junie-vakansie met Oupa Gunther te praat oor haar plan om die Visrivier canyon te gaan stap.

Hoofstuk 5

Elyna het besluit om sommer vroeg in die vakansie reeds met Gunther te gesels. Sy neem ook haar kans waar wanneer hulle een aand op die stoep sit en gesels.

"Oupa, daar is iets wat ek met julle moet bespreek."

"Dit klink baie gewigtig ... is daar sowaar 'n jongetjie in jou lewe?"

"Nee, dit is nie dit nie."

"Praat laat ons hoor, kind," por Imke aan.

"Ek wil graag die Visrivier canyon gaan stap om die plek te gaan besoek waar my ouers oorlede is. Dit is iets wat ek voel ek moet doen om afsluiting te kry."

"Elyna, ek wil werklik nie hê jy moet dit doen nie ... daardie canyon het my dogter te vroeg gesteel van my," reageer Gunther met trane wat oor sy wange rol.

"Dit weet ek te goed, Oupa ... onthou dit is ook my verlies al was ek net vyf jaar oud. Dit is juis hoekom ek wil gaan. Dit was ook nie werklik die canyon wat hulle van ons gesteel het nie, dit was 'n mamba. Vir my gaan dit oor die plek waar hulle gesterf het, maar ook die plek waar hulle die laaste maal gelewe het."

"Ai, my kindjie, dit is 'n moeilike ding die. Ek verstaan jou behoefte om daarheen te gaan, maar dit is 'n baie groot seer vir ons," las Imke by.

"Ek sal dit nie graag sonder julle toestemming wil doen nie, maar ek voel ek moet dit doen."

"As ons jou mooi vra om dit nie te doen nie, sal jy asseblief daaroor dink," pleit Gunther nou.

"Oupa, jy weet vir julle sal ek alles doen, maar hierdie is iets wat my al my hele lewe lank pla. Ek is oneindig lief vir julle en tog het ek daardie gevoel dat ek nooit die geleentheid gehad het om te groet nie, om afsluiting te kry nie. Ek sal daaroor dink, maar ek weet nie of ek van besluit sal verander nie."

"Dankie, dan kan ons weer later daaroor praat," reageer Gunther hoopvol dat sy die gedagte sal laat vaar.

Vir die res van die vakansie word daar nie daaroor gepraat deur hulle drie nie, maar Elyna vertel tog vir Lida van haar gesprek met haar grootouers.

"Ek het jou al gewaarsku dat hulle nie daarmee gemaklik sal wees nie. Wat gaan jy doen?"

"Lida, ek het belowe om daaroor te dink. Ek kan in elk geval nie die jaar gaan nie, eers volgende jaar as ek werk en verlof kan kry. So laat ek sien hoe ek dan voel."

"Dit is goed so, ek verstaan julle almal se standpunte. Jy weet ek sal jou altyd ondersteun, maar dit moet vir hulle ook moeilik wees om te vrees om jou ook te verloor."

"Dit is seker so. Kom ons kyk maar wat die toekoms inhou nader aan die tyd."

Elyna slaag haar graad met baie goeie punte en Nina Maritz bied haar dadelik 'n posisie aan. Desember bring sy saam met haar familie op haar geliefde Duwiseb deur.

Saans kuier hulle saam in die lapa, sy en Lida, wat ook op die plaas vakansie hou, ry saam perd soos toe sy nog 'n kind was. Lida het wel intussen 'n spesiale vriend ontmoet, Patrick, ook 'n dokter, maar hy geniet dit om saam met Gunther junior by die perde te werskaf.

Hulle tyd op die plaas is haas verby en Elyna het reeds 'n meenthuis waarin sy gaan woon. Dit is 'n eiendom wat Gunther jare gelede al aangeskaf het en verhuur het. Nou dat sy in Windhoek gaan woon en werk, het hy dit aan haar geskenk. Sy het ook intussen vir haar 'n motor aangeskaf met 'n gedeelte van haar erfgeld van haar ouers. Die res het sy met oupa Gunther se hulp vasbelê. Sy wil haar eie geld verdien en haar ouers se geld net gebruik as 'n neseier.

Dit is hulle laaste aand op Duwiseb en daar word in die lapa vergader en heerlik gebraai.

"Nee, o mapstieks, nou het die jare darem met ons weg gehardloop, ou vrou. Môre gaan ons kleine Elyna Windhoek toe om haar loopbaan te begin. Net nou die dag was sy ons rooikop snip wat oor die vlaktes gejaag het met Vonk."

"Ja, my man, die tyd het voorwaar gevlieg. Ons Lida is 'n dokter en Elyna 'n argitek. Ons kan trots wees op ons twee Duwiseb prinsesse. Julle twee meisiekinders moet nou nie so besig raak daar in die stad dat julle ons vergeet nie."

"Ouma, dit sal ons twee nie regkry nie. Hoekom dink ouma het ek vir my 'n vierwielaangedrewe voertuig aangeskaf? Natuurlik om hierdie grondpaaie lekker te kan ry as ek naweke kom kuier. Gelukkig is ons Namibiërs mos nie bang vir ry en lang afstande nie. Vierhonderd kilometer is in elk geval nie ver nie."

"Kyk so 'n mond moet voorwaar jam kry," laat Gunther junior hoor.

"Ongelukkig kan ek nie dieselfde beloftes maak nie, want ons doen mos hospitaaldiens. Tog sal julle my nie te lank hier weghou met stokke en swaarde nie. Gelukkig weet Patrick reeds as ek moet kies tussen Swakop toe of Duwiseb toe, wen Duwiseb los hande."

"Dan is dit goed as jy hom al vroeg leer hoe die dinge by ons Schmidt's werk. Tog is dit darem ook lekker om soms by die see te kuier, my kind," gesels Beate saam.

Die volgende oggend gaan die afskeid maar soos altyd met trane gepaard as Elyna groet.

"Ek laat weet vir Oupa-hulle as ek veilig is. Onthou tog net dat Windhoek net so ver van hier is as wat Duwiseb van Windhoek is. Kom kuier vir my en onthou ek is lief vir julle."

"Ons sal, ek sal moet kom kyk of my kleindogter darem ou Sander se nagedagtes gestand doen met unieke ontwerpe."

"Oupa, dit is groot skoene om vol te staan, maar ons het darem deesdae die tegnologie aan ons kant."

Elyna is opgewonde maar is tog ook hartseer om Duwiseb te verlaat. Op hierdie plaas lê haar spore, haar trane, maar meestal haar vreugde en geluk wat sy van vyfjarige ouderdom hier ervaar het. Hier het sy haar ouers jare gelede gegroet en nooit weer lewend gesien nie. Hier het sy ook die wonderlike liefde van haar grootouers, tante, oom en Lida beleef wat haar omvou het, getroetel het, en beskerm het sovêr hulle kon.

Haar meenthuis is in Olympia in Welwitchiapark geleë, nie te ver van die middestad waar haar kantoor is nie, maar ook lekker naby een van die grootste inkoopsentrums, Grove Mall. Daar is alles wat sy mag nodig kry, van 'n kruidenierswinkel tot die Ster Kinekor vir vermaak. Selfs die gimnasium is net reg oorkant die winkelsentrum, al waarvoor sy sal moet uit die stad beweeg is om te gaan perdry naweke. Maar selfs dit is naby genoeg, want haar oom het reeds oor die vakansietyd vir Vonk na die stalle gebring in Aris, daar reg langs die nuwe *Hoove and Garden* restaurant. Sy hou baie van die plek, dit is uit die stad en naweke bring ouers hulle kinders om perd te ry en na al die ander diere daar te kyk. In die restaurant word net disse bedien wat gemaak word met die vars produkte wat van die plaas reg langsaan kom.

41

Hulle het hul eie melk, eiers, en vleis. Dan ook 'n massiewe groentetuin en vrugteboord. Verder verwerk hulle al die produkte self om koue vleis, botter, karringmelk en selfs brood te bak.

Sy het klaar besluit sy gaan sommer voor sy in Windhoek in ry daar stop om haar groente, vrugte en ander vars produkte te kry, daarna kan sy dit naweke aanvul as sy vir Vonk gaan kuier. Plastiekbotter en die hormoon behandelde groente en vrugte wat in die winkels in Windhoek beskikbaar is, sal sy maar los, dit het geen smaak nie.

Dit is net na een uur as sy vir Gunther skakel.

"My roosknop, is jy veilig?"

"Ja, Oupa, ek is. Ek het gou vir Vonk gaan groet en sommer vars produkte daar by die plaas gekoop. Nou gaan ek net rus en gereed maak vir môre se werk."

"Georganiseerd soos altyd. Geniet jou werk my kind en bel darem een maal 'n week dat ons nie te veel verlang nie."

"Ek sal so maak, Oupa. Baie liefde vir julle albei."

Die nuwe koperkop argitek van Nina Maritz Argitekte, klim sommer met mening in met die werk. Sy werk vir die eerste ruk saam met Nina en dit is vir haar baie interessant. *Sy het soveel ondervinding en ek is mal oor haar artistiese aanslag met ontwerpe. Heinrich Sander, dankie vir Duwiseb Kasteel, hopelik sal ek ook nog so 'n unieke werk in my tyd kan ontwerp.*

"Elyna is jy darem geholpe met verblyf en ingeburger?" vra Nina belangstellend.

"Ek is, baie dankie. Oupa Gunther het 'n pragtige meenthuis in Welwitchiapark waarin ek woon. Dit is ideaal geleë. Stellenbosch het my darem die afgelope drie jaar voorberei vir die stadsgewoel"

"Dan is jy mos sommer goed voorbereid en dit is beslis 'n bonus as jy in Olympia kan woon. Die jongmens sukkel altyd om goeie akkommodasie vir bekostigbare pryse te kry."

"Ek het gehoor die ander praat van hulle probleme met huur en hoe duur dit is. Ek is werklik dankbaar. Nina, daar is iets wat ek nou al met jou wil bespreek as jy nie omgee nie."

"Wat is dit?"

"Ek weet nie of jy bewus is dat my ouers jare gelede in die Visrivier canyon gesterf het nie."

"Nee, genugtig, nee!"

"Ja, ek was net vyf jaar oud. Hulle het gaan stap en is albei op dieselfde dag deur dieselfde mamba gepik en het net daar gesterf. Ek voel my lewe lank al ek wil na die plek gaan waar hulle gesterf het. Om dit te doen sal ek die Visrivier moet stap, want dit is daar by die Drie Susters se middelste kop waar dit gebeur het. Ek wil net hoor of ek 'n paar dae kan afkry in Mei-maand om dit te gaan doen. Ek sal nie die hele roete stap nie, net die eerste gedeelte tot na Drie Susters waar ek weer kan uitklim."

"Dit is 'n baie spesiale versoek en ek kan jou nie weier nie. Ek dink jy moet dit oorweeg om die hele roete te stap, want dit is sielhelend. Ek sal jou twee weke verlof gee."

"Baie dankie. Hou asseblief dit net tussen ons wat my planne is. My grootouers ondersteun nie my besluit nie, hulle treur nog oor my ouers en vrees hulle gaan my ook verloor."

"Dit is reg so, ek swyg."

Elyna begin haar voorbereiding vir die staptog wat sy nou seker is sy gaan doen. *Oupa gaan nie baie gelukkig met my wees nie, maar dit is iets wat ek vir myself moet doen. Miskien sal dit beter wees om hulle nie daarvan te sê nie. Wat is die nut daaraan dat hulle hul net moet bekommer?*

Sy gaan doen navorsing oor wat sy alles moet saamneem, die tipe stapskoene wat aanbeveel word, die kos, die ligste matras en slaapsak. Sy sluit by 'n stapklub aan wat elke dag stap, maar ook naweke buite Windhoek op plase gaan bergklim en meer rowwe roetes stap.

Sal ek vir Lida vertel? Nee, ek dink ook nie ek moet dit doen nie, dan bekommer sy haar weer net. Sy is besig genoeg nou dat sy deel is van 'n praktyk en nog hospitaalbesoeke en operasies ook moet inpas. Ek gaan net bloot met vakansie en voor hulle weet is ek terug en niemand hoef hul te bekommer nie.

Sy geniet haar werk, dit is baie stimulerend en Nina is baie tevrede. Saterdae gaan stap sy en Sondae is dit kerk en daarna gaan kuier sy vir Vonk en ry 'n lekker lang end op die plaas. Die tyd vlieg verby en net voor haar twee weke vakansie, gaan sy aan die begin van Mei vir die langnaweek Duwiseb toe.

"Ag, dit is lekker om die stadsdoedie by die huis te hê," groet oupa Gunther.

"Kom hier dat ek na jou kyk dat ek kan sien of jy ordentlik eet, kind," groet Imke.

"Ouma, ek eet gesond, baie gesond. Dit is goed om by die huis te wees, al voel dit nou vir my hier by julle raak dit al koeler. Oupa, dit lyk of ons goeie reën gehad het, die gras staan mooi."

"Ja, my kind, ons Vader was goed vir ons die seisoen. Ons moet natuurlik net meer gereeld skape dip, want die bosluise floreer ook. Hoe gaan dit met die werk?"

"Dit gaan baie goed, en ek geniet dit baie. Dit is werklik my rigting. Ons werk aan 'n paar groot projekte, en dit is baie bevredigend om te sien hoe ons idees bymekaar kom."

"Sien jy darem vir onse Lida ook so nou en dan?" vra Imke.

"Ja, Ouma, ons kuier wanneer sy 'n kansie het. Sy is baie besig, maar geniet dit ook. Sy is uitgeknip om 'n dokter te wees."

"Dit is goed om te hoor dat julle albei so gelukkig is in julle beroepe. Soveel kinders gaan leer in 'n rigting en dan vind hulle agterna uit dit is glad nie wat hulle wil doen nie. Wat 'n vermorsing van tyd en geld."

"Hoe gaan dit by die stoetery?"

"Dit gaan goed my kind, ons het 'n paar volbloed nuwelinge bygekry en 'n hele paar verkoop. 'n Man het nou die dag uit Stellenbosch gebel en sowaar kom hy volgende week na 'n hings kyk."

"Interessant. Wie is die man, Oupa?"

"Charles du Toit, as ek reg onthou. Het blykbaar sy eie perdryklub, maar neem ook self deel aan ruitersport en soek vir homself 'n perd."

"Weet Oupa wie dit is?"

"Nee, moet ek weet."

"Dit is die eienaar en afrigter van die Maties se perdry klub."

"So, dan was jy die een by wie hy van ons boerdery gehoor het. Kan jy nou meer? Ek dink ons sal jou kommissie moet betaal vir die bemarking, want hoe anders sal die man van ons te hore gekom het?"

"Ag Oupa, dit is mos nou nie nodig nie, hy het my eendag gevra waar ek Vonk gekry het, en toe het ek hom van die stoetery vertel. Dit was geen moeite of werk nie."

"Ja, my kind ek is so bly jy is nie een wat jou aan die materiële dinge van die lewe steur nie. Ons werklike rykdom is mos maar by ons Vader."

45

Hulle kuier heerlik die naweek en Elyna gaan ry ver ente elke namiddag. Sy is gelukkig in Windhoek, maar hier op Duwiseb bly maar net haar tuiste.

Tevrede dat hulle weer hulle roosknop kon sien en dat dit goed met haar gaan groet hulle die Sondag net na middagete.

"Veilig ry, my kind en laat weet asseblief."

"Ek maak so Oupa. Ons sien binnekort weer."

Sy voel tog skuldig as sy iewers gedurende haar terugrit dink aan haar staptog en dat sy dit vir hulle wegsteek. Gou besluit sy egter dat sy hulle nie onnodig wil laat bekommer nie en dit vir die beste is. Sy het vir veiligheid haar bespreking onder 'n ander naam gemaak, een wat sy sommer uit 'n roman gekies het en vir haar mooi geklink het en sy net ingevoeg het by haar eie – Elyna Pascha Muir Boudin. Hulle vra geen identifikasie nie en op haar fiksheid sertifikaat sal sy sorg dat dieselfde naam is. *Vader vergewe my, maar dit is vir 'n goeie doel.*

Twee weke later vat Elyna die byna ses honderd kilometer pad Hobas toe. Die groep waarmee sy saam stap is 'n groep uitlanders. Hulle slaap die aand in Hobas en begin dan hulle staptog na ontbyt die volgende dag. Sy het dit spesiaal so gekies, want sy wil net met haar gedagtes wees. Sy gaan nie die hele roete doen nie. Volgens die program is waar sy wil wees al op die tweede dag. Dan sal sy nog 'n dag aangaan, om die uitklimplek te bereik en dan kom sy terug. Sy kan altyd vir Nina vra om 'n week vroeër te begin werk as sy haar taak in 'n week afgehandel kry.

Haar voertuig los sy by Ai-Ais kamp. Omdat sy nie haar selfoon sal kan gebruik nie, los sy dit saam met haar identiteitsdokumente ook in haar handsak in die voertuig. Daar is vier en twintig uur 'n wag op diens, so dit is veilig.

Al wat sy saam neem is haar MedRescue kaart, dit sal sy elke dag in haar hemp sak dra.

Hoofstuk 6

Dit is net na sewe Saterdagoggend as Elyna uit haar slaapsak kruip om te gaan stort en gereed maak vir ontbyt. Die kampeer-terrein is op die rand van die canyon en sy verkyk haar aan die natuurskoon wat heel anders is hier. Daar is nie baie plante-groei nie, maar die rotsformasies is pragtig, veral nou dat die opkomende son daarop skyn.

Vir praktiese doeleindes trek sy, nadat sy gestort het, haar bikini onder haar hempie en knielengte broek aan. Daarna haar dik sokkies en stapskoene. Haar hempie het 'n sakkie waarin sy haar MedRescue kaart sit en toeknoop. Nou is dit tyd vir haar laaste vol ontbyt vir 'n paar dae.

In die gemeenskaplike kombuis is almal besig om ontbyt te maak en die geur van koffie verwelkom haar. Iemand het 'n groot pot koffie gemaak en nooi haar om haarself te help.

"Danke, das ist cool. Das wird jetzt köstlich schmecken," bedank sy die Duitse dame vir die koffie. Sy vind 'n oop stoofplaat en maak vir haar spek, worsies en eiers met uie en tamatie smoor. Dit eet sy saam met haar brotchen wat sy vir haar saamgebring het. Buite is daar 'n afdak met tafels en stoele en almal gaan uit om daar hul ontbyt te nuttig.

Terwyl sy eet, luister sy na die Duitsers se gebrabbel. Sy het vandat sy op Duwiseb gebly het by haar Oupa Duits geleer, maar sien steeds haar moedertaal as Afrikaans. Daar is dus baie min mense wat weet dat sy Duits magtig is. Sy geniet die uitsig en verstaan hoekom Nina haar aangeraai het om die hele staptog te doen. Sy kan dit steeds doen as sy wil, want sy het genoeg proviand gepak vir die hele roete.

Net na agt sit almal hul rugsakke op en begin hulle te stap. Nie ver van die begin punt begin die daling in die canyon in en dit is baie styl. So styl dat hulle dit met behulp van kettings doen. Elyna is baie dankbaar dat sy jonk en fiks is. Die res van die groep is almal in hulle middel veertigs tot middel vyftigs as sy moet skat. Die dag het vinnig warm geword en die sweet tap hulle af. Tog maak hulle dit almal veilig die gevaarlike styl deel af en begin langs die rivier loop.

Sjoe, maar dit is pragtig. Kyk net al die rotsformasies en die kleure. Dit is so pragtig. Hoe het Nina dit genoem – sielhelend – baie beslis.

Die rivier is vol, omdat dit 'n goeie reënseisoen was. Vandag en 'n deel van môre sal hulle aan die een kant van die rivier bly tot na die Drie Susters en daarna sal hulle begin om die rivier oor te steek waar dit vlakker en veiliger is. Nat word is nie 'n opsie nie, want dan moet jy in nat beddegoed slaap.

Elyna het haar hare in twee vlegsels vasgemaak en om haar nek dra sy 'n *buff* wat sy elke nou en dan in die rivierwater natmaak om haar koel te hou.

Hulle vorder goed en bereik hul eerste beplande oornag plek teen vyfuur die middag. Elkeen soek vir hom 'n plek om sy grondseil te gooi waarop sy slaapsak dan kom. Daarna word daar na die bio-oplosbare seep en shampoo gesoek en dan kom die lafenis van die rivierwater.

Elyna spoel haar klere uit, want sy weet met hierdie hitte sal die lank voor dit oggend is weer droog wees. Sy hang dit oor bossies langs haar slaapplek en trek 'n ligte rokkie oor haar swemklere aan. Dit is van materiaal gemaak wat nie kreukel nie en sy het dit sommer klein op gevou en in haar rugsak se kant sak geprop. Die Duitsers is min gepla en loop almal in hulle swembroeke rond, mans en vroue. 'n Paar van die mans het bietjie hout bymekaar gemaak om vuur te maak. Hulle nooi haar om haar kos ook daar gaar te maak as sy wil.

Aandete vir Elyna is gegeurde soya en koes-koes. Daarvoor het sy net warm water nodig en dan ook vir 'n lekker koppie koffie voor sy gaan rus. Sy bly nie lank langs die vuur nie. Sodra dit skemer raak, gaan sy na haar slaapsak, voel of haar klere droog is en trek dit gou aan. Dan gaan sy bo-op haar slaapsak lê op die naat van haar rug om die sterre te kyk. Soos dit donkerder word, raak die sterre al hoe helderder.

Wow, daar is werklik derduisende sterre, Vader. Ek het dit laas in my kinderdae op Duwiseb so duidelik gesien. Wat 'n gesig? Hoe almagtig is U nie dat U dit alles geskep het en onderhou nie, Vader. Ja, hier het my dierbare ouers ook sestien jaar gelede hulle laaste nagrus deurgebring en sekerlik ook so na die sterre gekyk.

Met die gedagte raak sy aan die slaap, dankbaar dat sy wel gekom het. Môre sal sekerlik moeilik vir haar wees as sy by die plek kom waar haar ouers gesterf het, maar daardeur sal haar Vader haar ook dra. Oupa Gunther en oom Gunther het jare gelede daar, met die toestemming van Natuurbewaring, 'n plaat kom opsit .

Die volgende oggend is sy ook die een wat eerste wakker is en maak van die kans gebruik om haar blaas te gaan ledig voor die groot stap weer begin vir die dag.

Wanneer sy terugkom het die ander al begin ontwaak en is die manne besig om die vuur weer aan die gang te kry vir koffiewater. Vanoggend is dit Oats vir ontbyt, lig om saam te dra en voedsaam om jou te hou deur die dag.

Gedurende die stappery word daar nie veel gepraat nie, almal geniet die uitsonderlike natuurskoon. Net na sewe is almal gereed en begin hulle die dag se stap. Gou kom hulle agter dat dit 'n baie moeiliker deel van die roete is as die vorige dag. Hulle sukkel deur dik sand en dan begin die rotsagtige gedeelte waar dit klim en klouter is.

'n Uur vandat hulle begin stap het, kom hulle by die warmwaterbronne uit. Die water is werklik so warm dat dit mens brand. Hulle maak 'n swem-stop en geniet die warm water. Na die rukkie se rus is hulle weer op pad. Daarna gaan hulle met nuwe moed aan en bereik die rotse waar Claude en Camille oorlede is net na vier die middag. Almal stop om die plaat te lees. Elyna gaan na die plaat en vryf liefdevol daaroor.

"Hier sind meine Eltern gestorben. Eine Mamba hat sie beide gepickt," verduidelik sy dat dit haar ouers se gedenkplaat is.

"Es tut uns so leid. Lassen wir sie eine Weile in Ruhe," betoon die een man hulle medelye met haar en laat haar alleen.

Mamma en Pappa, hier het julle jul laaste asem uitgeblaas. Hulp kon net nie by julle kom nie. Hoe kon dit ook, die nooduitgang is nog byna 'n dag se stap ver. Vader hier het hulle albei saam gely, soos hulle alles saamgedoen het. Gee my berusting hierna.

Elyna sit vir 'n rukkie daar en gaan dan na die ander wat 'n ent verder vir haar wag. Wanneer sy by hulle aansluit stap die groep in stilte verder.

Hulle bereik eers teen ses uur 'n strandjie waar hulle besluit om te oornag. Almal pootuit en hulle voete gedaan geloop. Daar word vuurgemaak en die vroue neem hul kans waar om solank te gaan bad en lafenis te soek in die rivier. Vanaand wil Elyna net alleen wees, sy maak haar soya en koes-koes aan met die warm water en verskoon haarself.

Hulle verstaan almal en laat haar begaan. Alhoewel sy nie deel van hulle groep is nie, vind hulle haar teenwoordigheid kalmerend. Sy praat net wanneer sy moet.

Elyna vind 'n plat rots wat haar 'n mooi uitsig oor die rivier gee. Sy gaan sit daar en eet haar kos. Dan tuur sy verlangend oor die rivier. Asof van nêrens kom daar 'n visarend en basuin sy roep oor die water uit.

Vader, ek weet U verstaan en dankie dat U altyd daar was. Dankie vir die geleentheid om te kon kom afskeid neem. Dankie vir die roep van die Visarend, dit is so besonders. Nou kan ek môre stap en oormôre oggend by die uitgang uitklim en terug gaan met vrede in my hart. Wat ek wou kom doen, het ek gedoen.

Sy sit nog 'n rukkie so en tuur oor die water en gaan klim dan in haar slaapsak om te rus. Vanaand draai haar gedagtes nog om haar besoek aan die plek waar haar ouers gesterf het. Gelukkig wen die moegheid later.

Die derde dag begin hulle vroeg, want hulle het 'n lang end wat hulle wil dek. Vir Elyna is dit haar laaste dag en beplan sy om nog die nag met die groep te slaap en dan uit te klim en op die plato na Ai-Ais te stap. Die gids het haar ingelig dat hulle in hierdie tyd deur die dag in die rigting werk aan die drade. Die kanse is dus baie goed dat sy nie die hele ent sal hoef te stap nie.

Dag drie is nog moeiliker as dag twee, verder moet hulle bedag wees op die kortpaaie. As hulle dit mis, moet hulle 'n ekstra vyftig kilometer draai loop. Daar word baie geklim en gesweet. Teen vier uur bereik hulle die graf van Luitenant Thilo von Trotha wat in 1805 hier gesterf het. Hy was besig met vredesonderhandelinge met die Bondelswart-Namas toe hy in sy rug geskiet is. Hulle het vermoed dat hy net as afleiding gebruik was deur die Duitse troepe om 'n aanval te loots in 'n poging om gesteelde vee terug te kry.

Elyna kan nie help om te wonder of die man dalk ook 'n vrou en kinders gehad het wat vir hom in Duitsland gewag het.

Nie lank nadat hulle die graf gevind het, kom hulle by 'n plek waar hulle die rivier moet oorgaan. Die water is hoog en die klippe waarop hulle moet trap om nie nat te raak nie, is soms ver uitmekaar en glad soos die mos gedurende die reënseisoen daarop gepak het. Dan is daar nog die struikelblok van die massiewe rugsak wat elkeen op hulle rug het. Elyna kan sien dat hierdie vir haar 'n groot uitdaging gaan wees omdat sy sekerlik die kortste van die stappers is en daarby petit gebou.

Hier sal ek my storie moet ken as ek nie met slaapsak en matras en al in die water wil beland nie. As die vervlakste rugsak net nie so lomp en ongemaklik was nie.

Die man wat die hele tyd voor stap, is 'n lang Duitser. Hy begin om die rivier oor te steek en Elyna volg net na hom. Sy neem haar tyd en vir die eerste deel gaan dit redelik. Sy bereik 'n plek waar die rotse redelik ver van mekaar is en sy nie net sal kan 'n tree gee nie, maar sal moet spring, anders gaan sy in die water beland. Oral om die rots waarnatoe sy moet spring is daar kleiner rotse wat net-net onder die water uitsteek.

Elyna maak al haar moed bymekaar en trap 'n tree terug om haar bietjie meer momentum te gee. Dan spring sy ... Haar een voet land wel op die klip, maar dit is glad en sy val net links daarvan. Haar liggaam half in die water. Die stappers agter haar het gesien wat gebeur en skree dadelik aan hulle maat voor.

"Dieter, Dieter, das Mädchen ist sehr hässlich geworden, hilf, hilf ihr schnell, schnell!"

Elyna se liggaam lê half ongemaklik, maar sy roer nie. Die man wat hulle Dieter geroep het, draai dadelik om en beweeg so vinnig as hy kan na haar. Hy is gelukkig 'n mediese dokter en dit is ook net die bestiering van die Vader.

Wanneer hy haar bereik sien hy dat sy bewusteloos is, en dat daar bloed aan haar kop is. Hy neem eers dadelik haar pols en voel dat dit sterk klop wat een troos is. Daarna sien hy dat sy met haar rug op 'n skerp rotspunt geland het en weet dit kan groot moeilikheid beteken. Hy besef dat hy dadelik hulp sal moet ontbied ander kan dinge vreeslik skeep loop vir Elyna.

Meteens is hy dankbaar dat hy nie na almal geluister het nie en tog sy satellietfoon gebring het. Verder is hy dankbaar dat hy as gevolg van sy beroep baie oplettend is. Hy het die afgelope dae gesien hoe die meisie elke keer as sy haar klere gewas het 'n MedRescue kaartjie uit haar hempsak gehaal het. Hy haal eers die kaartjie versigtig uit haar sak en haal dan sy satellietfoon uit. Hy skakel dadelik die nommer daarop.

"MedRescue, hoe kan ons help?"

"Dit is dokter Dieter Jentz hier, ek skakel met die toestemming van Natuurbewaring Visrivier waar ons besig is om te stap. 'n Meisie wat een van julle lede is het pas baie sleg geval terwyl ons besig was om die rivier te kruis. Sy is bewusteloos en ek vermoed sy het haar rug ernstig beseer."

"Kan u asseblief vir my die nommer op die kaartjie gee?"

"Sekerlik ... hier is dit." Hy lees die nommer af.

"Waar in die Visrivier is julle min of meer, weet u?"

"Ja, ons is nie ver van die graf van Luitenant Thilo von Trotha nie, as ek moet skat so twee kilometer na Pink Palace se kant en ook nie ver van die nooduitgang nie."

"Sal u haar kan stabiliseer?"

"Dit sal baie moeilik wees, maar ek sal my bes doen. Sy lê met haar liggaam half in die water en ek sal haar moet warm kry dat sy nie in skok gaan nie. Ons sal ons bes doen. Hoe lank sal julle neem om hier te kom?"

"Dit sal ons om en by 'n uur neem. Kontak ons asseblief weer as u voel daar is verandering aan haar toestand. U praat met Eddie Bezuidenhout."

"Goed so, ek sal my bes vir haar doen. Ons wag vir julle."

Die res van die groep is ontsteld en in skok. Die fyn, stil meisietjie aan wie se teenwoordigheid hulle oor die laaste dae gewoond geword het, lê byna leweloos.

"Kom hulle?" vra die een vrou wat naaste aan waar die ongeluk gebeur het op 'n rots staan.

"Ja, hulle sal binne 'n uur hier wees. Ek moet haar uit die water kry en haar liggaam probeer warm kry. Sy gaan in skok ingaan. Heinz, kyk of julle twee langerige houte kry. Ons sal 'n draagbaar moet prakseer, dan ons haar na droë grond kan neem."

Die groep draai terug na die oewer toe en almal skarrel rond op soek na lang houte. Dieter neem weer haar pols en voel dat dit afgeneem het. Hy besef dat dit 'n gevaarteken is en hulle gou sal moet speel om haar uit die water te kry.

As Elyna by haar bewussyn was, sou sy beslis dankbaar wees dat sy juis hierdie groep mense gekies het om mee saam te stap. Omdat hulle Duitsers is en bekend vir hulle deeglikheid, het hulle hulpmiddels saamgebring, want niemand anders aan sou dink nie.

Hulle het twee houte gevind en een van die vroue het 'n stuk van haar grondseil afgeknip. 'n Ander man het die paar *cable ties* wat hy aan die kant van sy rugsak ingedruk het uitgehaal en binne minute het hulle 'n draagbaar prakseer.

Drie van die mans beweeg met die draagbaar na waar Dieter nou by Elyna kniel. Hulle beweeg gemaklik, omdat hulle almal lank is.

"Ah, dankie tog, julle het dit reggekry. Ons moet haar so vinnig moontlik droog en warm kry. Haar liggaam sal binnekort in parallaktiese skok gaan en dit wil ons nie hê nie. Julle moet asseblief nou my instruksies tot op die letter uitvoer. Ons moet haar baie versigtig hanteer, ek vermoed sy het 'n ernstige rugbesering opgedoen."

Onder Dieter se bekwame leiding, kry hulle Elyna op die draagbaar en neem haar na die oewer. Daar wag die vroue reeds met 'n handdoek om haar droog te maak en ook droë klere. Haar klere knip hulle van haar liggaam en trek dit onder haar uit. Net haar swembroek los hulle aan.

"Ons kan haar nie beweeg nie, los die klere. Nou moet ons haar net warm kry. Wie het 'n thermo slaapsak? Dit sal haar die vinnigste weer warm kry."

Vinnig bring een van die manne hul slaapsak en hulle draai dit om die draagbaar. Elyna is steeds bewusteloos. Dieter monitor net haar hartklop, dit is al wat hy nou kan doen.

Almal is baie bekommerd oor das *ruhige Mädchen* soos hulle haar gedoop het omdat sy so stil is. Na wat soos 'n ewigheid vir hulle voel, hoor hulle uiteindelik die helikopter voor hulle. Dit soos 'n naaldekoker in die rivier in hul rigting sien afvlieg. In 'n stofwolk sit die vlieënier die helikopter op 'n kaal gelykstuk neer, en die paramedici spring dadelik uit met 'n draagbaar en mediese hulpmiddels. Dieter staan op van waar hy gehurk by Elyna sit en hulle neem dadelik oor.

"Is u dokter Jentz?"

"Ja, ons het haar uit die water gehaal, want haar liggaam sou in skok gegaan het. Haar hartklop is baie oneweredig en julle moet asseblief aandag gee aan haar rug en kop."

"Goed, baie dankie, u het sekerlik haar lewe gered. Kom manne, sit eerste vir haar 'n drup op, dan kan ons na die ander dinge kyk." Die paramedikus raak besig.

"Ken u haar? Is daar van haar familie in julle groep?"

"Nee ons ken haar nie, ons weet net sy is 'n Namibiese meisie. Verder weet ons niks van haar af nie. Ons het haar by Hobas ontmoet die oggend wat ons begin stap het."

"So julle weet ook nie hoe sy daar gekom het nie. Het sy enige identifikasie op haar?"

"Nee, ons weet nie. Hier is haar rugsak, dit is nat. Miskien sal julle daar identifikasie vind. Maar julle behoort tog te weet wie sy is van haar nommer op haar kaartjie."

"Hierdie is nou weer daardie een uit 'n duisend gevalle waar alles deurmekaar is. Die nommer op haar kaartjie moet verkeerd wees, want daar is so 'n nommer op ons sisteem wat beteken sy is 'n opbetaalde lid. Een of ander manier lyk dit of twee van die syfers omgeruil is, want dit is nie 'n geldige identiteitsnommer nie. So ons weet ook nie wie sy is nie, net dat ons haar moet help want sy is 'n geldige lid."

"Dit is 'n penarie, hoe gaan julle haar mense laat weet?"

"Ek gaan nie kan nie, sy sal as Jane Doe by die hospitaal moet ingeboek word, net op grond van ons lidmaatskap."

"Die arme kind, sy is so 'n stil mensie."

"Ons is u oneindig dankbaar vir wat u vir haar gedoen het, dokter Jentz. Dit is voorwaar 'n wonderwerk dat sy juis in u groep moes wees."

Minute later styg die helikopter op. Eddie besef dat hulle haar so vinnig moontlik by die hospitaal moet kry. Dit is byna seker dat sy harsingskudding opgedoen het, dit is hoekom sy ook bewusteloos is. Dan is daar nog daardie lelike wond aan haar rug en wat daardie skade gaan wees weet niemand op die stadium nie.

Ek beter vooruit vir Zeus von Heinitz laat weet om gereed te wees om te opereer as ons in Windhoek met haar aankom. Hy is die beste ortopediese chirurg, jonk en wakker.

"Manne hoe lyk dit daar agter?"

"Sy is nog bewusteloos, en hoe gouer ons haar by die hospitaal kry hoe beter."

"Goed, ek gaan nou reël dat dokter Von Heinitz daar is om dadelik aan haar aandag te gee as ons haar inbring." Hy skakel die nommer, wag 'n rukkie en hoor dan die bekende bariton stem.

"Eddie, as jy my bel is daar weer allerhande moeilikheid. Waarmee help ek?"

"Ons is op pad van die Visrivier Canyon af met 'n jong dame wat 'n ongeluk gehad het toe sy die rivier probeer oorgaan het. Sy het geval en haar kop gestamp en ook haar rug beseer. Sy is bewusteloos, en hoe erg die rugbesering is, sal net jy vir ons kan vasstel."

"Het sy 'n naam?"

"Nee, sy het nie … die naam wat sy vir die mense wat saam met haar gestap het gegee het blyk nie haar regte naam te wees nie."

"Wat de hel bedoel jy sy het nie 'n naam nie? Hoekom sal sy 'n verkeerde naam gegee het? Hoe kan dit wees!"

Eddie verduidelik aan Zeus die unieke probleem wat hulle mee te kampe het.

"Ek het gedink hierdie goed gebeur net in *movies* … genade tog. Hoe oud skat jy haar?"

"Ek skat haar so in haar vroeë twintigs. Sy lyk soos Doringrosie..."

"Wat? Waarvan praat jy? Het jy ook jou kop daar in die canyon gestamp, Eddie?"

"Nee, Zeus, dit is net sy het die mooiste vel en dan twee dik koperrooi vlegsels wat byna tot in haar middel lê. Sal jy reg wees, ons sal oor 'n halfuur daar wees en dit is werklik 'n krisis."

"Lady Pohamba Hospitaal, reg?"

"Reg..."

Nadat die helikopter vertrek het, staan die groep stappers soos verdwaalde skape, asof nie een nou weet waarheen nou nie.

"Nou ja ek hoop maar net hulle sal die stil meisie kan help," sug Dieter Jentz.

"Sonder naam? Maar sy het mos 'n naam ...Pascha Muir, dit hoe sy haar daardie eerste oggend aan my voorgestel het toe ek haar koffie aangebied het," reageer Dieter Jentz se vrou, Anchen.

"My genade Anchen, en die hele tyd noem ons haar die stil meisie en jy help ons nie reg nie. Ek moet vir Eddie laat weet, miskien sal dit hulle help."

"Hulle moet mos weet wie sy is, sy is dan 'n lid en hulle sou mos nie gekom het as sy nie op hulle sisteem was nie," verklaar Anchen.

"Nee, dit lyk my is nie so eenvoudig in hierdie meisie se geval nie." Hy vertel hulle van die probleem wat MedRescue het en skakel dan vir Eddie.

"MedRescue, middag. Hoe kan ons help?"

"Eddie, my vrou vertel my nou die meisie het haarself voorgestel as Pascha Muir. Miskien sal dit julle help. Hoe gaan dit met haar?"

"Nog dieselfde, ons is byna in Windhoek. Dokter Zeus von Heinitz wag reeds vir haar by die hospitaal, hy sal dadelik aan haar rug opereer nadat hy die skade vasgestel het. Baie dankie dat u laat weet het, ek sal nou ons kantoor vra om dit vir ons na te gaan."

Tien minute later gooi Eddie weer sy hande in die lug, want hulle het glad nie 'n Pascha Muir op hulle sisteem nie. Die Duitse vrou het sekerlik verkeerd onthou, hoe anders. Dan sal ons maar met Jane Doe moet gaan. Nee, dit klink darem te erg, ons hou maar by Pascha Muir.

Hoofstuk 7

By Lady Pohamba Hospitaal, reël Zeus dadelik sodra die meisie ingekom en hulle haar stabiliseer het, dat sy vir 'n scan moet gaan dat hulle die skade aan haar rug kan vasstel. Hy reël ook vir 'n teater en narkotiseur om by te staan dat hulle dadelik tot aksie kan oorgaan.

Hy verduidelik ook solank die situasie met haar identifikasie aan die suster by ongevalle, dat hulle nie onnodig tyd moet mors as sy aankom nie.

"So wat Dokter vir my vertel is dat sy geen identifikasie het waarvan ons nou weet nie en MedRescue bevestig het dat sy wel 'n lid van hulle is?"

"Ja, anders sou hulle haar mos nie gaan haal het nie!" antwoord hy nou half ongeduldig met die suster.

"Hoe moet ons haar dan inboek, op watter naam?"

"Suster seker maar as Jane Doe vir nou, met haar MedRescue nommer as verwysing. Of as jy wil Doringrosie ... " mompel hy die laaste deel dat net hy dit kan hoor.

"Of wat Dokter?"

"Niks nie. Sorg net dat alles gereed is, hulle behoort binne sekondes te land."

Suster Venessa Thatcher kyk die dokter agterna as hy na die deur beweeg waar hulle die pasiënt binne minute sal instoot. *Nou het ek ook als gehoor en beleef ... hoe kan hulle nie weet wie die vroumens is nie? Dit is tog nie goed wat in die werklike lewe gebeur nie. Is ons nou hier met 'n sprokie besig?*

Minute later bars die MedRescue paramedici met die mobiele draagbaar by die deur van Ongevalle in.

"Is dit die meisie wat van die canyon af kom?" vra Zeus.

"Ja, dokter dit is sy, Eddie is reg agter ons. Waarheen neem ons haar?"

Zeus wys na die eerste oop bed en haas hom daarheen, terwyl hy vir Venessa roep.

"Suster Thatcher, sy is hier, kom gou. Kyk gou na haar noodsaaklike tellings dat julle haar vir die scan kan neem. Ek sal opdrag gee dat hulle ook 'n brein scan doen."

Venessa raak besig om haar bloeddruk te neem, dan haar koors en haar hartklop.

"Dokter, sy moet pyn hê, want haar bloeddruk is hoog. Moet ons haar daarvoor iets spuit?"

"Ja, ek sal haar spuit." Die suster bring vir hom die inspuiting en wag dan vir hom om te spuit dat sy die pasiënt kan neem vir die scan. Zeus, onbewus van wat onder die kombers vir hom wag, trek die kombers weg en voel hoe sy gesig warm word van verleentheid. Die meisie is net in 'n bikini. Hy ruk homself egter vinnig reg en spuit haar op haar arm. Hy merk egter die twee koperrooi vlegsels waarvan Eddie gepraat het en glimlag innerlik. Net daar doop hy haar offisieel Doringrosie.

"Suster julle kan haar maar neem, ek wag hier vir die uitslag. Dokter Scandera sal dit dadelik vir my deurbel. Hy sal ook vir julle opdrag gee waarheen julle haar daarna moet neem."

Eddie Bezuidenhout kom die saal binne.

"Eddie, genade, kon jy my nie gewaarsku het dat Doringrosie half nakend is nie?"

"Jammer Dokter, ek sien nie sulke dinge as iemand se lewe daarvan afhang nie. Dokter Jentz, dit is nou een van die stappers in haar groep, moes haar klere afknip en gelukkig het sy 'n swembroek onder aan. Sy was nat en besig om in skok te gaan."

"Ek verstaan dit, ek was net onkant gevang toe ek haar moes inspuit. Ons sal binnekort weet wat die skade is en ek vermoed ek sal dan dadelik opereer. Dankie vir julle hulp. Miskien kan ons by die Toeristekantoor op Ai-Ais probeer uitvind wat haar naam is, sy moes tog bespreek het."

"Dokter Jentz het my 'n naam gegee – Pascha Muir – maar dit is nie haar naam nie, want dit kom glad nie op ons sisteem op nie. Dit blyk dat ons meisie nie gekry of gevolg wou word nie. Dit is so half sinister."

"Hoekom sou dit wees, sy het tog net die Visrivier canyon gaan stap, wat is nou daaraan om weg te steek."

"Dit sal ek nie kan sê nie. Ek gaan haar rugsak hier los, dit is nat, maar miskien kan dit help as sy nie gou wakker word nie."

"Dankie, dit is reg. Ek sal dat die Suster toesien dat hulle dit droogmaak by die wassery en weer vir ons stuur. Daar is sekerlik nie veel klere in nie. Dit is gewoonlik die matras en slaapsak wat die spasie vat en dan bietjie kos. Hoe het sy op Ai-Ais uitgekom, weet julle?"

"Nee ons weet ook nie, dit sal ek probeer uitvind vir Dokter en jou laat weet."

Zeus se selfoon lui en hy sien dit is dokter Scandera wat hom soek.

"Verskoon my vir 'n sekonde, dit is dokter Scandera ... Dokter, hoe lyk dit met die meisie se beserings?"

"Ek vermoed dat daardie groot rugsak wat sy op haar rug gehad het haar lewe gered het. Sy sou haar kop baie harder gestamp het as sy nie die rugsak op haar rug gehad het wat haar val tog moes gestuit het nie. Die rug, is 'n ander saak. Die rugmurg is beslis beseer, jy sal die omvang van die skade eers kan bepaal as jy opereer. So, ek dink jy moet teater toe draf, my ou maat."

"Ai, Dokter, die arme kind. Ek is op pad, baie dankie dat u haar ingedruk het."

"Hoe lyk dit Dokter?" vra Eddie.

"Eddie, ek moet teater toe om Doringrosie te opereer. Haar rugmurg het seergekry, maar die kopbesering lyk nie te erg nie, op die stadium net erge harsingskudding. Ons praat weer."

"Reg so Dokter, ek sal wanneer ek 'n kans kry weer inloer. Sy gaan seker in die chirurgiese afdeling wees?"

"Ja." Zeus von Heinitz is haastig en beweeg gang af na die teater toe met lang afgemete treë. Daar wag dokter Rautenbach, die narkotiseur en suster Thatcher hom reeds in.

"Suster, dankie, u kan maar gaan. Die teaterpersoneel sal nou oorneem."

"Dit is 'n plesier Dokter."

Zeus is reeds op pad om te gaan skrop, tyd is daar nou nie meer vir draai nie. Callie Rautenbach sien dat Zeus baie haastig is en sodra die personeel die meisie met die lang koperrooi vlegsels en nogal in 'n bikini op die operasie bed getel het, koppel hy al sy monitors en dien die narkose toe. As Zeus inkom, tel hulle haar oor die saal waar hy gaan opereer en hy kan net begin opereer. Die scan is reeds op die skerm vir hom om die skade te sien en waar hy moet ingaan.

Hy begin dadelik. Die besering is by haar lumbaal 4 en 5. Die rugmurg is beskadig en die werwels het ook erg seergekry. Zeus doen wat hy kan om dit skoon te maak, splinter te verwyder en die plat gedrukte kussinkie met beensement te vul dat dit weer kan funksioneer. Sorgvuldig werk hy die sny toe, gedagtig daaraan dat sy nog so jonk is en nie 'n lelike letsel moet hê nie. Dan praat hy asof met homself.

"Sy gaan beslis verlam wees, dit is verskriklik vir iemand so jonk soos sy. Sy sal vinnig haar bewussyn herwin, dan moet ons maar sien of daar nog enige ander nagevolge is."

"Kan ons haar maar oorsit op die bed, Dokter Von Heinitz?"

"Julle kan ..." Hy kyk na Callie Rautenbach. Die kry 'n klein glimlag om sy mond.

"Zeus ou vriend, kyk na die positiewe kant, voorwaar het ons nog nooit voorheen so 'n mooi meisie en dit nog in haar bikini op hierdie operasietafel gehad nie. Dit is beslis 'n eerste."

"Dit is ... maar onder hierdie omstandighede wens ek daar was nie 'n eerste nie. Ons weet nog nie eers wie sy is nie, dus kan ons nie eers haar familie in kennis stel nie. Niemand wat haar gaan besoek en kan ondersteun wanneer ek vir haar die verdoemende nuus gee nie."

"Julle sal sekerlik binnekort uitvind wie sy is, sy moet tog iewers identifikasie hê."

"Ons kan maar net so hoop. Vir nou is dit ons werk om haar te beskerm. Suster Basson, gee haar dadelik 'n morfien inspuiting en sorg dat sy gereeld een kry vir die volgende dag. Wanneer sy wakker word, kan ons vir haar 'n morfienpomp gee. Probeer haar wakker kry, andersins sien toe dat haar *vitals* reg is en neem haar dan na chirurgie. Ek sal later daar by haar 'n draai maak. O, ja, sien asseblief toe dat sy in 'n privaatkamer lê, ek wil haar nie blootstel aan meer trauma nie."

"Reg so, Dokter. Sal ons vir haar terwyl sy nog slaap, 'n jurk en onderklere aantrek?"

"Julle kan, maar vra by die saal dat hulle haar lekker was, sy het in die rivier geval. Sy sal tog net beter voel as sy wakker word en haar lyf is skoon al het sy dan ook pyn."

"Ons sal so maak, Dokter."

Zeus en Callie gaan trek hulle teaterklere uit en verlaat dan die teater.

"Hierdie is voorwaar 'n snaakse geval. Hoe weet julle nie wie sy is nie?"

"Callie, sy het die Visrivier gaan stap en was saam met 'n groep Duitse toeriste wat haar glad nie ken nie. Vir hulle het sy 'n naam gegee wat blyk nie haar naam te wees nie, want Eddie kon dit nie op hulle sisteem kry by MedRescue nie."

"Hoe het hulle haar dan gaan haal?"

"Sy het haar MedRescue kaart by haar gehad en daarop is net 'n nommer. Die nommer is op hulle sisteem, maar hulle vermoed dat twee syfers omgeruil is en daarom gooi dit nie 'n naam uit nie."

"Wat 'n gemors."

"Jy moet my nou verskoon, ek wil gou met Eddie praat en hoor of hy iets by die kantoor op Ai-Ais kon wys raak."

"Sterkte ou maat, veral as jy vir haar moet vertel sy is verlam. Dit moet 'n geweldige slag vir enige mense wees, maar vir so 'n mooi jong meisie, nog meer."

Sodra Zeus by sy praktyk instap, wat gelukkig op die derde vloer in die administrasievleuel is, skakel hy vir Eddie.

"Zeus, is jy klaar? Hoe het dit gegaan en hoe lyk dit?"

"Eddie, ek is pas klaar. Die hoofbesering is nie ernstig nie. Sy sal haar bewussyn vinnig herwin en dan moet ons kyk of daar nog nagevolge is. Die rugbesering is egter ernstig, haar rugmurg het tussen L4 en L5 seergekry. Sy sal verlam wees."

"Ag nee, man. Dit is nou werklik nie goeie nuus nie. Ek het ook geen verdere vordering gemaak nie. Ai-Ais het ook net daardie Pascha Muir naam en geen identiteitsnommer nie, net 'n selfoonnommer wat nou nie werk nie. Hulle weet ook nie of sy met haar eie voertuig gekom het en of dit dalk daar by hulle staan nie. Dit sal ons ook eers kan uitvind as daar na 'n tyd nog 'n voertuig staan wat nie gehaal is nie."

"Dan is ons nou in 'n doodloopstraat vir eers. Ek sal later by haar 'n draai maak om te sien hoe dit gaan, as sy net wil wakker word, sal dit ook help."

"Ons sal bid my vriend, jy weet mos dat ons Vader reeds haar pad uitgelê het."

"Eddie, bid jy, ek sal doen wat ek kan aan die kant. Dokter Rautenbach wat die narkotiseur was, is natuurlik baie ingenome met die pasiënt wat met 'n bikini in die teater beland het. Ek het opdrag gegee dat hulle haar lekker was en 'n jurk aantrek. Ek dink sy sal vreeslik verleë wees as sy wakker word en steeds 'n bikini aan het."

"Jy het 'n goeie hart, Zeus von Heinitz. Ek praat met jou as ek enige nuwe inligting kry."

"Dankie, ek waardeer dit."

In die herstelkamer net langs die teater poog Suster Basson om die meisie wakker te maak.

"Juffrou, juffrou wakker word! Juffrou, juffrou kan jy my hoor?"

Na haar derde probeerslag begin kreun die meisie voor haar op die bed. Sy sukkel om haar oë oop te maak.

"Juffrou wat is jou naam?" probeer Suster Basson.

Die meisie met die groen oë se oë fladder weer momenteel oop, sy kyk vreemd na Suster Basson en dan slaap sy verder.

"Genade tog, sy is nog te deur die slaap en die stamp teen die kop help beslis ook nie. Kom ons neem haar net chirurgie toe." Sy stap saam met die portier wat die bed behendig in die gange afstuur na chirurgie.

"Suster Basson, het jy vir ons 'n pasiënt gebring?" vra Suster Nadja Pape.

"Ek het ... ek het net nie veel om jou omtrent haar te vertel nie. Om die waarheid te sê nie eers haar naam of van nie." Sy lig Nadja in oor die ongewone situasie.

"Nou toe nou, hoe meer dae hoe meer dinge. So vir nou is sy dan Jane Doe. Ons hoop as sy wakker word sal sy ons kan help met haar naam en van."

"Nog iets, sy is nog net soos sy ingebring is deur MedRescue, en het nog 'n bikini aan. Dokter Von Heinitz het gevra dat julle haar asseblief moet was en aantrek sodra ons haar oorgee. Verder moet sy in 'n privaatkamer kom asseblief. Hy sal later 'n draai kom maak. Hy het ook morfien voorgeskryf, kyk asseblief in die lêer. Ek los haar in julle bekwame hande."

"Dankie, ek sal dat een van die verpleegsters haar dadelik was en aantrek."

"Groot asseblief maan haar net om versigtig te wees. Sy sal in elk geval net 'n jurk kan aantrek, want ek dink nie dit is 'n goeie idee om haar te beweeg nie. Tensy julle die bikini-broekie afknip en baie, baie versigtig vir haar een van die teater broekies aantrek."

"Moet nie bekommerd wees nie, ek sal self haar aantrek. Dokter Zeus is baie erg oor sy pasiënte en ek wil nie moeilikheid hê nie."

Suster Pape gee die portier opdrag om haar te volg na 'n privaatkamer wat oop is. Sy beveel die verpleegster om eers 'n handdoek onder te gooi voor hulle haar oorrol. Sodra hulle die meisie baie versigtig oorgerol het op die bed bedank sy die portuur en stuur hom weg.

"Mia, sal jy vir ons 'n skoon stel teater klere kry vir haar. Ons gaan haar nou gou was. Die arme meisie is nog net soos toe sy die ongeluk gehad het, vuil, vol stof en rivierwater. Kyk of jy by een van die ander dames vir ons bietjie lekkerruik seep of *shower gel* kan kry. Ek sal sodra ek 'n kans het vir die meisie toiletware gaan kry."

"Maar Suster haar familie kan mos vir haar bring."

"Ons weet nie wie sy is nie, so daar sal geen besoekers wees nie. Ons help mos waar ons kan."

'n Halfuur later is Nadja Pape tevrede dat die meisie skoon is en ook meer soos 'n meisie ruik. Sy slaap nog steeds. Sy vermoed dit is die morfien wat hulle haar gespuit het by die teater.

Og, ek moet vinnig die kombuis laat weet dat hulle vir haar kos bring, wie weet wanneer laas die kind geëet het. Dit is nou al sewe uur en volgens die verslag van MedRescue het die ongeluk net na vier plaas gevind.

Sy bestel kos vir die meisie en besluit om te bly totdat Dokter Von Heinitz haar kom besoek het. Die nagdiens personeel kom en hulle doen oorname. Almal is verstom oor die onbekende meisie. Hulle het nog nooit so 'n geval gehad nie.

Kort na hulle oorname gedoen het, kom Zeus. Die nagdiens suster stap saam met hom. Hulle vind Nadja by haar.

"Suster Pape, is u nog hier?" vra Zeus.

"Ja, dokter, ek het net te aardig gevoel om haar so alleen te los."

"Suster Jansen, sy sal nog slaap, as sy dalk deur die nag wakker word, bel my asseblief dadelik. Verder sien toe dat sy gereeld haar morfien kry. Dit sal al wees, u het baie werk, ek gaan nog 'n rukkie hier by haar bly."

"Goed Dokter, ek sal so maak. Mooi aand verder." Die suster verlaat die kamer, haastig op pad na 'n ander kamer waar 'n klokkie skree.

"Ek moes geweet het jou sagte hart sal dadelik vir die meisie jammer voel, suster Pape. Ek sien julle het haar lekker gewas, sy ruik selfs lekker."

"Ja, ons het by een van die ander dames lekkerruik seep geleen om haar te was. Die arme meisie het dan vir nou niemand wat eers vir haar toiletware of selfs pajamas kan bring nie. Ek voel so jammer vir haar en wil nie weet hoe getraumatiseerd sy gaan wees as sy moet uitvind sy is verlam nie."

Zeus haar sy beursie uit sy sak en tel 'n paar note af. Hy hou dit na Nadja uit.

"Suster Pape, vat hierdie en kry vir haar toiletware en twee stelle pajamas. Ek voel ook soos jy, ons moet ons deel doen waar ons kan. Sy verkeer in geweldige pyn, ons moet nog sien wat die skade van die stamp teen haar kop is en niemand weet eers sy is hier nie."

"Dankie, Dokter, ek sal dit graag doen. Ek sal môre sodra die winkels oopmaak vinnig Grove Mall toe gaan, dit is mos net hier by ons. Ons hoop sy raak vinnig wakker dat ons kan uitvind wie sy is. Dan gaan ek eers. Sien u weer môre."

"Dankie vir jou ekstra omgee Suster Pape, mooi aand."

"Dit is net 'n plesier. Mooi aand vir u ook."

Zeus gaan sit in die stoel waaruit Nadja pas opgestaan het en kyk na die slapende meisie met die pragtige gesig, en twee koperrooi vlegsels wat nou op die duvet lê.

Doringrosie ... wie is jy? Word wakker dat ons net jou mense in kennis kan stel. Een of ander tyd sal hulle tog bekommerd raak oor jou. Miskien sal hulle navraag doen by Ai-ais. Nee ... miskien weet hulle nie eers jy was daar nie ... jy het dan 'n ander naam as jou eie gebruik. Hoekom? Hoekom het jy dit gedoen?

Vir 'n ruk sit hy nog so na haar en kyk en besef dan hoe moeg hy is. Hy kyk verlaas na die lewensfunksie monitor waaraan sy gekoppel is en sien dat al haar lesings in orde is. Die morfien hou haar rustig.

Dan is dit tyd om te gaan rus. Kom ons hoop dat môre 'n beter dag as vandag vir jou sal wees ... Doringrosie. Hoe kan dit wees...

Hoofstuk 8

Lida is die eerste persoon wat vir Elyna skakel en nie in die hande kry nie. Sy probeer 'n paar maal, maar teen die Vrydag, is sy al baie bekommerd. Sy wil nie vir Gunther of haar ouers ontstel nie.

Ek gaan vir Nina skakel, sy sal tog seker weet as daar fout is. Of waar Elyna is dat sy nie haar foon antwoord nie.

Sy skakel dadelik Nina Maritz Argitekte se kantore.

"Nina Maritz Argitekte, middag."

"Juffrou kan jy my asseblief deurskakel na Nina toe."

"Wie kan ek sê wil met haar praat asseblief?"

"Dokter Lida Schmidt."

"Goed, ek hoor gou of sy beskikbaar is." Na 'n rukkie kom sy terug op die lyn.

"Dokter, ek skakel u deur."

"Dankie, ek waardeer dit."

"Nina Maritz, middag."

"Middag, Nina, ek is Lida Schmidt, Elyna se niggie. Ek probeer haar al die hele week skakel, maar kry haar nie in die hande nie. Weet jy dalk waar sy is en hoekom sy nie haar selfoon antwoord nie?"

"Lida, middag. Elyna is met twee weke verlof. Ek dink nie jy moet jou bekommer nie. Miskien is sy net iewers waar sy nie selfoon opvangs het nie." Sy dink aan die belofte wat sy aan Elyna gemaak het om haar geheim te hou, maar voel tog bietjie sleg omdat sy die meisie nie die waarheid vertel nie. Sy voel egter gerus, want die roete neem omtrent 'n week om te stap, so Elyna sal sekerlik met haar familie kontak maak sodra sy klaar gestap het.

"Ek verstaan, dan is sy seker maar iewers waar sy nie opvangs het nie. As jy iets van haar hoor, vra haar tog om my te skakel," probeer Lida weer.

"Ek sal beslis. Gee jou selfoonnommer vir my asseblief?" Lida gee haar nommer en lui dan af.

Dit is baie snaaks, hoekom sal Elyna nou net ses maande nadat sy begin werk het twee weke vakansie neem? Waar kan sy wees? Hoekom het sy niks vir my daarvan genoem nie, ons het nog net laas week met mekaar gesels. Lida, hou op jouself opmaak, miskien was sy net lus vir 'n wegbreek. Wel al wat ek nou kan doen is wag – wag vir nog 'n week en weer vir Nina bel as ek haar steeds nie in die hande kry nie.

Op Duwiseb gesels Gunther en Imke oor 'n koppie koffie die Saterdagaand.

"Vrou, Elyna het dan nog nie gebel die week nie. Wat is die kind dan nou so stil? Ek mis haar."

"Ja, dit is snaaks, sy is baie getrou met haar oproepe. Ek wonder of daar fout is."

"Moenie so praat nie vrou, daardie roosknop van ons mag nie iets oorkom nie. Jy weet na haar moeder en Claude se ontydige afsterwe is sy ons dryfveer om aan te gaan."

"Ek weet, ek weet. Dit is net sy het nog nooit vandat sy begin werk het een week oorgeslaan nie."

"Om te sit en wonder sal ons niks help nie. Kom ons bel haar." Hy druk haar nommer op sy selfoon en wag, maar vinnig gaan dit oor na 'n stem boodskap wat lui: 'die persoon waarna u soek, is nie nou beskikbaar nie'.

"Wat is dit, hoekom, frons jy nou so, Gunther?"

"Die ding gaan net na die antwoordmasjien toe oor en vertel vir my sy is nie beskikbaar nie. Wat gaan aan?"

"Kom ek bel vir Lida, sy sal weet, hulle twee gesels gereeld." Imke voeg die daad by die woord.

"Ouma, dit is 'n verrassing so op die Saterdagaand. Hoe gaan dit met julle?"

"Lidatjie, my kind ons is bietjie bekommerd oor Elyna. Sy het nog nie die week gebel nie en nou toe oupa probeer vertel daardie Ingelse vroumense net vir ons sy is nie beskikbaar nie."

"Ag, Ouma, julle moet julle nie bekommer nie. Sy werk net buite Windhoek en het nie opvangs daar nie. Ek is seker sodra sy weer opvangs het sal sy julle bel."

"Dan is dit reg my kindjie, hoe gaan dit met jou en daardie jongman Patrick?"

"Dit gaan goed, Ouma. Ons is net albei baie besig. Stuur asseblief vir almal op die werf groete en liefde. Hou nou op bekommerd wees, Elyna is mos 'n verantwoordelike jongvrou."

"Dit is reg so, mooi aand vir julle en liefde van ons."

"Wat sê Lida, vrou?"

"Elyna werk blykbaar buite Windhoek waar sy nie opvangs het nie. Sy sê ons moet ons nie bekommer nie, sy is seker Elyna sal ons kontak sodra sy weer opvangs het."

"Wel, dan weet ons ten minste nou, dit is nou net weer die vyand wat ons wil kom onrustig maak."

"Dit is seker so."

Tevrede nou dat hulle weet hulle roosknop is besig met werk, gesels hulle rustig voort.

Dit is net na vyf die oggend in Windhoek, maar Zeus von Heinitz is wakker en besig om sy drafklere aan te trek. Dit is sy daaglikse roetine om sy dag so te begin. Dit is wanneer hy sy kop skoonmaak en ook energie vir die dag kry. Sy huis is teen die kop in Kleine Kuppe geleë. Dit is gemaklik vir hom, want dit is naby die Lady Pohamba hospitaal waar sy spreekkamer geleë is en die meeste van sy pasiënte ook is wat hy moet besoek.

Hy vat die pad en draf sy roete van op- en afdraandes terwyl die meeste mense nog slaap, hier en daar is 'n hond wakker en blaf. Sommige huise brand die ligte al en neem hy aan word daar koffie gedrink of dalk stil geword voor die Vader voor die dag begin. *Miskien is daar selfs 'n paar kinders wat nog 'n laaste maal hul eksamen werk oorgaan voor hul vandag moet skryf. Wat is die moontlikheid dat ek dalk onwetend verby die familie van Doringrosie se huis nou draf? Is sy ooit van Windhoek, of van waar kom sy? Kom ek draf af na die hospitaal en gaan kyk of sy al wakker is.*

"Môre dokter Von Heinitz. Genugtig, maar jy is vroeg hier. Lyk dan of jy gedraf het?"

"Môre Suster Jansen, heeltemal korrek. Ek begin elke dag my dag met 'n drafsessie. Goed vir liggaam en siel. Toe ek hier verby draf besluit ek om te kom kyk of ons Jane Doe al wakker geword het."

"Ek was nog nie by haar nie, toe ek 'n rukkie gelede daar was, het sy nog heerlik geslaap. Sal ek saam met dokter gaan kyk?"

"Nee, gaan jy aan met jou werk, ek weet julle is besig. Ek sal gou gaan loer."

"Reg so, Dokter."

Zeus stap die gang af na die privaatkamer waar die meisie in is, stoot die deur versigtig oop om haar nie te pla as sy nog slaap nie en loer om te sien of sy dalk al wakker is. In die dowe lig, sien hy dat sy onrustig is en gaan nader. Haar oë is nog toe, maar sy beweeg haar kop van kant tot kant.

Ek wonder of sy pyn het en of sy dalk net droom. Hy kyk vinnig na die monitor en sien dat haar bloeddruk en hartklop albei hoog is. Sy het beslis pyn. Miskien gaan dit haar wakker maak.

Hy druk die klokkie om die suster se aandag te kry en besluit dan om haar wakker te maak.

"Juffrou, juffrou, hoor jy my? Word wakker!" roep hy van naby bokant haar. 'n Frons vorm tussen die meisie se wenkbroue en hy roep haar weer.

"Juffrou, juffrou..." Stadig fladder haar oë oop en twee groen oë staar verward na hom.

"Juffrou, moenie skrik nie, ek is dokter Zeus von Heinitz. Jy is in die Lady Pohamba hospitaal. Jy het 'n ongeluk gehad terwyl jy in die Visrivier gestap het. Wat is jou naam?"

"'n Ongeluk ... my naam ... ek weet nie wat my naam is nie!" antwoord sy duidelik verward. "Hoe het ek hier gekom? Ek het ontsettend pyn in my kop en rug..."

"Jy is deur die MedRescue helikopter ingebring nadat jy op 'n klip getrap en geval het. Julle was klaarblyklik besig om die rivier oor te gaan en jy het van die een klip na die ander gespring, gegly en geval. Jy het jou kop teen 'n skerp rots gekap en met jou rug in 'n ander een geland."

"Dokter het u my gesoek," vra suster Jansen wat in die deur verskyn het.

"Ja, Suster Jansen, bring asseblief dadelik 'n morfien inspuiting. Die pasiënt is wakker en in baie pyn." Zeus is dankbaar vir die onderbreking deur Suster Jansen se teenwoordigheid gebied. Hy moet nou eers die feit dat sy blykbaar aan geheueverlies ly, verwerk en oordink. Verder gee dit hom kans om eers later vir haar die nuus te vertel dat sy verlam gaan wees. *Laat sy ten minste net eers gewoond raak aan die idee dat sy in die hospitaal is en in veilige hande. Dit is in elk geval teveel slegte nuus om op een maal te verwerk. Geheueverlies is klaar erg genoeg, alhoewel ek seker is dat dit net tydelik sal wees. Steeds is dit traumaties vir die pasiënt wat dit ondervind.*

Suster Jansen draai in haar spore om en haas haar om die inspuiting te gaan haal. *Dankie tog die kind is wakker. Ek hoop nie dokter is vies vir my omdat ek nie vroeër vir haar 'n inspuiting gaan gee het nie. Dit is net so vervlaks besig.*

Die volle implikasies van haar geheueverlies moes nou ingeskop het, want sy kyk verwilderd na Zeus.

"Wat gaan met my gebeur as ek nie eers weet wie ek is nie?" vra sy paniekerig.

"Rustig, wees net rustig. Ons sal mooi na jou kyk, Juffrou en jou goed versorg. Dit is nie goed vir jou om jou nou daaroor te ontstel nie. Volgens die skandering is daar nie permanente skade aangerig deur die stamp teen jou kop nie. Dus vermoed ek dat jou geheueverlies net tydelik sal wees."

"Hoe lank is tydelik, dokter! Sal ek vandag, of môre of oor 'n week eers weer onthou?"

Suster Jansen kom met die inspuiting by die deur in en Zeus sug innerlik van verligting dat hy nie haar nou hoef te antwoord nie.

"Kom ek spuit jou gou vir daardie pyn, sommer hier in jou arm." Sy hou haar arm na hom uit en hy spuit haar in. "Nou dat sy wakker is Suster kan julle maar vir haar 'n morfien pomp opstel. Dan kan jy wanneer jy pyn voel net die pomp druk."

"Dankie." Sy praat nie verder nie, want in haar brein is dit soos stadsverkeer in spitstyd in die middel van New York. Sy probeer onthou, verstaan nie hoe sy nie kan onthou nie en wonder wie sy is.

"Juffrou, ek sal later weer by jou 'n draai maak. Rus nou net en moet jou nie te veel bekommer oor dat jy nie nou kan onthou nie. Suster vra asseblief vir Suster Pape dat sy moet toesien dat sy eet met ontbyt. Haar liggaam en brein het voedsel nodig. Kom ons los haar dat sy kan rus."

Hulle stap by die kamer uit en Zeus trek die deur toe om haar privaatheid te gee.

"Ek sal so maak, Dokter. Ek is net bly dat sy wakker is. Hoe klink dit my dan of sy aan geheueverlies ook nog ly?"

"Ja, dit is maar die oorsaak van die stap teen haar kop. Ek vermoed dat dit net tydelik is, steeds is dit baie traumaties vir die pasiënt. Noem dit asseblief ook aan suster Pape wanneer julle oorname doen, maar nie voor die pasiënt nie. Ek sal met my rondtes dit in haar lêer aanteken. Ek gaan net gou stort, dan is ek weer terug."

"Goed so Dokter."

Hy het gesê ek het in die Visrivier gestap ... was besig om oor die rivier te gaan en het geval, my kop gestamp en my rug seergemaak. Hoekom sou ek die Visrivier gestap het en saam met wie? Wie is my familie? Weet hulle dan nie dat ek die Visrivier gestap het nie? Werk ek al of leer ek nog? Hoekom kan ek niks, niks van my self of my lewe onthou nie?

Genadiglik begin die morfien werk en oorval die slaap haar.

Dit is seweuur en tyd vir skof oorname in die hospitaal. Susters Jansen, Pape en die verpleegsters gaan van kamer na kamer en inligting oor gebeure van die nag word oorgedra aan die dag personeel.

Wanneer hulle voor Jane Doe se kamer tot stilstand kom, maak suster Jansen saggies die deur oop en wys aan die ander om soos stil as moontlik te wees.

"Sy het wakker geword, dokter Von Heinitz het haar vir pyn gespuit en ons het intussen vir haar 'n morfien pomp opgestel. Hy het gevra dat sy nie onnodig gesteur moet word nie, want haar liggaam het die rus nodig. Suster Pape, hy het ook opdrag gegee dat julle asseblief moet toesien dat sy haar ontbyt eet," fluister sy. Die meisie is egter in 'n diep slaap van die pyn medikasie en heel onbewus van hulle. Dan verlaat hulle haar kamer en suster Jansen hou suster Pape bietjie terug.

"Sy ly aan geheueverlies. Dokter het gevra dat ek jou inlig. Hy vermoed dat dit net tydelik sal wees, maar ons weet mos hoe traumaties dit vir die pasiënt is."

"Ag genade tog, dit ook nog. So ons weet steeds nie wie sy is nie. Die arme meisie."

"Ja, dit moet erg wees om so in pyn wakker te word en nie eers te weet wie jy is of hoe jy hier beland het nie. Dit is 'n eerste in my loopbaan."

"Toemaar, in myne ook. Ek kry haar ontsettend jammer."

Hulle beweeg aan na die volgende kamer, maar Nadja Pape se hart voel werklik swaar vir die meisie. *Wat moet ons haar noem, juffrou is so onpersoonlik. Moet ons dat sy self 'n naam vir haar kies, hoe gaan ons te werk om haar so gemaklik moontlik te laat voel. Wanneer gaan dokter haar vertel dat sy verlam is, wie gaan haar versorg? Sy sal sekerlik nog 'n goeie twee weke in die hospitaal wees, en dan? Wat word dan van haar. Haar hele lewe het sy vir nou vergeet. Dit is so 'n hopelose situasie, Vader hoe nou?*

Die nagpersoneel gaan af en die dagpersoneel gaan aan met hulle werk. Daar is net een wat voel sy moet eers 'n besoek aan die chirurgiese afdeling bring. Vanessa Thatcher gaan met die hyser na die vloer waar op chirurgie is en stap selfversekerd na die stasie waar 'n verpleegster sit.

"Goeiemôre Verpleegster, ek wil net gou kom kyk hoe die met die meisie gaan wat gisteraand ingekom het van die Visrivier, die een wat geen identifikasie gehad het nie. Watter kamer is sy in?"

"Môre Suster Thatcher, sy is in die privaat kamer C10."

"Reg so. Het sy al wakker geword?"

"Suster sal dit seker in haar lêer kan sien."

"Dankie." *Dit was maklik, laat ek dan gaan kyk. Ek hoop nie Nadja sien my nie.* Sy vorder veilig tot in C10, die meisie slaap en dit pas haar ook. Sy neem die lêer en begin te lees. *Mmmm, so sy is verlam, en sy het al haar bewussyn herwin, so sy slaap nou net.* Sy wip soos sy skrik as Nadja Pape skielik in die deur verskyn en wanneer sy haar sien vinnig nader loop. *Ek hoop nie sy het gesien dat ek in die lêer gekrap het nie?*

"Venessa, wat doen jy hier? Kom net hier uit, jy hoort nie hier nie," fluister sy dringend. Sy stap agter Venessa aan om te vir seker sy gaan uit.

"Ek is maar net besorg oor haar. Gisteraand was sy in 'n baie slegte toestand toe ons haar ontvang het by Ongevalle, die arme ding. Ek wou net kom kyk of sy al haar bewussyn herwin het."

"Jy weet baie goed dat Dokter Von Heinitz 'n hartaanval sal kry as daar rondgeneuk word met sy pasiënte."

"Wat is dit met hom, hy het gisteraand self vir die vroumens staan en wag om ingebring te word na Ongevalle. Die helfte van ons werk oorgeneem en ons gehiet en gebied."

"Wat is daarmee fout? MedRescue het hom laat weet dat hulle haar inbring en hoe krities dit is ... hy het net sy werk gedoen. Gaan huis toe, jy weet dit is onaanvaarbaar om by ander afdelings te kom inmeng."

"Ek het mos nie ingemeng nie..."

"Gaan net, Venessa, of moet ek aan Matrone rapporteer dat jy hier rondgedwaal het?"

"Ek gaan, ek het mos net goed bedoel." Nadja kyk haar agterna tot sy by die uitgang van chirurgie uit is. Hulle almal weet dat sy 'n moeilikheidmaker kan wees.

Waar kry sy na 'n nag by Ongevalle nog die krag om hier te kom ronddwaal? Wat het sy nou eintlik hier kom doen by 'n meisie wat sy glad nie ken nie en tien teen een nog bewusteloos kon wees? Sy is 'n slinkse entjie mens.

Chirurgie is altyd besig en sy skarrel na die volgende klokkie wat sy hoor lui. Van die pasiënte moet gevoer word en die kombuis is juis besig om ontbyt uit te deel. Meteens onthou sy van dokter Von Heinitz se opdrag dat sy moet toesien dat die meisie eet. Sy keer die vroutjie met die kostrollie voor.

"Lilly, gee asseblief vir my die ontbyt vir Kamer C10, ek sal dit neem. Dokter wil nie hê ons moet haar onnodig wakker maak as sy slaap nie."

"Reg so Suster." Die vrou gee die skinkbord wat gemerk is vir C10 aan haar, met ontbyt, sap en koffie daarop.

"Dankie, ek sal gaan kyk of sy wakker is, ander sal ons dit vir haar warm maak as sy wakker word." Nadja gaan saggies by die kamer in. Die meisie is egter wakker en sit effens regop teen die kussings.

"Goeiemôre Juffrou, ek is Suster Nadja Pape, tans jou dagskof suster. Lekker om te sien jy is wakker. Hoe voel jy?"

"Môre Suster Pape, die pyn het my wakker gemaak, ek het pas morfien geneem. Verder verward ..."

"Toemaar dit sal elke dag beter gaan en die pyn sal nou-nou beter word. Ek het vir u ontbyt gebring. U moet sekerlik baie honger wees. Dokter Von Heinitz het opdrag gegee dat ons moet seker maak dat u asseblief eet."

Die meisie se kyk versag omdat sy aanvoel dat Nadja haar bes doen om haar gerus te stel.

"Suster, sal dit werklik elke dag beter raak?" vra sy.

"Dit sal, die stamp teen u kop was gelukkig nie so hard dat dit permanente skade veroorsaak het nie. Ek verstaan dat dit vir u baie sleg moet wees, maar ons sal mooi na u kyk en help waar ons kan. Dokter Von Heinitz, is 'n baie, baie bekwame dokter en gee baie om vir sy pasiënte. Hy sal seker binnekort weer hier 'n draai maak. Kom, probeer eet nou u ontbyt en drink die koffie en sap. Dit is belangrik dat u baie vloeistof in kry."

"Dankie, ek sal, ek is nogal honger ... soos dit is het ek geen idee wanneer laas ek geëet het nie. Weet Suster hoe laat ek gister ingebring is?"

"Ja, jy is tussen vyf en ses ingebring. Die ongeluk het volgens die inligting wat ons ontvang het net na vier uur die middag gebeur. Ons is baie dankbaar dat daar 'n dokter in die groep was waarmee u gestap het. Hy kon u help en stabiliseer so ver moontlik totdat MedRescue daar kon kom."

"Werklik, weet u wie hy was?" vra sy in die hoop dat dit haar sal help om te onthou.

"Volgens Eddie Bezuidenhout van MedRescue is hy 'n Duitser, dokter Dieter Jentz. Dit blyk dat die hele groep, behalwe u, van Duitsland afkomstig is."

"Ek het gedink dit sal my help om te onthou, maar nou is ek net meer deurmekaar. Hoekom sou ek met 'n groep van Duitsland af saamgestap het?"

"Juffrou, moet nie te hard probeer om te onthou nie. Die brein is nog na die val besig om dit self weer te balanseer. Gee jouself kans. U moet baie rus. Ons het opdrag om u nie onnodig te steur nie, so moet asseblief nie huiwer om daardie klokkie te druk as u hulp nodig het nie."

"Met al die kontrepsies aan my sal dit seker net wees as ek toilet toe wil gaan, of hoe gaan ons maak?" Nadja se brein werk nou oortyd, sy kan nie vir haar vertel dat sy nie kan loop nie, so nou moet sy 'n ander verskoning uitdink.

"Na so 'n groot val gaan ons jou nie toelaat om die eerste paar dae rond te beweeg nie. Dit is nie goed vir die harsingskudding nie. Daarom lui jy die klokkie en ons kom help jou. Ons sal jou nou-nou weer lekker kom was, en daarna kan jy net rus. Geniet jou ontbyt, onthou ek gaan kom kyk of jy alles opgeëet het."

Nadat Nadja haar kamer verlaat het, neem sy 'n slukkie van die koffie en besef dat sy dors is. Sy drink haar koffie en daarna begin sy by die pap, vrugte met yoghurt en laaste die roereier, roosterbrood en wors. Dan drink sy haar sap en voel goed dat sy haar ontbyt alles geniet het.

"Ah, mooi so, ek is net betyds om te sien dat jy baie mooi geluister het en jou ontbyt geniet het. Is jy gereed dat ek jou kan was?"

"Ek is."

Nadja tap lekker warmwater in 'n skotteltjie en gooi van die lekkerruik vloeibare seep in wat sy weer by een van die tannies geleen het. Dan gee sy die waslap aan die meisie om haar eie gesig af te vee. Sy neem dit en plaas dit terug in die water en trek die jurk uit wat die meisie aan het. Sy was haar hele lyf en trek dan vir haar 'n skoon jurk en broekie aan.

"Lê jy net doodstil ek sal jou beweeg, en praat as jy seerkry."

"Dankie Suster, ek voel tog beter nou dat ek skoon is en ek ruik selfs lekker. Waar kom die vloeibare seep vandaan?"

"Ek het dit sommer by een van die tannies geleen. 'n Mooi meisie moet mos lekker ruik ook. Oor 'n paar dag sal ek toestemming by dokter vra of iemand jou pragtige hare ook kan kom was. Vir nou moet jy eers baie stil gehou word."

"Dankie, dit is gaaf van u. Ek is nou baie moeg."

"Dit is reg, ek los u om te slaap. Dokter sal dankbaar wees as hy sien u slaap, want dan weet hy u brein rus. Ons sien later, lekker rus."

Nadja het haar doelbewus op haar sy gedraai, want die arme kind lê al die hele nag op haar rug. Gelukkig het sy nie agtergekom dat sy nie self kan omdraai nie. Nadja was pas by haar kamer uit as haar oë toeval.

Net na agt is Zeus terug by die hospitaal. Hy gaan heel eerste na die chirurgiese afdeling voor hy na sy praktyk gaan. Gelukkig weet hy dat sy afsprake eers half tien begin.

Sy eerste stop is by die verpleegterstasie om uit te vind waar Suster Pape is.

"Verpleegster, waar is Suster Pape besig, kan jy haar vir my roep asseblief."

"Dokter, daar kom sy nou net in die gang af."

"Reg dan wag ek hier vir haar." Nadja sien vir Zeus en drafstap na waar hy vir haar wag.

"Goeiemôre Dokter, soek u my vir saalrondte?"

"Môre Suster, ja. Kan ons by ons Jane Doe begin asseblief."

"Ek hoor Dokter was al vroeg hier. Ons kan. Sy het wakker geword en self al haar ontbyt geëet. Sy het pyn gehad, maar die morfien pomp gebruik. Ek het haar lekker gewas en sy slaap sekerlik nou."

"Baie dankie dat jy so mooi na haar omsien. Hoe is haar emosionele toestand?"

"Sy was bietjie ontsteld omdat sy niks kan onthou nie en het my gevra na die tyd wat sy ingebring is. Ek het haar vertel wat Eddie aan u vertel het van die Duitse dokter wat haar gehelp het en die groep wat sy saam mee gestap het. Ek kon sien dat sy baie hard probeer om te onthou. Toe het ek haar gevra om nie so hard te probeer nie en verduidelik dat haar brein nou eers weer dit self na die val moet balanseer. Om te verhoed dat sy agterkom van haar bene, het ek baie klem daarop gedruk dat sy baie stil moet wees en ons moet roep as sy enige hulp nodig het. Ek het haar nou op haar sy gedraai."

"Jy is 'n baie goeie Suster, ek is bly dat jy op dagdiens is om haar te help. Sy het baie deernis nodig. Kom ons gaan kyk na haar tellings."

Hulle gaan die kamer binne, maar soos hulle verwag het slaap sy. Zeus kyk na haar slapende gesig en onthou haar uitsonderlike groen oë wat hy vroeër vanoggend gesien het. Sy hart ruk seer in sy borskas as hy daaraan dink dat hy haar een of ander tyd moet meedeel dat sy verlam is.

"Haar tellings lyk goed, toe ek vroeër hier was het sy baie pyn gehad en was onrustig. Toe het ek haar wakker gemaak en sy was half verward. Liewe Vader, Suster ek kan my nie indink hoe erg dit vir haar moet wees nie."

"Ja, ek ook nie. Wat my hart nog meer seer maak is dat sy so pragtig en jonk is. Daar is duisende vrae in my kop, hoe moet dit in haar kop wees? Ek sal met my middagtyd uitglip en vir haar die goedjies gaan kry wat Dokter gevra het. Sy was so dankbaar vir die lekkerruik seep waarmee ek haar vanoggend gewas het. Ek bid werklik dat sy vinnig sal onthou."

"Dankie, dit sal haar dan definitief laat beter voel om in ordentlike slaapklere te kan wees. Dit lyk of sy 'n meisie is wat gesteld is op haar persoonlike voorkoms. Dit laat my nou weer wonder of sy nog leer en of sy werk. As sy werk watter tipe werk sy doen? Wat dink jy Suster watter tipe werk doen ons Doringrosie?"

"Doringrosie ... Dokter dit is nou 'n gepaste naam vir haar, maar ek glo ek sal dit net vir u los om haar so te noem. Met daardie twee lang koperrooi vlegsels en pragtige gesig verdien sy so 'n naam. Ek weet nie, beslis nie die modepop, oordrewe grimering tipe nie. Anders sou sy nie die Visrivier staproete aangepak het nie. Dit vertel vir my sy is dalk 'n meisie wat gesteld is op fiksheid en lief is vir sport. Om met so 'n petit lyfie die Visrivier aan te vat, moet sy baie fiks wees. Verder dink ek sy is iemand wat die lewe waardeer en as mense vir haar omgee. Sy het so mooi dankie gesê vir die seep en dit is net 'n klein dingetjie."

"Jy dink dus sy is 'n diep mensie en dat gesond lewe vir haar belangrik is?"

"Ja, ek sal so sê. Wat dink Dokter?"

"Ek het nie so baie soos jy met haar te doen gehad nie, maar ek moet saamstem met die gesond lewe deel, want sy is beslis fiks en haar liggaam goed versorg. Dit is ook dalk een van die groot plus punte vir haar in hierdie trauma. Ek hoop net dat sy ook emosioneel sterk is, want dit sal sy baie nodig kry in die dae, weke en maande wat volg." Hy is bly dat Suster Pape haar op haar sy gedraai het vroeër, dit gee hom die geleentheid om na die wond te kyk sonder om haar te pla.

"Die wond lyk goed, dit is ook goed dat sy nie die hele tyd op haar rug lê nie. Na wat jy my vertel het van haar wat vroeër ontsteld was en so hard probeer onthou het, dink ek ons moet 'n dag of wat wag voor ons haar van haar toestand vertel. Vra asseblief jou personeel om dit nie met haar te deel nie. Ek sal haar self inlig."

"Dit is in orde so Dokter, ek stem saam met u besluit. Sy is emosioneel nou net nog te verward en swak."

Hulle verlaat die meisie se kamer en gaan aan met hulle saalrondte, tog is Zeus se gedagtes steeds gedeeltelik by die meisie met die vlegsels.

Hoofstuk 9

Nadja is opgewonde oor die goedjies wat sy vir die meisie gekoop het en haas haar terug. *As Doringrosie wakker is, gaan ek dadelik vir haar hierdie een pak slaapklere aantrek. Ag ek het nou weer vergeet om vir Dokter te vra of ons môre iemand kan kry om haar hare lekker te was. Toemaar ek is seker hy sal voor die einde van die dag weer 'n draai maak, hy is baie besorg oor die meisie.*

"Het Suster gaan inkopies doen? Wat het Suster alles gekoop?" vra Verpleegster Cooper nuuskierig.

"Nee, dit is nie vir my nie, ek het 'n paar goedjies vir ons Jane Doe gaan kry. Die arme kind kan tog nie so in 'n jurk lê nie en sy het ook geen toiletware nie. As mens soveel trauma en pyn soos sy deurgaan wil jy sekerlik nie nog onversorgd ook voel nie. Ek neem dit gou vir haar."

Wanneer Nadja by die meisie se kamer instap is sy wakker.

"Ah, ek is bly jy is wakker, ek het bietjie vir jou gaan inkopies doen."

"Middag Suster Pape, inkopies?"

"Ja, mooi slaapklere, room, seep, tandepasta, tandeborsel, waslap, shampoo, 'n lekker borsel en bietjie eet- en drinkgoedjies. Mens kan darem nie pyn verduur en nog in so 'n ou oninteressante jurk ook moet lê nie."

Nadja sien die trane oor die meisie se bleek wange rol en is nie seker wat nou verkeerd is nie.

"Ag nee hoekom huil jy? Ek gaan nou dadelik vir jou die een pak pajamas aantrek dat jy meer vroulik kan lyk. Môreoggend wanneer ek jou was, gaan ons al die

87

lekkerruik goed gebruik. En vir bietjie bederf dink ek jy moet sommer nou dadelik 'n blokkie of twee sjokolade eet."

"Suster Papa, jy is so goed vir my. Hierdie goed moes jou 'n klomp geld gekos het. Jy ken my nie en weet nie eers wie ek is nie, maar jy het soveel moeite vir my gedoen," snik die meisie dit uit.

"Dit was net 'n plesier om die goed te gaan koop en oor die geld daarvoor hoef jy jou ook nie te bekommer nie, want dit was 'n skenking van mense wat omgee. Mens hoef nie iemand se naam te ken om om te gee nie. Jy gaan deur 'n baie, baie moeilike tyd fisies en emosioneel, ons wil daar wees vir jou. Ons Vader se hart is mos dat ons mekaar moet dien in liefde."

"Baie, baie dankie, ek waardeer dit opreg. Dra ook my dank aan wie ook al hiertoe bygedra het oor. Snaaks genoeg, die een ding wat ek wel onthou van myself is dat ek gelowig is, dat ek in ons Drie-enige glo."

"Dit is die wonderlikste nuus, want dit is mos ons fondament as alles om ons ineenstort. Hoe voel jy, is die pyn al beter?"

"Ja, ek dink tog so, alhoewel dit moeilik is om te sê met die morfien."

"Bekommer jou nie daaroor nie, kry jy net baie, baie rus. Kom ek trek gou vir jou hierdie pragtige slaapklere aan, dan kan jy lekker slaap so met die blommetjies om jou lyf." Baie versigtig trek Nadja vir haar eers die hemp aan en dan die langbroek, sy probeer so werk dat sy nie haar bene beweeg nie. Voor Dokter haar nie vertel het dat sy verlam is nie, moet sy nie agterkom dat daar groot fout is nie. Gelukkig is sy nog baie slaperig van die morfien en ook harsingskudding.

Nadja sit ook vir haar onderarm reukweerder aan voor sy haar los om te rus.

"Nou lyk jou pragtig, en kan jy lekker rus. Dokter sal sekerlik eers teen vanaand 'n draai maak."

Die meisie slaap die hele namiddag en word eers weer wakker wanneer Suster Pape self haar aandete bring. Sy het pas klaar geëet en sit nog teen haar kussings as Dokter Von Heinitz binnekom.

"Alle mapstieks maar ons meisie lyk pragtig. Soos 'n regte blomtuin. Verder is sy so oulik dat sy al haar kos opgeëet het. Hoe voel jy juffrou?"

"Dankie dokter, dit is Suster Pape wat my so bederf het. Ek moet my brein mos voed, hopelik besluit dit dan om gouer beter te word. Die pyn is nog erg, maar die morfien help baie. Ek bly nog moeg en swak. Wat het dokter met my rug gedoen?"

"Is die pyn in jou rug baie erg?"

"Ja, as die morfien uitwerk, maak die pyn my gewoonlik wakker."

"Dit sal beter raak, daar is twee werwels wat baie seer gekry het en die kussinkie tussenin het ek weer gevul met beensement, want dit het oopgegaan. Gee dit net tyd en rus jy soveel jy moontlik kan."

"Ah, hier is Dokter?" groet Suster Pape.

"Suster Pape, middag."

"Lyk sy vrolik en vroulik met haar pragtige slaapklere nie?"

"Sy lyk beslis soos 'n blom in 'n blomtuin."

"Ja, ons Doringrosie ..."

"Sy moet baie rus, Suster. Geen onnodige versteurings wil ek hê nie."

"Ons hou daarby. Daar is iets wat ek graag wil vra."

"Vra dat ek hoor."

"Kan ek nie asseblief iemand kry om môre haar pragtige hare te was nie? Ek belowe ek sal self toesien dat sy nie beweeg word nie. Gewoonlik laat hulle die persoon net opskuif dat hul kop bo van die bed is en dan was hulle die hare so. Sy sal tog baie beter voel as haar pragtige hare skoon is, of hoe?"

"Suster u doen soveel moeite vir my."

"Net as jy self die proses sal oorsien en baie seker maak dat sy nie beweeg word nie. Dit is baie belangrik vir haar herstel."

"Dankie, Dokter, ek belowe ek sal self hier wees."

"Dan groet ek eers vir vandag. Neem die morfien as jy pyn het, moenie terughou nie. Daar is geen manier wat jy te veel kan neem nie, die apparaat is so opgestel dat dit net die regte hoeveelheid vir jou gee. Ek sien jou vroeg môreoggend weer."

"Dankie Dokter." Suster Pape help haar om te gaan plat lê dat sy kan rus en dan verlaat hulle die kamer.

Die meisie is die enigste van sy pasiënte wat hy meer as een maal 'n dag besoek. Die feit dat hy haar nog nie ingelig het dat sy gaan verlam wees, knaag aan hom. Hy probeer egter vir tyd speel om te kyk of sy nie emosioneel sterker kan raak voor hy dit doen. Sy het nou beter gelyk as vanoggend. Miskien is dit omdat sy nie meer soos 'n weeskind lyk in die lelike hospitaal jurk nie. *Suster Pape het die perfekte keuse gemaak met daardie smaraggroen geblomde slaapklere. Dit laat haar oë nog groener vertoon. Ek wonder hoe sy sal lyk met daardie koperrooi hare wat los oor haar skouers hang?*

Hy is op pad by die voordeur van die hospitaal uit, as hy byna vir Venessa van haar voete af loop.

"Jammer, Suster Thatcher ..."

"Alles reg, Dokter. Ek sal net baie graag wil weet oor watter vrou u so gedagdroom het, dat u my nie raakgesien het nie."

"Hoekom moet dit juis aan 'n vrou wees wat ek oor gedink het, Suster? Ek het baie pasiënte wat my gedagtes besig hou. Moet dus nie jou eie aannames maak nie."

"Natuurlik, Dokter. Hoe gaan dit met daardie meisie sonder die naam?"

"Dit gaan goed onder omstandighede. Sy sal met tyd haar geheue weer herwin. Dit is baie gou na die ongeluk om nou al te verwag dat sy sal onthou. Die brein het tyd nodig. Jy sal my moet verskoon, ek wil gaan rus."

"Reg so, Dokter, laat ek u nie onnodig ophou nie."

Og die vroumens kan my so irriteer. Sy moet altyd met een of ander simpel storie kom, so asof sy my ken. Dan klink dit nog of sy haar verlekker in die feit dat Doringrosie geheueverlies het. Laat ek net hier weg kom.

Wanneer Venessa by Ongevalle kom, sien sy dat dit baie stil is, wat ook nie ongewoon is so vroeg in die aand nie. Dit pas haar goed, want sy het 'n besoek om te gaan doen. Sy weet by chirurgie is hulle nou met skofoorname besig. Dit sal haar die tyd gee om ongesteurd bietjie met die juffrou-sonder-naam te gesels. Een van die verpleegster het haar vertel dat Dokter Von Heinitz nou nog nie vir die meisiekind vertel het dat sy verlam is nie. Verder word die verpleegster ook nie eintlik by haar toegelaat nie, net die Susters en sy mag nie onnodig gesteur word nie. *Watter nonsens is dit? Hoekom moet sy soos 'n prinses behandel word? Hulle weet nie eers waar sy vandaan kom nie, maar nou is sy so spesiaal.*

Sy maak doodseker dat nie eers die verpleegster by die stasie haar sien verby gaan na kamer C10 toe nie. Verder het sy klaar gesien dat die res van die personeel reg aan die begin van die gang by 'n pasiënt besig is met oorname. Sy glip vinnig by die deur in en maak dit weer toe.

"Ah, ek sien ons meisie sonder die identifikasie is nog wakker. Ek is seker nou dat jy wakker is sal jy jouself ordentlik aan my kan voorstel. Ek is die Suster wat jou by ongevalle ontvang het toe jy ingekom het. Hoe gaan dit met jou, juffrou...?"

"Naand Suster, baie dankie vir jou hulp, al was ek toe nog bewusteloos. Dit is nou nie veel anders nie, want ek kan niks onthou nie."

"Werklik, so jy lei aan geheueverlies. Ek is jammer om dit te hoor. Jy weet dit is baie keer permanent? En jou rug, het die dokter jou al vertel wat verkeerd is met jou rug?"

"Kan dit werklik permanent wees? Sal ek dan nooit weer onthou wie ek is nie?"

"Ja, min of meer so. Dan begin die mens maar 'n nuwe lewe met nuwe herinneringe."

"Nee. Dokter het nog niks van my rug gesê nie, behalwe dat twee werwels baie seer gekry het en ek baie stil gehou moet word."

"Hy weerhou inligting van jou, en ek dink nie dit is reg nie. Die waarheid is jy is verlam, en sal nooit weer kan loop nie," spoeg Venessa dit uit. Die meisie gee een gil en raak dan histeries aan die huil. Venessa los haar net so en vlug die kamer uit, bang om uitgevang te word.

Ondertoe in die gang hoor Nadja dat 'n vrou iewers heel histeries is en sy hardloop in die rigting vanwaar die gehuil kom. Gou besef sy dat dit van die meisie se kamer kom en storm daar in. Sy is doodsbleek en histeries. So deur haar histerie probeer sy die duvet van haar af te gooi. Die monitors begin skree en Nadja besef sy is besig om 'n paniekaanval te kry. Kort agter haar is Suster Jansen.

"Wat gaan nou aan, hoekom is sy so histeries? Moet ek vir dokter ontbied?"

"Ja, dadelik asseblief! Ek gaan probeer om haar te kalmeer, maar ek weet ook nie wat nou hier aangaan nie."

Nadja probeer paaiend met die meisie praat, maar niks help nie, sy bly so hartverskeurend huil en sukkel aanhoudend om die duvet van haar af te gooi.

Suster Jansen staan net buite die kamer en skakel vir dokter Von Heinitz van haar selfoon af.

Hy antwoord onmiddellik en voor hy nog kan groet hoor hy hoe 'n vrou histeries huil in die agtergrond.

"Suster wat gaan aan, wie is dit wat so histeries is?"

"Dokter moet kom, dit is Jane Doe … ons weet nie wat aangaan nie!"

Zeus se hart ruk ontsteld in sy borskas. Hy praat nie verder nie, en hardloop na sy motor.

Wat kan dit wees? Wat het gebeur dat sy so histeries is? Die hemele behoed die een wat haar ontstel het. Hulle weet tog almal sy moet rustig gehou word.

Minute later hardloop hy by chirurgie in en hoor hoe Doringrosie nog steeds histeries huil. Hy drafstap na haar kamer en vind Susters Pape en Jansen daar, besig om te probeer om haar te kalmeer. Net een kyk na haar laat hom besef dat hulle haar 'n kalmeermiddel sal moet gee. Dit is glad nie goed vir haar gekneusde brein dat sy haar so ontstel nie.

"Suster Jansen, kry dadelik vir my 'n valium inspuiting. Maak bitter gou!"

"Suster Pape, wat het hierdie histerie aangebring? Wie was by haar toe dit begin het? Ek het dan uitdruklik opdrag gegee dat sy nie ontstel mag word nie?"

"Dokter ons was besig met skofoorname, niemand van ons was by haar nie. Ek het net skielik gehoor hoe 'n vrou histeries laer in die gang af huil, uitgestorm en besef dit is van haar kamer wat die gehuil kom. Toe ek hier kom was hier ook niemand nie."

"Juffrou, juffrou probeer asseblief kalmeer ... dit is nie goed vir jou om jou so te ontstel nie. Dit kan jou hele genesingsproses vertraag."

"Jy jok vir my! Jy jok dat ek gaan beter word... Jy het ook oor my rug gejok!" skreeu sy aan Zeus. Suster Jansen kom ingehardloop met die spuit.

"Suster Pape, hou haar asseblief net vir 'n sekonde stil dat ek haar kan spuit. Hier is 'n groot fout iewers. Iemand moes haar ontstel het." Hy spuit die kalmeermiddel in haar morfien-pomp se pypie dat dit vinnig kan werk. Gelukkig werk dit ook vinnig en sak sy teen haar kussings neer en haar snikke neem af.

"So ja ... vertel nou vir ons ... wie was hier by jou en wat het hulle vir jou vertel?" vra Zeus in skaars 'n fluistering. Hy is glad nie so kalm soos hy uiterlik voorkom nie, want hy wil moor.

"Die ander Suster..." antwoord sy moeisaam.

"Watter ander Suster, praat jy van juffrou?" Hy verstaan glad nie, want albei die Susters is hier by hom en dit is blykbaar nie een van hulle nie.

"Die een by Ongevalle ... ek gaan nooit weer onthou nie, en nog erger ek gaan nooit in my lewe weer kan loop nie. Jy het vir my gejok, jy het gesê ek sal beter word, ek sal weer onthou. Jy het niks daarvan gesê dat ek verlam is nie, verlam vir die res van my lewe..." Haar oë val toe en sy val in 'n diep slaap van die kalmeermiddel.

Zeus kyk na die twee susters in ongeloof oor wat die meisie so pas kwyt geraak het.

"Wie van julle het vir Venessa by haar toegelaat? Ek het duidelike instruksies gegee dat niemand haar mag pla of ontstel nie. Kyk nou wat het hier gebeur!" praat hy kwaai. Suster Jansen skud net haar kop, want sy is beslis nie skuldig nie.

"Dokter, nie een van ons nie. Gisteraand nadat ek van skof gegaan het, het ek hier verbygeloop en gemerk dat die deur effens oop was. Toe kyk ek hoekom en vind toe vir Venessa hier binne besig om deur haar lêer te gaan. Ek het haar aangespreek en seker gemaak dat sy uitgaan. Sy weet nie ek het gesien sy het in die lêer gekrap nie. Ek vermoed dus dat sy nou weer hier was. Sy weet ons doen skofoorname. Wie anders sou vir haar die skokkende nuus vertel het en nog daarby jok dat die meisie nooit weer sal onthou nie? Dokter weet daardie vroumens is 'n regte geitjie."

"Ek sal haar verdomp laat ontslaan! Wie de hel dink sy is sy om my pasiënt so te ontstel en dan nog vir haar te vertel dat ek vir haar gejok het? Nou is dit 'n gemors, Jane Doe sal my nooit weer glo as ek haar wil bemoedig of iets oor haar toestand se vordering vertel nie. Dit is heeltemal ongehoord. Suster Jansen, hou haar asseblief baie, baie fyn dop. Ek gaan na Matrone, hier gaan ek dit nie los nie, sy het te ver gegaan en met hopeloos die verkeerde persoon gemors." Briesend en met afgemete treë loop hy na die hyser.

"Genugtig ek het dokter Von Heinitz nog nooit in my lewe so kwaad gesien nie. Wat het Venessa probeer bereik? Is sy mal? Vir die afgelope dae probeer Dokter om Jane Doe emosioneel sterkte te kry sodat hy op die regte tyd en manier vir haar kan vertel dat sy verlam is. Nou het sy dit alles opgeneuk. Ek sal nie vannag slaap nie, ek is ook nou net so ontsteld."

"Nadja, het jy nie geweet dat Venessa al baie lank verlief is op Dokter Von Heinitz nie? Sy het seker besluit hy gee te veel aandag aan ons Jane Doe. Die simpel vroumens, asof 'n man soos hy haar sal raaksien? Verder het sy nou beslis seker gemaak dat hy haar nooit weer eers sal wil sien nie."

"Kan jy nou glo, sy is mos heel simpel, Ronelda. Hoe sal 'n man soos hy nou na haar kyk? Hy is seker die aantreklikste dokter in hierdie hospitaal met sy swart hare, lang atletiese liggaam en blou oë. Daarby is hy ook nog die aangenaamste en goedhartigste Dokter. Die arme kind, dat sy nou so moes hoor dat sy verlam is."

Matrone Van Dyk se kantoor is op die grondvloer, haar kantoor ure stop eintlik al vyfuur in die middag, maar sy bly altyd tot byna nege uur op kantoor. Hierdie tyd is die tyd wat sy haar administratiewe werk doen, want deur die dag hardloop sy die hele hospitaal vol rond. Daar is 'n dringende klop aan haar deur en sy wonder wie haar so laat kom pla.

"Binne!" nooi sy half ongeduldig.

"Matrone Van Dyk, naand. Jammer om u so laat te pla..."

"Dokter Von Heinitz, geen probleem. Waarmee kan ek help, jy lyk boos."

"U het dit reg, ek is baie, baie boos." Hy lig haar in oor die voorval wat pas in Chirurgie plaas gevind het.

"Alle mapstieks, dit is mos heel ongehoord. Wat gaan in die vroumens se kop aan. Ons is hier om mense te help, nie verder te traumatiseer nie!"

"Presies! Ek wag nou al vandat sy ingekom het dat sy sterker moet word dat ek haar kan volledig inlig oor haar toestand, nou is alles opgemors en sy sal my nooit weer vertrou nie. Hoe moet ek nou weer haar vertroue wen om haar te kan help? Ons het nie sulke mense nodig nie. Mense wat genot daaruit put om ander se vordering ongedaan te maak."

"Ek stem met u saam, Dokter. Sy is nou op skof en gewoonlik raak dit die tyd van die aand besig, ek sal haar gaan vra om my môreoggend net nadat sy van skof afgegaan het te kom sien. Dan sal ons die saak aanvat.

Miskien is sy onder die indruk ons is oor haar verleë, maar daar is baie goeie susters daar buite wat werk soek. Ek sal vir Dokter op hoogte hou van gebeure. Gaan rus nou."

"Ek is nou so ontstig, ek sal nie kan rus nie. Die vervlakste vroumens."

"Gaan gooi vir jou 'n lekker whisky in en drink dit net so *on-the-rocks* terwyl jy na rustige klassieke musiek luister. Jy moet afskakel, want môre moet jy weer langs die operasietafel staan. Dan het jy jou volle konsentrasie nodig, Dokter."

"Dit is waar, ek sal beslis u raad volg, Matrone. Ek het al geleer, die raad wat ouer mense gee, is beproefde raad wat werk. Naand, Matrone. Moet u nie ook 'n slag huis toe gaan nie?"

"Ja, ek sal nou. Ek sal ook môre saam met jou met die meisie gaan praat en vir haar verduidelik hoekom die tyd nog nie reg was vir jou om haar self te kon inlig nie."

"Dankie, Matrone, ek waardeer dit. Ek hoop net dit sal help dat sy my weer vertrou."

Zeus se gemoed is baie onstuimig en hy moet op sy tande kners en homself inhou om nie na Ongevalle te gaan en Venessa Thatcher te lyf te gaan nie. Al wat hom nou troos is dat Doringrosie sekerlik tot môreoggend uit soos 'n kers sal wees.

Hy het sy hele eetlus nou verloor, steeds besef hy as hy Matrone se raad wil volg sal hy moet eet. Hy stop by Kentucky en bestel vir hom 'n burger, slaai en skyfies. Daarna sal hy in vrede daardie whisky geniet.

Heel verbaas met homself eet hy alles op en skink dan vir hom 'n goeie maat van sy gunsteling whisky, Laphroaig. Hy sit 'n laserskyf met Stejpan Hauser se tjello musiek op en neem in sy gunsteling uitskop stoel plaas. Terwyl die strelende tjello klanke die vertrek vul sluit hy sy oë en adem die unieke teer reuk van die turfgrond waarmee die

97

whisky gestook is in. Dit laat hom altyd aan die teerpale in 'n wingerd dink. Dan neem hy 'n slukkie en rol dit rond in sy mond om die geur ten volle te geniet, voor hy dit afsluk en die behaaglike brand gevoel in sy keel voel.

Sy gedagtes gaan onwillekeurig terug na die voorval vroeër. Sy brein kan net nie verstaan hoe een mens so selfgesentreerd kan wees dat sy nie aan die gevolge van haar aksies gedink het nie. *Dit laat my dink aan daardie gesegde: moenie 'n hond skop wat reeds lê nie. Veral sy wat 'n suster is en empatie met mense en hul seer en trauma moet hê. Die seer en verwyt in daardie groot groen oë, haar rou snikke – die het deur my hart gesny. Ek wens ek kon dit permanent beter maak, nie net tydelik met 'n inspuiting nie. Sy is so kwesbaar, so broos, hoe kan iemand haar nog meer skade wil aandoen? As haar familie haar net kan begin soek op 'n manier, miskien sal hulle dan haar vind. Hoe moet sy hulle soek as sy nie eers weet wie sy is nie.*

Daar is 'n ontsettende begeerte in sy hart om hierdie meisie te kan help. Haar situasie te kan beter maak. Dit is so hopeloos. Dit is tog nie regverdig nie. Hy raak wel later rustiger, maar haar gesiggie bly by hom spook. Hy onthou opeens van Suster Pape se versoek om haar hare te laat was. *Ek wonder hoe sy sal lyk met daar die dik bos hare los? Wel, dan het ek ten minste iets om na uit te sien môre.*

Matrone Van Dyk is op pad huis toe, en glip by Ongevalle in.

"Naand Matrone, is u sowaar nog hier?" vra Vanessa Thatcher.

"Ek is, maar is darem nou op pad huis toe. Suster kan jy my asseblief môreoggend kom sien sodra jy van skof af gaan. Daar is iets wat ek graag met jou wil bespreek."

"Sekerlik, maar wat is dit wat u met my wil bespreek?"

"Elke dag het genoeg van sy eie dinge, leer die Woord ons, Suster. Kom sien my net asseblief. Voorspoed met die nag." Die ouer vrou draai sonder om vir haar reaksie te wag en loop weg.

Vanessa kry nie kans om te lank oor Matrone se versoek te wonder nie, want daar kom 'n ambulans in met twee mense wat in 'n ongeluk betrokke was en hulle begin hardloop.

Hoofstuk 10

Na die hele drama wat Vanessa Thatcher veroorsaak het, is die meisie die enigste een wat soos 'n baba slaap as gevolg van die kalmeermiddel wat Zeus haar gespuit het. Hy het wel rustiger geraak, maar die hele nag is hy met die koperkop skoonheid met die groen oë besig, wat vir hom nou Doringrosie geraak het.

Selfs Nadja Pape slaap onrustig en droom van die arme meisie wat nou definitief weer 'n terugslag gekry het. Venessa self is salig onbewus dat sy uitgevang is, want sy het nie daarop staatgemaak dat die meisie sal kan verduidelik wie haar ontstel het nie. Sy gaan dus die nag deur soos enige ander nag.

Vrydagoggend is Zeus baie vroeg wakker, vanoggend voel hy werklik nie om te gaan draf nie, maar het 'n dringendheid om by die hospitaal uit te kom. *Ek wil daar wees as sy wakker word. Ek moet met haar praat, al het Matrone belowe om ook te gaan, ek moet alleen met haar praat. Vir haar wys ek het geen kwade bedoelings gehad om dit inligting van haar weg te hou nie.*

Hy stort en trek aan. Net na ses ry hy al hospitaal toe, sit net sy sleutels in sy kantoor neer, voor hy hom na Chirurgie haas. Hy vind vir Suster Jansen alleen by die verpleegsters stasie.

"Môre Dokter, maar u is vroeg vanoggend."

"Môre Suster Jansen, ek het byna niks geslaap nie, gisteraand se voorval het by my gespook. Die arme Jane Doe is so broos emosioneel en nou dit. Het sy al wakker geraak deur die nag en hoe gaan dit met haar?"

"Nee, Dokter, sy slaap nog. Ek was net voor u gekom het by haar. Sy behoort seker enige tyd wakker te word. Dit is beslis 'n slegte ding wat gebeur het, dit kan haar in 'n erge depressie laat verval. Geheueverlies is reeds erg, en nou nog die nuus dat sy verlam is wat so blatant oorgedra is. Daardie vroumense moet nie met pasiënte werk nie. U kan maar na haar toe gaan, die verpleegsters is besig om pasiënte te was en ek met ons verslag vir die nag."

"In orde so, Suster."

Ronelda kyk die donkerkopman agterna en weet dat hy baie ontsteld is oor gisteraand se gebeure.

Zeus stoot die deur saggies oop en sien dat sy nog slaap. Hy besluit om voor haar bed op die stoel te gaan sit. Hy wil die eerste een wees wat met haar praat as sy wakker word.

Hy kyk na haar waar sy op haar rug lê met daardie twee dik koperrooi vlegsels alkante langs haar gesig op die kussing. Haar gesiggie is net so bleek soos die kussing self. Hy kyk na die monitor en sien dat haar bloeddruk besig is om te styg en besef dat haar pyn besig is om erg te raak. Dit sal haar sekerlik nou-nou wakker maak. Hy kan die morfien pomp druk, maar besluit daarteen. Hy wil hê sy moet wakker word.

Doringrosie, jy is so pragtig. Nou nog so rustig, hoe wens ek nie dat ek iets kan doen om jou altyd so te hou nie. Dat niks jou weer ooit sal ontstel of seermaak nie. Dat ek jou geheue kan terugbring en ten minste een stuk van jou trauma kan reg maak.

Net soos hy verwag het raak sy 'n rukkie later wakker van die pyn nadat sy begin kreun het in haar slaap. Zeus is regop en staan oor haar.

"Meisie, het jy baie erg pyn? Druk die pomp, dit sal vinnig verligting bring," fluister hy bo haar.

101

"Mmmm ... baie erg." Sy gehoorsaam sy instruksie en sluit vlietend weer haar oë, dan besef sy wie so pas met haar gepraat het en haar oë vlieg oop.

"Wat gee jy om ... jy het vir my gejok. Vir jou is ek net nog 'n pasiënt..." beskuldig sy swak van die pyn.

"Nee, dit is nie so nie. Dit is hoekom ek so vroeg hier is. Ek moes met jou kom praat. Gee my asseblief 'n kans om te verduidelik, groot asseblief?" smeek Zeus.

"Wat is daar om te verduidelik?"

"Doringrosie, nadat jy wakker geword het en ons besef het dat jy geheueverlies het, en jy dit self ook besef het, was jy baie, baie ontsteld. Dit is nie goed vir jou gekneusde brein nie, daarom het ek besluit dit sal beter wees om jou eers kans te geen om oor die ergste impak van daardie trauma te kom. Dan sou ek jou vertel het wat die implikasies van die val was, wat ek gedoen het tydens die operasie en dat jy verlam is. Ek het jou beste belange op my hart, ek wou jou nie so gou aan nog trauma blootstel nie. Ek wou jou beskerm en eers vertel as jy sterker was. Ek is jammer, oneindig jammer dat jy so moes hoor. Ek is jammer dat ek jou nie kon beskerm teen daardie bose vrou se venyn nie. Ek het geen idee hoekom sy dit gedoen het nie, maar wees jy vir seker sy sal vir haar dade boet. Ek hoop jy glo my en verstaan..."

Sy het hom die hele tyd dop gehou en gesien dat hy baie ernstig is. Sy wil hom nie glo nie, is kwaad vir hom omdat hy haar nie vertel het nie. Tog voel sy aan dat hy dit opreg bedoel.

"Dit het my geweldig ontstel, en dit sal my lank neem om aan die verdoemende nuus gewoond te raak. Eers kan ek niks van my lewe onthou nie, nie wie ek is nie, of ek familie het, watter tipe werk ek doen, waar ek vandaan kom of niks, niks, niks van hoe oud ek ook al mag wees. Nou moes ek hoor dat ek ook nooit weer sal kan loop nie, aan 'n rolstoel gekluister gaan wees. Dan nog dat my dokter dit van my weerhou het."

"Ek verstaan dat dit jou geweldig ontstel het, dit is juis hoekom ek nog 'n rukkie wou wag. Ek het geweet jy sal dit dalk nie agterkom omdat jy stil moet wees vir die harsingskudding om beter te word. Dit sou vir my tyd koop en dan kon ek op die regte tyd dit met jou op die regte manier gedeel het, nie net so in jou gesig gooi soos sy dit gedoen het nie. Dit was nooit my bedoeling om jou skade te doen nie, nooit nie, inteendeel ek sal alles doen om jou te beskerm. Glo jy my?"

"Dokter Von Heinitz, het ek 'n keuse? Jy is die een wat my opereer het en nog elke dag meer as een maal hier was om seker te maak dat ek gemaklik is. Hier is jy nou al weer, en dit is nog donker. Al is ek ook hoe ontsteld, kan ek hierdie feite nie miskyk nie. Suster Pape en jy is die mense wat vandat ek wakker geword het vir my die meeste gedoen het. Onthou of nie onthou nie, ek herken steeds mense wat omgee."

"Beteken dit dat jy my vergewe en nie meer dink ek het jou probeer mislei nie?"

"Ja, ek verstaan u rede en waardeer dit. Nog sal dit my lank neem, as ek ooit daaraan gewoond sal raak. Hoe raak mens aan so iets gewoond, in elk geval?"

"Doringrosie, ek sal reël dat 'n berader jou kom spreek. Jy sal hulp daarmee nodig hê, dit is nie iets wat maklik is om te aanvaar nie. Dit is jou lewe. Kan ek maar iemand na jou toe stuur deur die dag?"

"Ja, dankie, dit sal gaaf wees. Hoekom noem Dokter my Doringrosie?"

"Omdat jou twee pragtige vlegsels my aan haar laat dink en meisie en juffrou klink net vir my nie reg nie. Moet jou nie bekommer nie, ek sal jou nie so noem voor die personeel nie."

"Goeiemôre, onse Jane Doe, ek hoop jy voel baie beter as gister?"

"Môre Suster Jansen, nie regtig nie, maar ek verstaan beter nadat Dokter met my gepraat het."

"Dokter, kan ons haar gou was en weer gemaklik maak vir die dag asseblief?"

"Ja, sekerlik. Ek dink vir nou is ek eers tevrede, ek sal later weer by haar 'n draai maak. Suster Pape gaan ook haar hare vandag laat was, ek dink daarna sal jy ook beter voel. Julle meisies hou mos daarvan om skoon te wees en skoon hare te hê. Sien dan later."

"Hartjie, hy is 'n baie goeie mense, ek weet gisteraand was jy baie ontstel en sulke nuus is nie nuus wat net aan jou klere gaan sit nie. Moenie so hard op jouself wees om te onthou en neem jou tyd om hierdie trauma te verwerk. Kom ons was jou lekker, dan voel jy ook weer beter. Ag ek is so bly Suster Pape het vir jou die goedjies gaan koop, ons sal sorg dat jy altyd skoon pajamas het."

Die meisie knik net haar kop, laat Suster Jansen begaan. Vanoggend kom sy duidelik agter dat sy verlam is van haar middellyf af en voel baie verleë as Suster Jansen haar broekie aantrek. Voorheen het dit haar nie gepla dat hulle dit doen nie, want sy was onder die indruk dit is net omdat sy nie mag beweeg nie. Nou voel sy niks en kan net toekyk en magteloos haar laat begaan.

Zeus is baie verlig en dankbaar dat dit wil voorkom asof Doringrosie hom vergewe het en darem weer vertrou. Hy gaan terug na sy kantoor en kyk na sy skedule vir die dag. Net na agt is sy eerste operasie en dit hou aan tot na vier.

Sjoe, hierdie gaan weer 'n lang dag wees. Ek sal net daarna weer na Doringrosie gaan. Laat ek sommer nou 'n nota vir Analia los om 'n berader na haar te stuur iewers vandag. Sy moet so vinnig moontlik hulp kry om hierdie trauma te verwerk.

Net na sewe stap Vanessa Thatcher by Matrone se kantoor in.

"Môre Matrone, u wil my sien," groet sy niksvermoedende.

"Ja, dit is reg. Maak asseblief die deur toe en sit."

"Is daar iewers fout?"

"Verwag jy dan dat daar iewers moet fout wees, Suster?"

"Nee... Matrone klink net so ernstig."

"Suster Thatcher, ons werk is baie ernstig. Ons werk nie net met mense wat liggaamlik siek is, pyn het en daarmee moet deel nie. Ons werk ook met mense wat by dit soms met groot trauma moet deel. Ons weet ook almal dat trauma genesing kan belemmer in sommige gevalle, is ek reg?"

"Natuurlik is u."

"Sal jy dan asseblief vir my verduidelik wat jou motivering was om aan 'n pasiënt, wat nie in jou afdeling is nie en 'n chirurg se pasiënt is, te gaan vertel dat sy verlam is? Wie het jou eerstens die reg gegee om in daardie persoon se lêer te gaan krap in 'n ander afdeling? En tweedens dan daardie inligting met die persoon te deel op so 'n ongevoelige manier?"

"Ah ... aa ... waar kom Matrone aan dit dat ek so iets gedoen het?" is sy dadelik op die aanval.

"Suster Thatcher, moenie my intelligensie onderskat nie ... Dokter Von Heinitz het 'n klag kom lê. Die pasiënt mag wel aan geheueverlies ly, en verlam wees, maar sy is steeds nie blind nie. Verder is sy al vyf dae by Chirurgie en weet presies hoe die susters daar lyk en wat hulle name is. Sy het uitdruklik deur haar histerie genoem dat dit die suster van Ongevalle is wat haar vertel het. En dit was die hele week jy…"

"Hoe kan julle iemand wat aan geheueverlies ly glo?"

"Maklik, want sien Suster Pape het gesien hoe jy in die lêer krap die eerste maal toe sy jou gevra het om te gaan. Dit was nog nie genoeg vir jou nie, nee, vir een of ander rede was jy vasberade om die arme meisie verder te traumatiseer. Hierdie is 'n baie, baie ernstige aangeleentheid en ek gaan dit net hierna met die Superintendent opneem. Jy het nie net die gedragskode van ons beroep misken nie, maar ook 'n pasiënt se vordering in gevaar gestel. Daar sal nie ligtelik hierna gekyk word nie, en die kans is daar dat jy onmiddellik ontslaan sal word."

"Nee, hoe kan hulle dit doen? Ontslaan, net so … Watter skade het ek die pasiënt aangerig? Sy kan in elk geval niks onthou nie en sy is verlam, en dit is nie my skuld nie!"

"Suster Thatcher, gaan huis toe, jy bring nou net jouself verder in die moeilikheid. Ons sal jou deur die dag laat weet of jy moet terugkom vanaand. Ek het niks om verder oor te praat nie."

"Julle kan dit nie doen nie, waar sal julle so vinnig 'n ander Ongevalle suster kry? Julle het my nodig!"

"Totsiens, Suster Thatcher." Matrone Van Dyk het klaar gepraat. Sy staan op, loop na die deur, en maak dit oop. Venessa besef dat sy gee ander keuse het as om te gaan nie.

"Julle sal van my prokureur hoor, ek belowe u dit."

"Graag hoor ons van hom, Suster. Ek het werk, verskoon my." Die ouer vrou, gaan in haar kantoor in en maak die deur agter haar toe.

"Daardie simpel Zeus von Heinitz, wie dink hy is hy? Hy sien my nie raak nie ... ek sal hom bietjie vertel." Sy skakel Zeus se nommer.

"Dokter Von Heinitz, môre."

"Jou idioot, dink jy julle kan so maklik van my ontslae raak? Dit net omdat ek daardie Pippie Langkous sonder die naam kamme sou ontstel. Hoekom het jy nie jou werk gedoen as haar dokter en haar vertel nie? Dan was dit nie vir my nodig om dit te doen vir jou nie. Nou is ek die een wat gedreig word met ontslag?"

"Suster Thatcher ... jy is pateties. As jy nie nog 'n aanklag van dwarsboming van gesag en permanent geskraap wil word van die Verpleegsters Vereniging se rol as suster nie, beter jy my nooit weer skakel nie. As ek jou soveel as in die parkeer area van hierdie hospitaal sien, het jy groot, hoor my mooi, baie groot moeilikheid."

Voor Vanessa nog kan reageer hoor sy hoe Zeus die foon in haar oor dood druk. Sy is woedend, maar weet ook dat hierdie Duitser genoeg geld het om haar lewe baie moeilik te maak in hierdie stad. As sy dus nog wil aanhou om te verpleeg, sal sy maar moet ag slaan op sy dreigement.

"Die vervlakste vroumens, kan jy haar vermetelheid glo," praat hy hardop met homself. Sy telefoon op sy lessenaar lui en hy antwoord dadelik.

"Dokter Von Heinitz?"

"Matrone ... het u vir my nuus?"

"Ja, ek kom pas van die Superintendent af. Hy sal onmiddellik begin met haar ontslag. Hy is briesend."

"Voorwaar is dit goeie nuus. Matrone sal my nie glo nie, sy het my so pas ook gebel en my uitgeskel omdat ek haar gaan verkla het. Ek het haar vinnig laat verstaan as sy nog in verpleging wil werk, beter sy my nooit weer bel nie en nooit weer naby hierdie hospitaal kom nie."

"Ek glo dit, want sy was net so astrant met my. Wel sy sal nie weer terugkom nie. Ons sal iemand ander kry. Sulke mense wat net moeilikheid maak het ons nie nodig nie."

"Dankie Matrone dat u so vinnig opgetree het, ek waardeer dit. Ek was vanoggend by Jane Doe, sy is baie af. Ek stuur vandag 'n berader na haar. Ekself sal eers weer na vier by haar 'n draai kan maak, want dit is operasie dag."

"Dit is goed dat jy 'n berader stuur, hulle weet hoe om die soort probleme te hanteer. Ek sal self ook steeds 'n draai by haar maak."

"Dankie, Matrone."

Zeus is baie verlig oor die nuus. Hy verstaan net geensins hoekom Vanessa Thatcher so iets gedoen het nie. *Ag, kom ek vergeet van haar, sy sal nooit weer my kan irriteer met haar klewerigheid nie.*

Hy vang die tyd op die horlosie teen sy kantoor muur. *Genugtig, dit is tyd vir my om te gaan skrop. Laat ek die dag begin. Ah, Doringrosie se hare word vandag gewas, Suster Pape is bedagsaam en gee so baie om.*

Nadja is baie bly om te sien dat die meisie vanoggend rustig is. Sy kan nie help om die seer in haar mooi oë te merk nie en weet dit is die letsels van gisteraand se gebeure.

"Môre, môre, hoe gaan dit vanoggend met ons mooiste meisie hier in Chirurgie?"

"Dit gaan Suster..."

"Ag nee, dit is vir my niks lekker om jou so hartseer te sien nie. Ons gaan net nadat jy jou ontbyt genuttig het daardie pragtige bos hare van jou lekker was en droog blaas. Ek kan nie wag om te sien hoe pragtig jy dan gaan wees nie. Was Dokter al vanoggend hier?"

"Ja, baie vroeg ... hy het kom gesels oor wat gisteraand gebeur het en my verskoning gevra. Hy is baie ontsteld omdat ek so ontsteld was. Ek was baie teleurgesteld en kwaad vir hom, maar nadat hy aan my sy redes verduidelik het, verstaan ek dit. Dit maak dit egter nog nie makliker om die waarheid te aanvaar nie."

"Ai, ek is dankbaar dat hy met jou kom praat het. Dit verander nie die feite nie, maar dit is baie belangrik dat jy hom moet vertrou. Hy is die een wat hierdie pad met jou gaan stap as jou dokter. Verder is hy sekerlik die dokter met die sagste hart en gee werklik vir sy pasiënte om. Kom ons gaan positief in hierdie dag in en vertrou dat dit elke dag sal beter raak."

"Dokter het belowe om 'n berader te stuur om met my te kom gesels."

"Dit is wonderlike nuus, jy sal sien dat dit tog jou emosioneel sal help. Ek bring nou jou ontbyt en daarna was ons jou hare."

"Dankie Suster Pape vir al jou omgee."

"Dit is alles 'n groot plesier, dit moet jy weet. Jy is spesiaal vir ons."

Vrydae is oor die algemeen net meer besig as ander dae. Dit is meesal die dag wat pasiënte ontslaan word en ook omdat dit operasiedag is vir Dokter Von Heinitz. Ten spyte daarvan sien sy heel eerste toe dat die vroutjie Jane Doe se hare was voor sy begin hardloop. Sy staan by om toe te sien dat Doringrosie nie onnodig beweeg word en seer kry nie. 'n Halfuur later lê die meisie terug op haar kussing, Nadja het haar net so op haar rug laat bly en haar kussings reggemaak nadat sy seker was haar hare is heeltemal droog.

Sy kyk na haar waar haar koperrooi hare met die los krulle nou soos 'n waaier oor die wit kussing uitgesprei lê en staan verstom oor hoe pragtig sy is. Haar hart ruk in haar borskas oor die vreeslike seer wat die meisie te beurt geval het.

"Wow, wow, wow, jy het die pragtigste bos hare. So dik, met daardie los krulle en die mooiste kleur. Kyk net hoe pragtig blink dit nou dat dit skoon is. Ek dink Dokter Von Heinitz sal dink hy is in die verkeerde kamer as hy weer kom besoek."

"Baie dankie vir al u moeite, ek voel werklik beter nou dat my hare skoon is. Dit is tog snaaks hoe ons vroue is ... ek is nou moeg."

"Slaap, die rus is goed vir jou. As die berader kom, sal ek jou wakker maak, bekommer jou oor niks nie."

Die dag gaan sy gang, personeel is besig met pasiënte, sommige gaan huis toe, ander teater toe. Die berader kom tussendeur en Nadja neem haar na Doringrosie se kamer. Na 'n uur vertrek sy. Emosioneel uitgeput raak die meisie dadelik aan die slaap.

Halfeen maak Zeus klaar met sy derde operasie vir die dag en weet dat hulle nou eers 'n breek sal hê van 'n uur voor hulle met die namiddag se teater lys begin. Hy gaan trek sy teater klere uit en haas hom na die chirurgiese afdeling. Daar is dit soos 'n miernes. Sonder om die personeel te pla stap hy na Doringrosie se kamer. Hy maak die deur oop en stoot dit stadig oop om haar nie te pla as sy slaap nie. Sy slaap ... Die gesig wat hom begroet het hy definitief nie verwag nie. Hy snak na sy asem en sy hart galop soos die wilde perde van die Namib is sy borskas.

Liewe hemel, maar sy is beeldskoon ... kyk net daardie koperkrulle wat oor haar kussing lê soos 'n waaier. *Doringrosie, my sprokiesprinses, jy is pragtig. Hoe wens ek nie ek kon nou jou rosige lippe soen, en daarmee alles reg maak vir jou nie. Wat? Wanneer het dit gebeur? Wanneer het jy my hart gesteel?*

Hoofstuk 11

Zeus bel vir Eddie om uit te vind of hulle dalk al iets wys geraak het oor Doringrosie se identiteit.

"Zeus, goed om van jou te hoor."

"Eddie, ek wil net hoor of jy dalk al iets meer kon uitvind oor die meisie se identiteit. Iewers sal haar mense tog moet begin wonder oor haar."

"Ongelukkig nie. Ai-Ais se personeel kon ook nie help nie, sy het mos vermoedelik glad nie haar eie naam gebruik nie. Dit wil voorkom of sy nie wou hê haar mense moet weet sy het die Visrivier gaan stap nie. Het julle al gekyk wat alles in haar rugsak is, miskien is daar 'n leidraad. Sy moes op 'n manier op Ai-Ais gekom het. Dalk is haar voertuig nog daar, maar hulle weet net nie daarvan nie. Al wat ons steeds het is die naam Pascha Muir wat dokter Jentz my van laat weet het."

"Ek wonder wat haar rede was dat sy nie onder haar eie naam die bespreking gemaak het nie. As ons net haar regte identiteitsnommer gehad het, sou dit dalk kon help. Daar moet sekerlik 'n baie goeie rede wees dat sy nie wou hê haar mense moes weet nie. Dit maak alles nou net baie moeiliker."

"Hoe gaan dit met haar, het sy nog niks begin onthou nie?"

"Nee, sy het nog niks begin onthou nie en het nog baie pyn van haar rug. Emosioneel het sy ook bietjie van 'n terugslag gehad." Hy vertel vir Eddie van die ontstellende gebeurtenis met Vanessa.

"Ag tog! Dit gaan my verstand te bowe hoe sulke mense met pasiënte kan werk. So selfsugtig en onbedagsaam. Hoe erg moet dit wees om aan geheueverlies te lei en dan nog te hoor jy is verlam. Sy is nog so jonk."

"Weet jy hoe oud sy is?"

"Ja, volgens ons sisteem is sy een en twintig en raak later vanjaar twee en twintig. Daar is nog iets wat jy ook seker nie weet nie, sy is 'n argitek van beroep en het eers die jaar begin werk. Sy moet dus vir een van die argiteksfirmas werk. Dit is al wat ons het as jy wil begin soek."

"'n Argitek, baie interessant. Vir nou sal ek dit net eers vir myself hou. Ek wil haar nie druk om te onthou nie. Dit is sleg vir die brein. Steeds sal dit in die toekoms dalk waardevolle inligting wees om op te volg. Ek wonder net oor haar familie, hulle sal haar tog sekerlik ook begin soek. Net soos ons sal hulle gee idee hê waar om te begin nie. Dit is baie, baie sleg."

"Beslis is dit. Ek wat self 'n pa is, sal van my kop af gaan as Amore net moet verdwyn."

"Dankie vir die ekstra inligting, ek dink tog dit kan 'n begin wees sodra sy beter is." Zeus sit vir 'n wyle doodstil en dink aan die nuwe legkaart-stukkie wat hy pas ontvang het. Maar die legkaart is nog in sy kinderskoene en daar is nie veel om op te gaan nie.

Op Duwiseb is die Schmidts nou besig om almal paniekerig te word. Dit is meer as 'n week al dat Elyna niks van haar laat hoor het nie. Lida het nou wel laat weet dat sy buite Windhoek werk, maar so lank het sy nog nooit geneem voor sy met hulle gesels nie. Dit is net nie in haar aard nie.

"Pa, ek raak nou ook onrustig oor Elyna. Sy sal moes tog seker oor die naweek terug gekom het, en steeds het julle niks van haar gehoor nie."

"Ou Seun ek slaap al vir paar nagte nie. Dit is net soos jy daar sê. Sy moes tog oor die naweek tyd gehad het om ons te kontak. Waar de hoenders werk sy dan dat daar geen opvangs is nie. Ons het haar nommer al telkemale geskakel en dit bly sê dit is nie bereikbaar nie. Die Vader behoed ons as daardie meisiekind van ons iets moes oorgekom het."

"Ek dink Lida moet maar weer haar baas bel en uitvind waar de joos sy dan werk. Ons kan nie net hier ons dood sit en bekommer oor haar nie. Miskien het sy ons hulp nodig."

"Ja, vra asseblief vir Lida om haar weer te bel, my hart kan dit nie hou nie."

Lida is net op pad na hul spreekkamers as haar foon lui. Toe sy sien dit is haar vader, antwoord sy dadelik.

"Pappa, wat 'n lekker verrassing."

"Hi my poplap, jammer om te pla. Ek weet jy is besig, maar ons raak nou regtig bekommerd oor Elyna wat nie vir oupa-hulle kontak nie. Jy weet self dit is nie in haar aard nie. En waar kan sy nou werk wat sy regtig nie 'n plan kan maak om hulle te kontak nie. Iets voel net nie vir my reg nie."

"Ai Pappa, ek sal weer met Nina gesels en 'n draai by haar huis gaan maak om te kyk of ek haar nie in die hande kry nie. Jy is reg, sy sal nie sommer net so nie vir Oupa-hulle kontak nie. Sy bel dan soms twee keer 'n week."

"Ons wag dan om te hoor of jy iets kon uitvind."

"Dit is reg so, ek moet na spreekkamer ure nog hospitaal rondte gaan doen, so ek mag dalk nie vandag al terugkom na Pappa toe nie. Moenie julle so bekommer nie, sy is 'n verstandige meisie."

"Dit is maar moeilik vir ons almal om ons nie oor Elyna te bekommer oor wat met haar ouers gebeur het. Ons sal wag om te hoor."

Lida is nou ook bekommerd nadat haar pa met haar gepraat het. Sy was net so besig die afgelope tyd dat sy nie kans gehad het om te wonder oor Elyna nie.

Lide kry eers teen die volgende dag tyd om weer vir Nina te skakel. Hierdie keer skakel sy haar op haar selfoon.

"Nina Maritz, middag."

"Nina, dit is Lida, kan ek praat of is jy besig?"

"Praat gerus."

"Ons raak nou regtig bekommerd oor Elyna. Dit is nie soos sy is dat sy vir meer as 'n week nie met een van ons sal kontak maak nie. Weet jy nie waarheen sy is nie?"

"Lida, ek dink werklik nie julle moet julle bekommer nie. Sy is met vakansie en sal beslis Maandag weer op kantoor wees."

"Ons is 'n baie hegte familie, dit het nog nooit gebeur dat Elyna in byna twee weke niks van haar laat hoor het nie. As jy nie weet nie, sal ons maar net moet vertrou dat sy veilig is en wag."

"Dit is ongelukkig so ja. As ek enigsins van haar hoor sal ek jou laat weet."

"Dankie, ek waardeer dit."

Lida skakel dadelik vir Gunther junior. Sy weet reeds dat dit wat sy hom gaan meedeel glad nie is wat hy sal wil hoor nie.

"My kind, het jy vir ons nuus?"

"Nee nie werklik nie, Pappa. Ek het wel met Nina gepraat, maar al wat sy gesê het is dat Elyna Maandag terug op kantoor in Windhoek sal wees. Verder net dat ons ons nie moet bekommer nie."

"Werklik, dit help absoluut niks!"

"Ek weet. Ek kan 'n draai by haar huis gaan maak, maar dit sal seker ook nie veel help nie."

"Daar moet seker iemand wees wat haar tuin versorg. Miskien weet dié iets."

"Ek sal kyk wanneer ek 'n kansie het en gaan kyk of daar iemand is wat dalk iets weet."

Zeus is vies vir homself dat hy nie aan Doringrosie se rugsak gedink het nie. Hy besluit om dadelik na chirurgie te gaan en uit te vind waar hulle dit hou. *Miskien moet ek vir Suster Pape vra om dit uit te pak, dit is tog 'n meisie se goed. Ek sal nie haar privaatheid wil skend nie. Ja, ek sal dit doen.*

"Middag dokter, u lyk soos 'n man op 'n missie," groet Nadja.

"Beslis lees jy my reg. Waar hou julle Jane Doe se rugsak?"

"Dit is in die linnekamer in 'n kas toegesluit, hoekom vra Dokter?"

"Eddie het pas my oë oop gemaak, daar kan dalk iets in wees wat ons kan help om vas te stel wie sy is of wie haar familie is. Sal jy dit asseblief vir ons kan gaan haal, en na Jane Doe se kamer bring."

"Ja, ek sal dit graag vir u doen. Hoekom het nie een van ons voorheen daaraan gedink nie. Miskien is daar iets in wat haar kan laat onthou."

"Ek gaan solank na haar toe."

"Reg so, Dokter. Ek bring dit daarheen. Wanneer gaan u haar ontslaan en wat gaan dan van haar word?"

"Ek het nog nie vir jou 'n antwoord daarop nie, Suster." Hy loop in die gang af na kamer C10. Doringrosie is wakker.

"Middag Dokter."

"Middag, hoe voel jy? Raak die pyn al beter?"

"Ja, dit raak. Dit is net dat ek niks kan onthou nie. Ek moet tog seker 'n werk hê en familie. As ek die Visrivier canyon gaan stap het, dan moet hulle dit tog weet. My naam en inligting moet tog by die bespreking wees."

"Wat jou werk aan betref, het ek net vanmiddag uitgevind jy is 'n argitek?"

"'n Argitek, sowaar. Dit is darem al 'n begin, maar wat van my familie? Waar het Dokter dit uitgevind?"

"Eddie van MedRescue het dit vir hy vertel. Dit is so op hulle sisteem aangeteken. Jy is een en twintig jaar oud en word later vanjaar twee en twintig. Verder kon hy ongelukkig nie help nie."

"Hoe is dit moontlik, hulle moet tog my naam en alle persoonlike inligting dan ook op hulle sisteem hê."

"Ongelukkig is jou identiteitsnommer verkeerd in gesit, so hulle kan sien dat daar 'n lid is met die nommer wat op jou kaartjie is, maar nie wie die lid is nie."

"Kan jy dit nou glo ... waarheen gaan ek as ek ontslaan word? Ek kan tog nie vir ewig hier bly nie."

"Moet jou nie nou al daaroor bekommer nie. Ek het Suster Pape gevra om jou rugsak te gaan haal, sy sal nou hier wees. Dan wil ek hê sy moet dit uitpak. Dalk is daar iets in wat jou geheue kan stimuleer."

"Goed so Dokter. Wat van my bespreking vir die staptoer, hulle moet tog ook my naam en ander inligting hê?"

"Die naam wat jy vir hulle gegee het, blyk nie jou eie naam te wees nie."

"Hoe weet julle dit?" vra sy verstom.

"Eddie het dit op die sisteem ingesit by hulle kantore en dit nie gevind nie. As dit jou regte naam was, sou hulle jou volle besonderhede gevind het op hulle sisteem. Maar daar is glad nie 'n lid met so 'n naam nie."

"Hoekom sou ek onder 'n vals naam die bespreking doen? Dit raak net nog meer deurmekaar."

"Wees geduldig, die stukke van die legkaart sal nog inmekaar pas. Suster Pape, dankie, sit dit asseblief hier op die bed neer. Ek wil hê dat jy dit moet uitpak."

Sy plaas die rugsak versigtig langs die meisie op die bed en begin pak eerste die sysakkies uit. Zeus hou vir Jane Doe fyn dop om te sien hoe sy reageer op die goed wat Nadja uitpak.

"Kyk hier is 'n sleutel vir 'n voertuig, dit moet seker by Ai-Ais staan," kondig Suster Pape aan. Sy gaan verder en pak die rugsak heel uit. Buiten die Bybeltjie, is daar egter niks anders wat haar kan help om te onthou nie. Dit bevestig net dat sy wel 'n meisie is wat 'n verhouding met haar Vader het. Daar is wel 'n kamera in, maar om te sien of daar iets op is wat haar sal help sal Zeus eers moet sy skootrekenaar bring dat hulle daarop kan kyk.

"Ons kan maar net hoop dat die datakaart sal werk, want jou rugsak was deurnat na jou val. Dit het ook 'n hele ruk in die water gelê soos ek verstaan het," probeer Zeus haar nie valse hoop gee nie.

"Dan is die kanse skraal dat dit nog sal werk. Ek het regtig gehoop dit sal help."

"Moenie moed verloor nie, miskien werk dit nog. Ek sal gaan kyk en later dan die skootrekenaar bring as dit werk," belowe Zeus.

"Dankie vir al julle moeite om my te help, ek waardeer dit verskriklik baie, Dokter."

"Dit is net 'n plesier om jou te help. Dit moet alles behalwe lekker wees om nie te weet wie of van waar jy is nie. Dan nog te moet deel met die gevolge van jou besering ook. Dit moet baie, baie moeilik wees. Praat enige tyd as daar iets is wat ons kan vir jou doen, asseblief."

"Suster Pape is reg, ons wil hier wees vir jou," beaam Zeus Nadja se siening. As dit van hom afhang wil hy haar net toevou in sy arms en beskerm teen enige verdere teleurstellings.

"Juffrou, jy moes sekerlik jou selfoon en identifikasie in jou voertuig gelos het. Kan jy onthou?"

"Nee, ek kan nie ... Dokter. Dit sal ons net kan uitvind as ons die voertuig vind."

"Wel, dan lyk dit my sodra jy ontslaan word sal ons jou by Ai-Ais moet kry om dit te kan weet," reageer Zeus.

"Hoe sal ek daar kom? Ek weet nie eers wie my familie is nie, waar ek werk of enigiets anders oor myself behalwe dat ek 'n argitek is."

"Wees rustig, met die tyd sal alles uitwerk, lees daardie Bybel van jou. Daarin sal jy beslis vertroosting en antwoorde kry, juffrou." Gee Nadja raad.

"Ek gaan eers, en sal later 'n draai maak. Probeer rus en moet jou nie ontstel omdat jy nog nie kan onthou nie. Dit sal kom," bemoedig Zeus haar.

"Dankie Dokter."

Nadja pak alles weer terug voor sy en Zeus saam die kamer verlaat. Jane Doe se brein werk nou in top versnelling na alles wat dokter Von Heinitz haar vertel het.

Ek is 'n argitek! Dit beteken ek is kunstig. Dan die Bybel in my rugsak, beslis moet ek dan 'n naby verhouding met God hê. Ek glo nie dit is algemeen dat stappers met so 'n beperkte hoeveelheid spasie, 'n Bybel saam neem nie. Hoekom sou ek nie die bespreking onder my eie naam gedoen het nie? Ek is al byna twee weke hier in die hospitaal, sekerlik sal ek iewers of al moes begin werk het of binnekort moet begin werk. Dan sal my werkgewer my tog sekerlik soek. Wat van my familie, woon hulle dan nie ook in Windhoek nie? Miskien nie, of soek hulle my reeds en weet net nie waar om te begin nie. Vader, dit is alles een groot gemors. Wie gaan na my omsien en waarheen gaan ek as ek ontslaan word?

So wroeg sy totdat die trane oor haar wange begin rol en sy haar moedeloosheid en algehele desperaatheid om te kan onthou uitgesnik het.

Zeus het besluit om terug te gaan na haar en haar gerus te stel. Hy kon sien sy is baie ontsteld omdat daar nie meer in haar rugsak is wat haar kan help onthou nie.

"En die trane nou? Moenie jou so ontstel nie. Jou geheue sal terugkom, gee net jouself kans."

"As dit nie terugkom nie, wat dan? Waarheen gaan ek as ek hier uitgaan? Wat van my werk, as ek 'n argitek is, sal ek tog beslis nog kan werk, my hande makeer mos niks. Dit is alles een reuse gemors."

"Moenie so sê nie. Daar is altyd hoop." Sy hart huil vir haar. "Ek belowe dat ek jou self Ai-Ais toe sal neem wanneer ek tyd kry. Dit is nogal 'n paar honderd kilometers. Miskien kan ek 'n ander plan maak. Ek sal dit graag vir jou doen."

"Ek kan dit mos nie van Dokter verwag nie."

"Jy het my mos nie gevra nie, ek het aangebied. Wees rustig, toe asseblief. Ek besef dit is ontsettend moeilik in jou toestand, maar vertrou my asseblief."

"My gedagtes en al die vrae maak my mal, hoe kan ek rustig wees?"

"In daardie geval sal ek vra dat Suster Pape vir jou 'n ligte kalmeermiddel spuit. Een wat jou nie sal laat slaap nie, maar rustiger sal maak. Is dit reg so?"

"Dit is, baie dankie vir Dokter se omgee, ek waardeer dit opreg."

As jy net weet hoeveel ek werklik vir jou omgee. Jy meisie met die koperrooi lokke en smarag groen oë waarin ek net wil verdrink.

Die naweek wat volg is Zeus baie onrustig. Hy moet homself net keer om nie meer as een maal 'n dag hospitaal toe te gaan nie. Dit is asof die meisie in kamer C10 hom soos 'n magneet trek.

Ek sal haar moet ontslaan volgende week, wat word dan van haar? Daar is geen manier wat ek haar net so kan oor los aan haar eie genade nie. Geen huis, geen familie, geen vriende, geen onthou van wie sy voorheen was of wat haar naam is nie. Sy moet voel soos 'n ruimtewese wat op aarde geland het en glad nie weet hoe om sy weg te vind nie. Wie gaan haar help, sy is verlam. Nee, dit is finaal, dit is wat my hart vir my sê en dit is wat ek wil hê. Sy kom by my bly. Nou moet ek haar net oortuig, maar waarheen anders kan sy gaan as sy niks onthou nie?

Hy kyk op sy horlosie en sien dit is byna besoek tyd. Daar is meer geen twyfel in sy hart dat dit is wat hy wil doen nie.

Doringrosie jou prins is op pad, ek kan net hoop jy sal my offer aanvaar.

Zeus vind byna al die personeel by die verpleegterstasie. Hulle probeer nie die pasiënte pla as hulle besoekers het nie.

"Naand Dokter Von Heinitz, u het mos al u rondte gedoen vroeër vanmiddag? Altans so het Suster Pape my ingelig. Is daar iewers fout?"

"Nee, Suster Jansen, geen fout nie. Ek het net gedink ons Jane Doe kry nie besoekers nie, so ek wil sommer net bietjie met haar kom gesels."

"Ag Dokter, jy het darem 'n goeie hart. Watter ander dokter sal nou op 'n Saterdagaand as hy kan rus by 'n pasiënt kom gesels. Sy sal dit baie waardeer. Sy is nou baie wakker, ek sien sy lees haar Bybel."

"Dan gaan ek eers na haar toe, hoop julle het nie te 'n besige nag nie."

"Dankie Dokter."

Haar deur staan op 'n skrefie oop, hy druk dit oop en gaan binne.

"Dokter Von Heinitz, wanneer rus u?"

"Ek is besig om te rus, ek is nie hier op offisiële besoek nie, maar kom besoek 'n meisie waarmee ek graag wil gesels. Dit is mos nie werk nie."

Sy bloos liggies en verstaan nie hoekom sy nou so verleë is nie. Tog is sy dankbaar om hom te sien en dat hy die moeite doen om haar te kom besoek in sy aftyd.

"Wat kan ek daarop sê? Dankie dat Dokter aan my dink, maar daar is tog sekerlik 'n vrou of meisie wat ook u aandag nodig het."

"Nope, geen vrou of meisie nie. Ek was nog altyd te besig. Daar is iets waaroor ek met jou wil praat. Ek wil hê jy moet eers klaar luister voor jy my antwoord."

"Nou maak Dokter my bekommerd."

"Nee, en ek is nie nou jou dokter nie, ek is jou vriend. So noem my Zeus..."

"Zeus, dit is 'n pragtige sterk naam en die pas perfek by jou. Ek sal luister, ek belowe."

"Doringrosie ... jammer, dit is die naam wat ek jou gegee het reg aan die begin toe ek jou die eerste maal gesien het met daardie twee mooi vlegsels. Ek hoop nie jy gee om nie. Niemand weet van die naam behalwe ek nie."

"Doringrosie, mmm. Nee, ek behoort gevlei te voel en daarby hoopvol, want sy is op die einde deur 'n prins gered."

"Reg, laat ek jou vertel wat op my hart is. Ek moet jou ontslaan, want jou wond is gesond. Moet nou nie jou naels begin byt nie, dit is net die begin van my storie. Ek wil baie graag hê jy moet by my kom bly. Ek het 'n groot huis en die onderste gedeelte is heeltemal rolstoel vriendelik, so jy sal maklik oor die weg kan kom. Daar is elke dag heel dag 'n vrou wat na my huis omsien. Daar is 'n woonstel waarin sy kan kom woon om vier en twintig uur beskikbaar te wees. Dan kan sy jou help met wat ook al jy hulp nodig het. Moet asseblief nie weier nie!"

"Zeus, hoe kan ek van jou wat niks van my is verwag dat jy so iets moet doen? Ek wil ook glad nie hê mense moet my jammer kry nie."

"Ek is nie niks van jou nie, ek is jou vriend. Jy het mos nie gevra nie, ek het aangebied omdat ek jou baie graag daar wil hê. Dit is naby die hospitaal en sou jy my nodig kry, kan ek binne minute daar wees. As ons vind dat Erna jou nie voldoende kan versorg nie, kry ek iemand wat gekwalifiseerd is. Dit is vir my baie belangrik dat jy gemaklik en gelukkig moet wees."

"Hoe gaan ek jou hiervoor vergoed? Ek moet 'n werk hê, maar wie sal nou weet waar dit is? Eers wanneer ek weer miskien onthou sal ek dit weet. Ek kan mos nie verniet so op jou nek gaan lê nie?"

"Doringrosie, luister vir my ... het jy een maal gehoor dat ek gepraat het van geld of betaling? Nee, want dit is iets wat ek wil doen. Dit gaan ook geensins oor jammerte nie. Ek dink jy is 'n beeldskone, sterk en selfstandige jongvrou. Ons sal saam soek vir antwoorde oor jou verlede. Ons sal Ai-Ais toe gaan en jou voertuig gaan soek, miskien is jou identifikasie dokumente daar en jou selfoon ook. Van daar kan ons dalk uitvind wat jou naam is en wie jou familie is."

"So dan is dit net 'n tydelike reëling totdat ek kan uitvind waar ek eintlik behoort?"

"Nee, ek sien dit nie as 'n tydelike reëling nie, jy moet instem omdat jy gemaklik voel met my voorstel en bly so lank jy wil ongeag of ons uitvind wie jy is en wie jou familie is."

"Maar as ek dit uitvind sal hulle my tog sekerlik neem en versorg. As ek net kan uitvind waar ek werk. Ek kan steeds werk, daar is niks met my hande verkeerd nie."

"Jy is heeltemal reg, jy kan steeds werk. Jy kan selfs as ons uitgevind het waar jy werk, met hulle reël dat jy van die huis af werk dat jy nie die ongerief van in en uit 'n voertuig moet sukkel het nie. Julle werk mos meesal op rekenaars, is ek reg?"

"Jy is heeltemal reg, ons doen alles op die rekenaar. Die dae van 'n massiewe tekenbord om planne te teken is gelukkig verby. Zeus, Suster Nadja het al telkens hierdie twee weke wat ek hier is genoem hoe 'n goeie hart jy het, maar hierdie is 'n offer in 'n ander klas. Sal ek nie in jou pad wees nie? Wat van as jy vriende wil nooi of onthaal? Dan sit jy met 'n vreemde verlamde meisie in jou huis."

"Watter vreemde verlamde meisie is dit? Ek ken net een verlamde meisie en sy is baie bekend aan my. Ek het haar stukkende liggaam probeer heel maak en al vir twee weke die voorreg om haar elke dag ten minste twee maal te sien. Onthaal en vriende? Nee, ek is nie die onthaal tipe nie. Ek hou van die natuur en as ek vriende nooi is dit net twee of drie vir 'n ete of braai. Jy sal nooit in die pad wees nie. As jy my aanbod aanvaar moet jy belowe jy sal dit as jou eie huis sien, Doringrosie."

"Dit gaan nou dalk baie belaglik vir jou klink – maar ek moet daaroor bid. Kan ek jou môre 'n antwoord gee? Ek weet ek het nêrens anders om te gaan nie, maar steeds is hierdie 'n baie groot aanbod."

"Dit is geensins belaglik nie. Jy kan daaroor bid, en wanneer jy gereed is vir my die antwoord gee. Ek hoop werklik dat jou antwoord positief sal wees. Jy kan bly terapie ontvang vir jou geheueverlies, die terapeut kan sommer na die huis kom. Ek wil hê jy moet so gemaklik as moontlik wees. Jy lyk moeg, het ek jou nou uitgeput, en dit terwyl my opdrag is jy mag nie vermoei word nie."

"Nee, Zeus, ek waardeer dit opreg dat jy gekom het. Ek is nou moeg, en die rug begin ook weer pyn."

"Kom ek help jou om plat te lê en dan gaan kry ek vir jou vinnig 'n pyninspuiting. Dit is nie nodig dat jy moet seer hê nie."

Hy is by haar en druk sy arm onder haar skouers in.

"Hou vas om my nek, dan skuif ek jou af." Sy doen soos hy vra. Hy ruik haar sagte geur wat soos jasmyn ruik en haar gesig is net hier by sy eie. So maklik sal hy nou sy lippe op hare laat rus, maar nee, hy kan nie nou al dit doen nie. Hy moet eers haar vertroue wen en vir haar wys dat hy haar vriend is en hoe baie hy omgee. Hy kyk nog eenmaal in haar oë en skuif haar dan af dat sy gemaklik kan lê.

"So ja, dit is beter. Ek is nou terug, ek gaan gou daardie spuit kry."

Vinnig is hy weer terug, en berei die spuit voor. Lig die duvet op, rol haar stadig om dat hy haar boud kan kry. Hy kan nie help om te sien dat sy beslis 'n jongvrou moet wees wat een of ander sport beoefen het nie. Haar liggaam is gespierd, maar tog vroulik. Hy ontsmet die area en spuit haar.

"Jammer as ek jou seergemaak het, die pyn sal nou beter raak. Gelukkig kom dit nie meer so gereeld soos aan die begin nie."

"Nee, Zeus, ek het niks gevoel nie of het jy vergeet?"

"Ek het nie, maar soms het party mense nog gevoel net onderkant die heupe en begin die verlamming eers by die bene. Ons is dankbaar dat jy al jou lewensfunksie nog het en nie 'n sakkie moet dra nie. Dit is baie ongemaklik. By die huis sal daar vir jou 'n spesiale rystoel wees vir jou toiletbehoeftes."

"Dankie vir die spuit en die aanbod. Ek sal bid, die spuit is sekerlik nie so sterk soos die morfien wat my heel uitgeklop het nie. So deur die nag soos ek wakker word sal ek bid. Dankie ook vir die kom inloer, ek waardeer dit."

"Alles net 'n plesier, Doringrosie. Jy moet lekker slaap en ek sal jou môre sien. Ek wil net nie hê jy moet nou wakker lê oor my aanbod nie, hoor."

"Ek belowe ek sal nie. Ek hoop jy rus ook lekker."

Zeus buk af en gee haar 'n drukkie.

"Jy is spesiaal, Doringrosie." Dan draai hy om en verdwyn by die deur uit.

Vader, wat was dit nou? Of is hy maar net so 'n omgee mens? Natuurlik is hy ... watter ander mens en veral dokter sal so 'n aanbod maak aan iemand wat hy net vir twee weke ken? Vader, u weet wie ek is, al weet ek self nie eers nie. Bring asseblief my onthou terug dat ek weer kan werk al is ek vasgevang in 'n verlamde liggaam. Vader gee my ook die antwoord op Zeus se aanbod. U weet ek het geen ander heenkome nie, maar U weet ook wat U wil vir my is. Asseblief help my. U belowe in u woord dat as ek swak is is u sterk en dat u my sal bewaar en beskerm. Ek weet u het my lief, want al het ek alles van my verlede vergeet, het U my lewe gespaar. Dit moet beteken dat U nog werk het vir my. En deur dit alles het ek U nie vergeet nie, is U die enigste een wat ek kan sê ek ken. Ek weet dit net in my hart.

Hoofstuk 12

Sondagoggend breek aan, met die oggend besoektyd, is daar 'n klop aan haar deur en sy wonder wie sal klop.

"Binne." Die volgende oomblik stap 'n hele groep mans en vroue haar kamer binne. *Wie in die wêreld sal die mense wees? Is hulle dalk familie van my wat my begin soek het?*

"Guten Tag, Pascha. Wie geht es dir? Wir mussten uns nur verabschieden, bevor wir nach Deutschland aufbrachen," verduidelik die man dat hulle haar moes kom sien voor hulle terug gaan Duitsland toe.

"Tut mir leid, Sie müssen mir helfen, ich leide unter Amnesie. Kenne ich dich Bist du Familie oder Freunde?" vra sy hom om te verduidelik wie hulle is omdat sy aan geheueverlies lei.

Sy hoor die skok van die mense en verstaan steeds nie waar hulle in haar lewe inpas nie. Die man wat gepraat het, verduidelik in Duits.

"Ek is jammer om dit te verneem, Pascha. Ek is Dokter Dieter Jentz, en hierdie is die res van die groep waarmee jy gestap het toe jy die ongeluk gehad het. Ek is die een wat eerste by jou was, MedRescue geskakel het en jou probeer stabiliseer het."

"Dokter Jentz, ek is so jammer dat ek niks kan onthou nie. Dankie vir u hulp, dit klink of dit dan u is wat my lewe gered het. Dokter Von Heinitz het verduidelik dat my liggaam besig was om in skok te gaan. Is my naam Pascha? Pascha wie?"

"Juffrou, dit is die naam waarmee jy jouself aan ons bekend gestel het, dit blyk ook nie jou regte naam te wees nie. So het meneer Bezuidenhout van MedRescue ons ingelig. Daar moet 'n rede wees hoekom jy nie jou eie naam gebruik het nie."

"Ja, maar wat kan dit wees? Het ek niks verder daaroor genoem nie?"

"Nee, jy was baie eenkant en stil. Op die tweede dag het ons by 'n gedenkplaat uitgekom by die Drie Suster en daar het jy vertoef en aan ons genoem dat jou ouers albei daar gesterf het. Hulle is deur 'n mamba gepik. Ek hoop die inligting kan jou vorentoe help."

"Genade ... so ek het geen ouers wat na my gaan soek nie. Kan u onthou hoe lank terug dit gebeur het?"

"Jy het genoem dat jy toe net vyf jaar oud was. Ek is seker dat ander familie jou grootgemaak het, maar wie het jy nooit genoem nie. Ons wou net kom hoor hoe dit gaan. Behalwe vir die geheueverlies is jy verder okei?"

"Nee, Dokter Jentz, ongelukkig nie. Ek is verlam in my onderlyf en bene. Die rots waarop ek geval het, het twee werwels gebreek en my rugmurg beskadig."

"Ag nee!" gaan daar 'n sug deur die hele kamer.

"Dit is baie sleg om te hoor. Jou geheue sal terugkom, moenie daaroor jou bekommer nie. Jou voertuig staan by Ai-Ais, miskien is daar leidrade wat lig op jou identiteit sal werp. Neem my kaartjie, as jy enigiets nodig het, en ek bedoel enigiets, kontak my asseblief. Word gesond, jy is 'n besonderse meisie."

Sy neem die kaartjie en trane rol oor haar wange vir hierdie vreemdeling wat reeds haar lewe gered het en nou al die moeite gedoen het om haar te kom sien om vas te stel of sy okei doen. Dan nog sy hulp aanbied as sy dit nodig sou kry.

"Waarheen gaan jy as hulle jou ontslaan, Pascha?" vra Dieter se vrou Imke.

"Dokter Von Heinitz, die chirurg wat oor my is, het my 'n aanbod gemaak om by hom te kom woon. Ek oorweeg dit nog. Ek het nie eintlik enige opsies nie, tog bid ek eers daaroor. Dokter hoe het u geweet ek behoort aan MedRescue," onthou sy weer.

"Jy het elke keer as ons geswem het, jou kaartjie uit jou bo-sakkie gehaal dat dit nie moes nat word nie. Wat die aanbod van Dokter Von Heinitz aanbetref, dink ek jy moet dit aanneem. Jy sal in goeie hande wees omdat hy die omvang van jou toestand volkome ken en jou op jou pad na onthou sal kan help."

"U moet 'n goeie dokter wees, want u is baie oplettend. Ek sal wel die antwoord kry op daardie aanbod, maar hou beslis u woorde in gedagte."

"Ja, dit is ons werk om dinge te sien wat mense nie oor wil praat nie. Ons moet groet. Onthou om my te kontak, asseblief."

"Nogmaals dankie vir julle omgee, ek waardeer dit opreg. Julle sal nie verstaan wat dit vir my beteken nie."

"Alles ons plesier, Pascha."

Doringrosie het nou baie om oor te dink. Daar is 'n paar dinge wat Dokter Jentz genoem het wat haar hoop gee vir die toekoms. Soos dat haar ouers op die staproete gesterf het jare gelede. *Ek sal tog sekerlik 'n foto van die gedenkplaat geneem het. Dan sal ek kan sien wat my van is! Dit sal reeds baie help. Vader dankie dat U hierdie mense oor my pad gestuur het, niks in die lewe is toevallig nie. Hulle het ook bevestig dat my voertuig by Ai-Ais staan. Dit is dalk die volgende sleutel na onthou.*

Sy speel die inligting oor en oor in haar kop in 'n poging om te probeer onthou, maar niks kom op nie. Uitgeput, sluimer sy in net voor middagete bedien word.

Zeus het 'n behoefte om in die natuur te wees. Een van sy gunstelingplekke is Heja Lodge wat net tien kilometer uit die stad op die pad na die internasionale lughawe is. Dit is geleë op die plaas Hofnung wat aan die Dresselhaus-familie behoort. Die die Lodge is so uitgelê dat die kamers aan die een kant afloop en aan die ander kant is die konferensiefasiliteite, reg voor is die ontvangs en kantore en langs dit is die restaurant. Die ontvang en restaurant is teen 'n massiewe dam gebou waarop daar altyd verskeie watervoëls en eende te sien is. Dan is daar ook die mak ganse wat die grasperk tussen die dam en gebou netjies hou. Hulle kos is uit die boonste rakke en die atmosfeer met die dam so strelend vir die gemoed.

Hy kies vir hom 'n tafel naby die dam en effens weg van die ander gaste. Hy wil nie gesteur word nie, nie erken word nie, nie gesels nie, net alleen wees met sy gedagtes.

Die kelner is dadelik by om sy bestelling te neem.

"'n Groot Rock Shandy en 'n Heja slaai, asseblief Tate." Die slaai is sy gunsteling, daar is repe hoender, tamatie, olywe en blaarslaai in met hulle spesiale sous wat 'n heerlike mosterd geur het.

"Ek maak so, Dokter." Hulle ken hom al hier, want dit is sy plek waarheen hy wegbreek as hy vrede soek om te dink.

Hy tuur oor die dam en sien dat aan die anderkant op die wal Koedoes water drink. Daar wei ook 'n paar blouwildebeeste en na die regterkant van die dam sien hy hoe pragtig die kosmosse blom. Sy gedagtes is soos vir die grootste deel van die laaste twee weke besig met net een mens, Doringrosie.

Sal sy my aanbod aanvaar? Waarheen gaan sy as sy dit nie wil aanvaar nie? As sy dit aanvaar, sal sy ook met tyd vir my lief raak? Sal ek haar hierheen kan bring om die mooi en die vrede te ervaar? Waar begin ons soek om haar te help om haar verlede te onthou?

So hardloop die vrae deur sy gedagtes terwyl hy die vrede indrink wat hierdie plek nog altyd in sy hart kom neerlê het.

Zeus geniet sy slaai en Rock Shandy, dan vertoef hy nog 'n tydjie en vertrek weer. Hy voel tog beter. Hy kyk op sy horlosie en sien dat dit kort na drie is en vier uur wil hy vir Doringrosie gaan besoek. Skielik is daar 'n soort opgewondenheid in hom. *Net miskien gaan sy my antwoord en net miskien gaan sy instem. Dit sal wonderlik wees!*

Hy is net voor vier by die hospitaal. Gedagtig daaraan dat sy 'n argitek is, het hy vir haar 'n tydskrif oor argitektuur gekry. Dit sal haar dalk inspireer en laat onthou. Vandag is hy ekstra haastig om haar te sien. Sy hart klop opgewonde in sy borskas.

"Middag, Doringrosie. Hoe voel jy vandag?"

"Zeus, ag jy is werklik gaaf om vir my te kom kuier. Ek is sowaar vandag gelukkig, ek het vanoggend ook besoek gehad."

"Het jy? Van wie?" vra hy verbaas.

"Die groep Duitsers waarmee ek blykbaar saam gestap het. Jy weet mos van Dokter Jentz."

"Ja, sowaar. Was hulle almal by jou?"

"Ja, ek het natuurlik nie eers geweet wie hulle was nie, maar dokter Jentz was so gaaf om my te help nadat ek hom vertel het van my toestand."

"Wonderlik. Ek het vir jou 'n tydskrif gebring," hy hou dit na haar uit en hou haar dop.

"Een oor argitektuur, ek is seker ek sal dit geniet, baie dankie, jy is so bedagsaam."

"Dit is net my plesier. Het hy jou van die ongeluk vertel?"

"Nee, net 'n paar dinge oor die stap tog. Dat ek myself as Pascha Muir aan hulle voorgestel het. Dat ons op dag twee by 'n gedenkplaat by die Drie Susters gekom het en dit blykbaar die gedenkplaat van my ouers is wat daar gesterf het. Hulle is albei deur 'n mamba gepik toe ek net vyf jaar oud was. Dat my voertuig definitief by Ai-Ais staan en ek baie stil en eenkant was."

"Daar is 'n paar dinge waarmee ons kan werk om jou te help om jou verlede te onthou."

"Ek het ook so gedink. Nog iets, ek is Duits magtig het ek ook uitgevind. Natuurlik is daar nou nog meer vrae in my kop wat my mal maak. Wie het my grootgemaak? Hoekom het ek die bespreking onder 'n ander naam as my eie gedoen. Was my doel om die gedenkplaat van my ouers te gaan besoek?"

"Dalk is jy Duits, dit is mos heel algemeen in Namibië. Ek is Duits, maar praat ook Afrikaans en Engels vlot. Die antwoorde sal kom, dit sal, wees net geduldig met jouself."

"Hy het ook so gesê. Hy was so gaaf en het my sy kaartjie gegee en gevra ek moet hom kontak as ek enige hulp nodig het. Ek het hulle vertel van jou aanbod. Zeus, jy het 'n baie groot hart. Ek sal jou aanbod aanvaar, maar jy moet nooit voel dat ek vir jou 'n las is of jy onder enige verpligting teenoor my staan nie."

"Stop net daar! Baie, baie dankie dat jy ingestem het. Kry dit nou al in jou kop, jy sal nooit vir my 'n las of verpligting wees nie, verstaan jy my, meisiekind?"

"Ek verstaan jou, al verstaan ek nie hoekom nie."

"Aanvaar dit net so, dit is hoe dit is en dit gaan nie verander nie. Ek gaan môre vir jou 'n elektroniese rolstoel kry en alles wat jy sal nodig hê om gemaklik te wees. Ek sal ook vir suster Pape vra om vir jou eers net twee stelle klere te kry. Sodra sy weer tyd het kan sy jou neem om behoorlik inkopies te doen vir die dinge wat jy nodig het."

"Zeus, jy kan nie soveel geld op my spandeer nie!"

"Wie gaan my keer? Ek wil dit doen."

"Ek sien dat ek jou nie gaan oortuig nie."

"Dan is ek bly dat jy dit besef. Jy is my vriendin, en oor wat ek vir jou doen het niemand niks te sê nie. Ek sal môre alles reg kry en jou oormôre ontslaan. Dan is alles reg as jy huis toe kom. Ek sien uit om jou daar te hê, Doringrosie."

"Dankie klink so eenvoudig, want wat jy vir my doen is soveel meer werd."

"Dankie, is goed genoeg vir my. Ek doen dit nie om bedank te word of die held te speel nie, Doringrosie. Ek doen dit omdat dit is wat ek wil doen."

"Ek gaan dit nie probeer verstaan nie, want dit maak nie vir my sin nie. So ek sal net dankbaar wees. Ek ken niemand anders wat dit vir byna 'n vreemdeling sal doen nie."

"Miskien ken jy, maar jy kan dit net nog nie onthou nie. Maak ook nie aan my saak nie, die onderwerp is hiermee afgesluit. Jy kom Dinsdag huis toe. Ek wil hê jy moet dit as jou huis sien, nie as my huis nie. Ek hoop jy is opgewonde, want ek is. Ek gaan jou nou los om te rus en jou tydskrif te geniet."

"Ek gaan hierdie tydskrif geniet, dankie. Sien dan môre."

Zeus wil soos 'n uitbundige kind huppel en lag van blydskap. *Ek kan nie glo dat sy ingestem het nie. Sjoe, dit gaan wonderlik wees om haar elke dag daar te hê as ek wakker word en saans tuis kom. Ek besef dat daar nog baie berge is wat ons moet oorkom met haar geheueverlies en verlamming, maar ons sal dit saam een vir een aanpak. Gelukkig het ek die mediese kennis om haar te help as sy moedeloos word, want dit sal ook nog kom.*

Iewers in Windhoek is Lida Schmidt nou ook baie bekommerd oor Elyna, maar sal dit nie waag om haar familie te laat agterkom nie. Sy en Patrick was vroeër vanmiddag by Elyna se huis. Daar is geen teken van haar nie en die man wat na die tuin omsien het ook gee idee waarheen sy is nie. Al wat hy weet is dat sy vandag moes teruggekom het.

"Liewe genade, Patrick, my skat, as daardie niggie van my iets moes oorgekom het, sal my grootouers dit nie oorleef nie. Ek het jou mos vertel hoe haar ouers oorlede is toe sy net vyf was."

"Ja, jy het my lief. Jy was so kalm tot nou, moet nou nie jou begin opwerk voor jy môre haar kantoor geskakel het om uit te vind of sy terug is nie."

"Jy het self beleef hoe 'n hegte familie ons is, Elyna sal nie vir twee weke nie kontak maak met my groot ouers nie. Sy is te lief en te besorg oor hul welstand. Al werk sy ook op die maan sal sy 'n plan maak om met hulle te praat. Jy verstaan dus dat ek myself net die hele tyd probeer troos het omdat ek so besig is en nie daaraan wou dink nie. Sy is soos 'n kleinsussie vir my. Toe ek vanmiddag met my pa gepraat het, het hy reeds vir my vertel dat oupa en ouma in 'n toestand is. Hulle is oortuig sy het iets oorgekom. Ek kan hulle nie kwalik neem nie, want ek weet nou dat die moontlikheid baie, baie sterk is. Mag ons Vader ons help om vinnig uit te vind wat aan die gang is."

"Wees positief, daar is nog net een nag voor jy kan uitvind. Sy moet môre terug wees op kantoor. Probeer kalmeer, ek weet dit is moeilik, maar dit help nie om jou dood te bekommer oor iets wat dalk glad nie eers so is nie. Kom ons gaan wees net rustig, jy werk jou dood. Die spanning daarmee saam is nie goed vir jou nie."

"Okei, miskien kan ons 'n Christelike movie kyk of wil jy iets anders doen?"

"Dit klink vir my perfek. Ek wil net by jou wees, my liefste. Môre hardloop ons weer soos rooi miere rond tussen die hospitale en die praktyk." Hy is net dankbaar dat dit voorkom of Lida nou rustiger is. As Elyna iets moes oorgekom het, weet hy ook nie wat sal met hierdie familie gebeur nie. Hy het gesien hoe lief hulle almal vir haar is. Sy is 'n oulike jongvrou.

Maandag is vir Zeus 'n goeie dag. Hy sit sy sekretaresse aan om vir Doringrosie 'n rolstoel en 'n kommode, die een waarmee sy kan stort en toilet toe gaan te kry. Om nie vir Suster Pape te pla nie, besluit hy om haar ook te vra om twee stelle klere vir Doringrose aan te skaf.

"Gaan na haar, sy is in kamer C10, hoor by haar waarin sy gemaklik sal wees en ook water kleure sy van hou. Vra haar ook watter nommer skoen sy dra en wat anders sy dalk mag nodig kry. Langbroeke sal dalk die beste wees omdat haar bene verlam is, of as sy van lang rokke hou sal dit sekerlik ook werk. Hoor waarvan sy hou. Baie dankie vir jou hulp."

"Reg Dokter, dit is 'n plesier. Ek sal so gou Leandra inkom om die boeke te doen gaan. Dan kan sy die telefone antwoord."

"Heeltemal reg, ons moet dit net voor môre hê."

Dit is ook net Zeus wat hierdie Maandag as 'n goeie dag beskou. By Nina Maritz Argitekte is dit nie so 'n goeie dag nie.

"Is Elyna nog nie in nie? Het sy dalk gebel?"

"Nee, Nina sy is nie in nie en het ook nie gebel nie," reageer die ontvangsdame.

"Skakel asseblief haar selfoon en sit dit deur na my." Sy loop dadelik terug na haar kantoor. 'n Frons keep haar voorkop.

Die meisie skakel dadelik die nommer en daar is geen antwoord nie, net die irriterende: 'the subscriber you have dialed is not reachable'. Sy stap deur na Nina se kantoor.

"Kry jy haar nie in die hande nie?"

"Nee, dit gaan net oor na die boodskap dat sy nie bereikbaar is nie."

"Berge val op my en heuwels bedek my, as daardie meisie-kind iets oorgekom het slag haar familie my lewendig af."

"Hoekom sal hulle jou afslag, Nina?" vra die meisie verbaas.

"Omdat ek die enigste een is wat weet waarheen sy is en nie vroeër dit aan hulle vertel het nie. Elyna het my gevra om vir niemand te sê nie. Sy wou nie haar grootouers onnodig laat bekommer nie. Nou dit! Sy is nie een wat net sal wegbly en nie laat weet nie. Dit beteken sy is nie in 'n toestand om te laat weet nie, of ... nee ek wil nie daaraan dink nie. Haar niggie, dokter Lida Schmidt, gaan beslis binne kort bel en navraag doen. Dan sal die hel losbreek."

"Hulle sal jou nie beskuldig nie ... miskien het niks gebeur nie. Kom ons wag en sien."

Nina was reg, die ontvangsdame het skaars haar kantoor verlaat as haar selfoon skree. Sy sien dadelik dat dit Lida is.

"Lida, môre."

"Môre Nina, sê asseblief vir my Elyna is by die werk! Ek kan haar steeds nie bereik op haar selfoon nie. Ek was ook gisteraand by haar huis en die tuinman het bevestig dat sy gister moes terugkom."

"Ek is jammer, maar nee, sy is nie hier nie en het ook nie geskakel nie."

"Nee, nee, dit kan nie wees nie. Daar moes iets gebeur het. Nina weet jy werklik nie waarheen sy is nie? Ons moet begin soek... My grootouers het nog nie eers hierdie bevestiging gekry nie en is reeds die afgelope week in 'n toestand."

"Lida, moet asseblief nie vir my kwaad wees nie, ek het 'n belofte aan Elyna gemaak en wou dit nie breek nie. Nou is die omstandighede egter anders en moet ek vir jou vertel."

"Wat, waarheen is sy?"

"Sy het die Visrivier canyon gaan stap om haar ouers se gedenkplaat te gaan besoek. Sy sou net drie dae stap, maar ek het haar aangemoedig om die hele stap te doen omdat dit so mooi is. Sy moes dan al 'n week gelede terug gewees het. Ek het gedink sy rus maar net 'n bietjie, want ek het haar twee weke verlof gegee. Nou weet ek egter daar moet fout wees, sy is nie 'n kind wat van die werk sal wegbly sonder om te laat weet nie. Ek is so jammer."

"Ek moes dit ook al lankal vir myself uitgewerk het. Dit is my eie skuld, want ek is so vervlaks besig dat ek nie daaraan gedink het nie. Sy het my lankal in haar vertroue geneem dat sy wanneer sy een en twintig geword het daarheen wil gaan. Sy het selfs genoem dit sal vanjaar wees omdat sy verjaar het toe sy nog op universiteit was en nie toe kon gaan nie. My familie kry 'n oorval as hulle uitvind ek het geweet en niks gedoen om haar te keer nie."

"Sy sou haar nie laat keer nie. Dit is iets wat sy moes doen om vrede vir haar self te kry oor haar ouers se dood. Die beste is om Ai-Ais se kantore te skakel en te hoor of hulle weet wat van haar geword het."

"Beslis, ek sal dit dadelik doen. Ek weet nie hoe ek hierdie dag gaan deurkom nie, want ek weet my familie gaan my binnekort skakel om uit te vind of sy by die werk is. Ek kan nie vir hulle vertel dat sy nie is nie en jok kan ek ook nie."

"Sterk wees, ek bid vir jou Lida, as daar iets is waarmee ek kan help, laat my asseblief weet."

"Baie dankie." 'n Verslae Lida sak nog dieper in haar stoel in, en die trane rol onwillekeurig oor haar wange. Nou weet sy daar moes beslis iets met Elyna gebeur het. *Here, net nie nog een van ons wat in die Visrivier sterf nie, asseblief nie!*

Patrick kom loer by haar deur in en sien sy huil, hy maak die deur toe en gaan na haar.

"My liefste, wat nou? Hoekom huil jy? Gaan dit oor Elyna?" Sy skud haar kop bevestigend. Hy wag geduldig vir haar om te kalmeer.

"Sy is nie by die werk nie ... sy het soos sy my lankal vertel het die Visrivier gaan stap om na haar ouers se gedenkplaat te gaan. Nou is sy vermis. Wat gaan ek doen, my liefling? Hoe gaan ek dit vir oupa en ouma en my ouers vertel. Ek het daarvan vergeet, en sy het niks genoem nie, want sy wou natuurlik nie een van ons ontstel of toelaat om haar te keer nie."

"Ek dink jy moet die dag afneem. Een van ons kan jou pasiënte sien. Jy sal nie kan konsentreer op jou werk nie. Gaan en bel dadelik die kantoor op Ai-Ais, as jy wil hê ek moet ook verlof neem, laat my weet en ek kom dadelik. Die ander manne sal die fort kan hou, hulle het al voorheen onder druk gewerk en dit is 'n uitsonderlike krisis."

"Gelukkig het ek nog nie baie afsprake nie, ek dink daar is net twee vir vanoggend. Dit sal nou-nou begin besig word. Dan moet hulle maar net vir môre afsprake maak. Dankie vir jou ondersteuning, ek waardeer dit. Sal jy vir Coenie en Danie inlig asseblief, ek wil net by die huis kom dat ek kan begin soek na haar."

"Met graagte sal ek. Gaan, en onthou ek is lief vir jou. Bel my as jy my nodig het."

"Dankie, ek maak so."

Lida haas haar na haar voertuig nadat sy vir Barbara hulle ontvangsdame gevra het om nie vir die dag verder vir haar afsprake te boek nie en daardie twee mense na Patrick toe te stuur.

Die hele pad van MediCity in Eros waar hulle spreekkamers is, bid sy dat daar net niks met Elyna moes gebeur het nie. Daar is egter 'n beklemming om haar hart omdat sy Elyna so goed ken en weet sy sou lankal kontak gemaak het as iets nie verkeerd gegaan het nie. Verder weet sy dat haar grootouers nie so 'n terugslag sal kan hanteer nie, nie nog 'n keer nie en nie as Elyna iets oorgekom het nie.

Voor sy by haar huis in Klein Kuppe stop lui haar foon, maar sy los dit omdat sy bestuur. Wanneer sy haar motor klaar parkeer het kyk sy.

Dit is Pappa, net soos ek verwag het. Wat gaan ek vir hom sê? Ek kan nie vir hom jok nie. Miskien met ek net eers vir Ai-Ais bel en daarna vir hom.

Sy gaan dadelik na haar kantoor en soek die nommer op. Dan skakel sy dit.

"Ai-Ais Ruskamp, goeiemôre, hoe kan ons help?"

"Môre dame, dit is dokter Lida Schmidt wat praat. Ek hoop u kan my help."

"Laat ek hoor Dokter Schmidt."

My niggie, Elyna Boudin, vermoed ons het twee weke gelede die Visrivier gestap. Sy moes vandag weer begin werk en het nie opgedaag nie. Sy is ook nie by haar huis nie en haar selfoon is onbereikbaar. Weet julle dalk iets van haar?"

"Kom laat ek gou kyk, maar die naam klink glad nie vir my bekend nie." Sy tik die naam in die sisteem in soos Lida dit vir haar spel. Geen resultate nie.

"Nee, Dokter Schmidt, daar is nie 'n bespreking onder so 'n naam nie, jammer."

"Is u baie seker?"

138

"Ja, ja ek is. Die groep wat twee weke gelede gestap het, was 'n groep middeljarige mense van Duitsland. Daar was 'n meisie van Namibië saam met hulle, maar haar naam was Pascha Muir. Sy het 'n ongeluk gehad op die derde dag. Sy is Windhoek toe gevlieg deur MedRescue."

"Nee, haar naam is Elyna Boudin, en dit is glad nie eers naby nie. Dankie vir u hulp."

"Jammer dat ek nie meer kon help nie."

Waar soek ek nou? Hoekom sou sy vir Nina gesê het sy gaan na haar ouers se gedenkplaat in die Visrivier en dan iewers anders gegaan het. Dit maak geen sin nie. Tog is sy glad nie op hulle sisteem nie. Wat moet ek nou vir Pappa sê?

Sy is nou nog meer ontsteld as vroeër, want nou is Elyna vermis en glad nie eers waar hulle gedink het sy kan wees nie. Waar nou heen?

Gunther junior se foon lui, hy sien dit is Lida en is dankbaar dat hy by die stalle is. Sy hele familie is ontsteld oor Elyna wat nie kontak gemaak het in twee weke nie.

"My kind, sê tog net vir my onse Elyna is by die werk!" val hy met die deur in die huis.

"Pappa ... nee, sy is nie. Waar is jy, is jy alleen?"

"Ja, ek is ... wat gaan aan my kind? Praat met my."

"Pappa sy het vir Nina gesê sy gaan die Visrivier stap om na haar ouers se gedenkplaat te gaan. Sy het dit vir my ook laas jaar genoem dat sy dit wil doen sodra sy mondig geword het. Daarna niks weer gemeld nie, want ek het haar gewaarsku dat oupa dit nie sal toelaat nie. Volgens Nina sou sy net drie dae stap en dan by die eerste uitgang uitklim. Nina het haar aangemoedig om die hele roete te stap en toe sy nie na 'n week terug is nie gedink sy het die hele roete gestap. Sy het in elk geval vir haar twee weke verlof gegee. Vanoggend toe sy nie opdaag vir werk nie, het sy egter besef iets is verkeerd. Ek het reeds Ai-Ais se kantore geskakel. Hulle het nie 'n bespreking vir Elyna nie. Ek het gee idee wat aangaan nie. Niks hiervan is soos sy is nie."

"Genade nee! Is hulle dood seker daarvan?"

"Ja, die vrou het my verseker daar is nie iemand met daardie naam op hulle sisteem nie. Sy het genoem van 'n meisie wat twee weke gelede gestap het in die Visrivier en 'n ongeluk gehad het. Haar naam was egter Pascha Muir. Nie eers naby Elyna Boudin nie. Wat gaan ons nou maak Pappa? As oupa-hulle moet uitvind sal dit hulle breek. Waar begin ons soek? Dit is al reeds twee weke."

"Ek het gee idee nie, maar jy is reg, vir nou moet ons dit eers van oupa en ouma weghou. Hoe weet ek nie, want hulle vra elke dag na haar."

"Haar selfoon se sein is lankal dood, so MTC sal ons nie eers kan sê in watter area van die land dit is nie. Haar voertuig het ook nie 'n tracker in nie, so dit is ook onmoontlik om dit op te spoor. Ek sal die hospitale in Windhoek skakel en probeer uitvind of sy dalk in een van hulle opgeneem is. Dit is al waaraan ek nou kan dink."

"Reg my kind, daarna miskien die polisie om uit te vind of hulle nie van 'n ongeluk iewers weet waarin sy betrokke kon wees nie. Ek is regte in skok nou, maar sal my moet regruk. Dit neem my terug na jare gelede wat ons die tyding gekry het van Claude en Camille."

"Sterkte Pappa, ek sal eers SMS voor ek bel. Ek wil nie vir Pappa in 'n nog moeiliker posisie plaas nie."

"Reg so my kind."

Lida begin dadelik die hospitale in Windhoek skakel om uit te vind of daar by een van hulle 'n Elyna Boudin opgeneem is in die laaste twee weke. Een na die ander lig haar in dat daar nie by hulle so 'n pasiënt was in die laaste maand nie. Daarna skakel sy die Polisie Hoofkantoor om uit te vind of hulle haar kan help. Ook daar loop sy haar vas in 'n muur. Geen persoon met daardie naam op hulle sisteem wat in 'n ongeluk was nie.

"Sersant Boois, sy is al byna twee weke vermis, wat moet ons nou doen?"

"Dokter Schmidt, julle moet 'n saak open dat sy vermis word en dan kan ons na haar begin soek. Dit is al wat ek kan aanbeveel."

"Dankie, ek moet gou met my vader praat, dan sal ek so maak."

"Goed so, kom reguit na my toe, my kantoor is op die eerste vloer."

"Dankie, ek waardeer u hulp opreg."

Lida bars in trane uit, sy is so magteloos en buite haarself van hartseer en skok. Sy was so besig dat sy nie tred gehou het met die tyd nie, die volgende oomblik kom Patrick by die deur in.

"My liefste, ag tog, het jy slegte nuus gekry? Kon jy haar al opspoor?"

"Nee, sy het spoorloos verdwyn, my liefling, spoorloos." Hy hou haar vas en troos haar. Nadat sy kalmeer het vertel sy hom van haar soektog sovêr en dat dit geen vrugte opgelewer het nie.

"Nou moet ek vir Pappa bel en hom dit vertel, want hy het vroeër gebel. Sersant Boois het aangeraai dat ons 'n saak oopmaak dat sy vermis word. Hulle kan dan begin soek na haar. Wat kan van haar geword het, hoe kan sy so spoorloos verdwyn?"

"Ons moet moed hou my, liefste meisiekind. Ek het vanmiddag af geneem. Danie en Coenie het gesê hulle sal alleen regkom. Bel jou vader en dan gaan ons eers iets eet, jy kan nie op 'n leë maag jou dood bekommer nie."

Lida SMS om te vra of sy kan bel en Gunther junior antwoord dadelik bevestigend.

"My kind, het jy nuus?"

"Ja, slegte nuus ... daar is geen teken van haar nie. Nie by die hospitale nie en ook nie van die polisie oor ongelukke die laaste twee weke nie. Ek kan nie glo dat sy so verdwyn het nie, waar kan sy wees, Pappa?"

"Ek kan dit ook nie glo nie en ek weet ook nie. Ek weet net ons moet sterk bly en bly glo sy leef."

"Ek sal na ete 'n saak gaan oopmaak dat sy vermis word. Dan sal ons darem nie alleen soek nie, maar die polisie sal help. Waar hulle sal begin het ek geen idee nie."

"Sterk staan my kind, ons bid."

Lida bars weer in trane uit, en Patrick is by om haar te troos. Hy besef dat sy deur 'n verskriklike wroeging gaan omdat sy nie weet waar hulle dierbare Elyna haar bevind nie. Hulle weet nie eers of sy lewend of dood is nie. Hy kan nie eers die gedagte verdra om te dink dat sy dalk wel dood is nie. Twee weke is 'n lang tyd, en niemand weet waar sy is of waar om te begin nie.

Hoofstuk 13

Dinsdagoggend breek aan, dit is 'n koue môre, maar dit stuit nie Zeus se opgewondenheid nie. *Vandag kom my Doringrosie huis toe, hier na my, nee ons huis toe. Ek moet net met Erna seker maak of haar kamer gereed is. Sy moet ook vir my 'n stel klere gee vir Doringrosie, sy gaan beslis nie uit die hospitaal kom in slaapklere nie.*

Hy is heeltemal onbewus dat nie ver van sy eie huis, is daar nog 'n jong dokter wat niks geslaap het vannag nie. Lida Schmidt moet haarself net keer dat sy nie histeries raak nie. Hierdie krisis is nie een wat sy weet hoe om reg te stel nie. Wat haar krisis is, is Zeus se vreugde, maar dit weet nie een van hulle nie.

Zeus stort, trek aan en draf met die trappe af om ontbyt te nuttig. *Van later vandag af sal ek nie meer alleen eet nie, Doringrosie se pragtige gesig sal oorkant my by die tafel wees. Sjoe, ek kan dit steeds nie glo nie. My grootste uitdaging sal wees om haar nie te laat agterkom hoe ek oor haar voel nie. Daarmee sal ek deel dag vir dag tot die tyd reg is om haar te vertel.*

"Môre Dokter, u lyk vanoggend lus vir die lewe. U kan maar aansit, ontbyt is gereed. Ek skink net gou u koffie."

"Goeiemôre Erna, jy is reg, ek is baie lus vir die lewe vanoggend. Dankie, ek wil vroeg by die hospitaal uitkom. Is die juffrou se kamer gereed?"

"Ja, dit is Dokter, net soos u gevra het. Dokter kan gaan loer, dit lyk voorwaar soos die kamer van 'n prinses, so sag en vrolik. Haar klere is gewas en gestryk. Ek is opgewonde om haar te ontmoet."

"Dankie, Erna, ek waardeer jou moeite. Sal jy asseblief vir my een stel klere en die warm steweltjies in 'n klein reissak sit om saam te neem. Ek wil nie hê dat sy in slaapklere ontslaan moet word nie. Sy moet nog gewoond raak daaraan dat sy verlam is en dit gaan baie haar selfbeeld beïnvloed. Daarby sukkel sy nog om te onthou, dit hoop ons sal binnekort begin verander. Jy sal baie geduldig met haar moet wees, en as sy dalk soms depressief of kortaf met jou is, weet dit is nie jy wat iets verkeerd gedoen het nie. Ek wil elke dag weet hoe haar gemoedstoestand is, dit is al hoe ek haar sal kan help."

"Ek verstaan Dokter. Dit is sekerlik te verwagte dat die kind ongelukkig en depressief sal wees, want om jou geheue en die gebruik van jou bene op een slag te verloor moet baie erg wees. Ek gaan pak gou haar klere vir Dokter."

'n Halfuur later stap Zeus by Chirurgie in, gewapen met die sak waarin Doringrosie se klere is. Hy loop hom in Suster Pape vas.

"Goeiemôre Suster."

"Môre Dokter Von Heinitz. Jy lyk vars en lus vir die lewe."

"Ek is, dankie, Suster. Ek ontslaan vandag vir Jane Doe."

"Werklik? Waarheen gaan sy?"

"Kom saam met my na haar kamer asseblief dan vertel ek jou."

Nadja is nou baie nuuskierig. *Waarheen sal sy gaan?*

"Suster ek het lank en mooi daaroor gedink en besluit om haar na my huis te neem. Ek het haar die aanbod gemaak, en sy het daaroor gebid en ingestem. Dit is iets wat ek wil doen. Ek is opgewonde om die pad met haar te stap, haar te help om weer te onthou en aanvaarding te kry vir haar verlamming."

"Stop gou net voor ons in haar kamer in gaan, ek het 'n vraag?"

Zeus stop dood, en wonder wat dit is wat sy op die hart het.

"Vra gerus, Suster Pape?"

"Ek wil nou regtig nie voor op die wa klink nie, maar bespeur ek dat daar iets meer as dokter-pasiënt verhouding hier agter skuil? U besef seker watter moeilike pad nou vir haar voorlê en hoe emosioneel sy gaan wees?"

"Suster jy is net in 'n ander klas ... jou instink is heeltemal reg. Hierdie bly net ons geheim, groot asseblief. Ek is verlief op hierdie koperkop meisiekind en ja ek besef hoe moeilik die pad vorentoe kan raak. Ek sien daarvoor kans. Sy weet natuurlik ook nie dit nie, en dit sal my grootste uitdaging wees om dit van haar te weerhou totdat sy emosioneel gereed is om dit te hoor."

"Dierbare dokter Von Heinitz, die man met die marshmallow hart. Ek moet toegee, sy is beeldskoon. Wanneer het jy besef dat jy op haar verlief is?"

"Die dag nadat jy haar hare laat was het, toe ek in haar kamer inloop en daardie koper krulle so oor die kussing uitgesprei was met haar pragtige slapende gesig. Toe slaan dit my soos 'n voorhamer, hierdie gesig wil ek vir die res van my lewe sien. Ek het nie vir 'n oomblik getwyfel wat ek volgende moet doen nie. Hier is 'n stel klere, sal jy haar asseblief gereed kry, ek sal die ontslagvorm nou teken. Dan kan jy my net laat weet wanneer julle gereed is. Ek sal eers my motor ombring en haar dan kom haal."

"U geheim is veilig by my, die Vader het geweet wat sy nou nodig het, en Hy kon geen beter man as u na haar gestuur het nie. Ek sal haar graag kom besoek as ek mag."

"Dit sal wonderlik wees, sy het 'n vriendin nodig en jy is beslis die beste wat sy kan voor vra. Jy praat van my hart, joune is net so sag. Dankie, kom ons gaan binne."

Jane Doe is wakker en glimlag effens toe sy die twee mense wat oor die afgelope twee weke vir haar so baie gedoen en beteken het sien.

"Ah, so wil ek dit mos hê. Suster kyk net na daardie mooi glimlag. Is jy opgewonde om huis toe te kom?"

"Ek is Dokter."

"Ek vermoed jy sal nou die formele aanspreekvorm moet los, julle gaan dan huismaats wees," glimlag Nadja, dankbaar dat Jane Doe so opgewonde is.

"Toemaar, sy sal, dit is maar net vir hier in die hospitaal nog, as ons hier uitstap sal dit verander. Suster gaan jou gereed kry, en alles vir jou ontslag, daarna sal ek jou kom haal. Sy gaan jou lekker opdollie, geniet dit om vir die eerste maal in twee weke weer klere te kan aantrek. Sien jou bietjie later. Dankie Suster."

"Baie dankie Dokter. Ek is nuuskierig om te sien, ek hoop dit is 'n langbroek, dat mense nie my bene kan sien nie."

"Bekommer jou nie, Jane Doe, hierdie Dokter van jou is 'n man wat baie, baie bedagsaam is, ek glo dit sal wees," antwoord Nadja haar. En Zeus verdwyn met 'n glimlag by die deur uit.

"Nouja, ek dink ons gaan eers jou lekker was en daarna sal ek jou aantrek."

"Dankie, Suster Pape." Nadja kry alles gereed en begin haar te was. Soos sy haar afdroog trek sy haar aan dat haar lyf nie moet koud kry nie. Heel laaste trek sy die meisie se skibroek, wat van 'n sagte rekstof gemaak is in 'n modieuse snit met stiksels wat dit die voorkoms van 'n denim gee, aan. Daarna die ewe modieuse wollerige steweltjies. Alles pas perfek.

"Wie ook al vir jou inkopies gedoen het, het 'n perfekte keuse gemaak. Jy lyk so pragtig en trendy. Kom ons sit so bietjie lipglans aan, 'n meisie moet darem iets blink aan hê. Nou net jou hare borsel, moet ek dit vir jou vleg?"

"Nee, dankie Suster, ek sal dit net in 'n hoë bokstert vasmaak. U het reeds soveel moeite vir my gedoen. Dit is Dokter Von Heinitz se sekretaresse wat die inkopies gedoen het. Sy was hier by my om te kom hoor watter nommer klere en skoene ek dra. Dink Suster ek het die regte besluit gemaak?"

"Baie, baie beslis het jy. Jy sal nêrens anders soveel aandag en versorging kry nie. By die tyd weet jy reeds dat daar 'n baie opdraande pad vir jou voorlê die volgende maande. Veral omdat jy nog nie onthou nie. Die twee terugslae wat jy mee moet leer om saam te leef, is definitief die twee mees uitdagende van almal. Moet net nie ongeduldig raak nie, dit sal uitwerk. Jy is mos ook 'n Christen, staan net vas, en hou net vas aan ons Vader."

"Ja, ek kan my dankbaarheid teenoor u en Dokter nie in woorde uitdruk nie."

"Dit is onnodig, want ons doen dit omdat ons wil. Ek wil hoor of ek vir jou by die huis kan kom besoek nou en dan?"

"Dit sal wonderlik wees. Buiten Erna, Dokter se huishoudster, wat nou ook na my gaan omsien, weet niemand anders waar ek is nie. Ek sal my probeer besig hou met teken. Dokter het vir my 'n tydskrif oor Argitektuur gebring en ek wou dadelik begin ontwerp. Miskien sal dit my brein stimuleer om weer te onthou."

"Ek is werklik bly dat jy reeds 'n positiewe plan het om jou besig te hou, dit is die beste ding. Ek gaan gou jou pynmedikasie laat haal en daarna sal Dokter jou kom haal." Nadja los haar alleen om die medikasie te gaan bestel. *Alle wêreld, as Dokter Von Heinitz nog nie op haar verlief was nie, sou hy beslis geraak het wanneer hy haar nou sien. Sy is waarlik pragtig. Sy het die mooiste bene en lyfie. Hy noem haar mos in elk geval Doringrosie, sy is so pragtig soos 'n prinses.*

'n Halfuur later bring Zeus haar eie rystoel om haar mee te kom haal.

"Dokter kan maar gaan, ek kom." *Ek wil sy gesig sien as hy haar sien, daarom wil ek hom volg.*

Zeus laat hom nie nog 'n maal nooi nie en beweeg na kamer C10. Die deur staan oop. Hy steek in sy spore met die rystoel vas en Nadja hoor hoe hy sy asem intrek van verbasing. Hy kyk oor sy skouer na Nadja.

"Suster Pape, is dit ons meisie? Kyk net hoe pragtig lyk sy! Hoe bevoorreg is ek nie om hierdie besonderse skoonheid huis toe te neem nie."

"Dokter, jy sal my laat bloos, basta met jou," raas Doringrosie gemaak. Tog voel sy goed dat hy haar 'n skoonheid genoem het.

"Okei, ons het nou offisieel by die tyd gekom waar jy my Zeus sal moet noem, ons het mos 'n ooreenkoms."

"En vir my gaan jy beslis ook nie Suster Pape noem as ek jou vriendin gaan wees nie, so vir jou is ek dan Nadja."

"Dit is voorwaar 'n mylpaal, ek het twee mense is my lewe wie se name ek ken."

"Die lys sal vinnig aangroei, moet jou nie bekommer nie. Binnekort ontmoet jy vir Erna en teen môre jou Fisioterapeut. Sien dinge gaan nou begin gebeur, ek het jou mos belowe."

"Dankie, Zeus."

"Kom ons gaan dat Erna jou gemaklik kan maak."

"Dankie Nadja vir alles, ek hoop ek sien jou gou weer. Zeus kan vir jou die huisadres gee."

"Ek belowe om te kom kuier sodra ek 'n afdag het. Intussen kyk na jouself en moenie ongeduldig raak nie."

Zeus het haar rystoel so gestel dat hy dit kan stoot, wanneer sy alleen is sal hy dit vir haar op outomaties stel dat sy oor die weg kan kom sonder hulp.

By sy motor tel hy haar uit die stoel en plaas haar op die voorste sitplek, sy gesig is sentimeters van hare as hy haar veiligheidsgordel vasmaak en hy hou letterlik sy asem in om haar nie te soen nie.

Minute later stop hulle voor Zeus se huis. Doringrosie kyk na die mooi groen grasperk wat omring word deur struike en blomme. Van die inrit loop daar netjies geplaveide paadjies na die tuin en na die huis. Die huis is 'n dubbelverdieping en in 'n moderne styl ontwerp met baie glas en 'n groot balkon bo.

"Sjoe, jy het 'n pragtige huis, ek is mal oor die ontwerp. Die glas en chroom is pragtig en pas by die ontwerp."

"Mmmm, ek kan hoor my vriendin is 'n argitek, baie dankie. Ek hou van baie lig. Kom ons kry jou binne, dit is effens koel."

Hy tel haar uit die motor in haar rystoel en wys vir haar hoe om dit met die kontrole te werk. Hy wil nie hê sy moet voel sy is afhanklik nie. Sy kom dadelik reg en ry voor hom uit na die voordeur. Daar word hulle deur Erna verwelkom.

"My aarde Dokter het u vir ons 'n prinses huis toe gebring? Kyk net hoe pragtig is sy! Juffrou ek is Erna, baie welkom."

"Ja, Erna sy is pragtig. Dit is hoekom ek haar noem, Juffrou Doringrosie, vir nou."

"Aangenaam om jou te ontmoet, Erna."

"Wel, ek dink sy is so mooi ek sal haar net Juffrou Rosie noem, is dit reg met Juffrou?"

"Dit is reg, Erna." Sy hou dadelik van die vriendelike, hartlike swartvrou wat haar so gul verwelkom.

Erna staan opsy dat hulle kan binne gaan. Die voordeur is 'n massiewe houtdeur en sy gaan met gemak na binne. Binne is die huis net so modern en ruim soos buite.

"Kom ek neem jou eers na jou kamer, daarna kan ons koffie drink voor ek teruggaan spreekkamer toe." Na regs is daar 'n deur, hy vra haar om daarheen te gaan. Hy maak dit oop. Dit lei in 'n sitkamer wat omtrent die helfte van die groot sitkamer is, uit dit is daar 'n deur na regs, sy ry daarheen en stop in die deur. Dit is die mooiste ruimste kamer wat sy nog gesien het. Dit is in skakerings van pienk versier en die groot vensters kyk oor die tuin uit.

"Hou jy daarvan, Doringrosie?"

"Baie, Zeus, baie. Dit is so sag en vroulik en warm. Ek is mal oor die groot vensters wat oor die tuin uitkyk."

"Gaan binne, en gaan kyk na jou badkamer," nooi hy.

Die badkamer is net so ruim en sy beweeg maklik daarin. Langs die stort staan haar spesiale rolstoel waarmee sy kan stort en toilet toe gaan. Haar hart wil bars van dankbaarheid.

"Zeus, ek het nie woorde nie en dit het niks met my geheueverlies te doen nie. Dit is pragtig, jy het soveel moeite gedoen."

"Geen moeite nie. Ek wil net hê jy moet so onafhanklik as moontlik wees, want ek vermoed jy is 'n mensie wat daarvan hou om selfversorgend te wees. Daar is nog een verrassing in die sitkamer, kom kyk."

Sy ry voor hom uit na die sitkamer en sien dat daar in die een hoek 'n gedeelte ingerig is soos 'n kantoor. Sy ry na die lessenaar waarop daar 'n laptop staan.

"Skakel dit aan, dit is joune."

"Nee, Zeus, jy moes nie dit gedoen het nie."

"Ek moes, skakel dit net aan, toe asseblief." Sy skakel dit aan en wanneer dit op die desktop kom sien sy dat dit die program op het waarin sy voorheen moes gewerk het, want sy erken dit dadelik.

"Zeus, jy het so waar die regte program ook nog gekry. Hoe het jy dit gedoen? Dit moes jou 'n fortuin gekos het."

"Ek het rondgebel tussen die Argiteksfirmas en gevra watter program gebruik word en dit aangeskaf. So maklik soos dit. Mens kan nie 'n prys koppel aan geluk nie. Ek wil jou gelukkig sien, ongeag die feit dat jou geheue nog weg is en jy gewoond moet raak aan jou liggaam wat grotendeels verlam is. Nou kan jy dadelik begin teken en ontwerp."

"Jy is net te goed vir my, Zeus. Hiervoor is ek baie, baie dankbaar. Ek vermoed dit gaan dalk my behoud word die volgende weke en maande."

"Heel moontlik so, maar ons sal saam daardeur werk. Ek het mos belowe. Heel eerste gaan ons probeer by Ai-Ais uitkom om na jou voertuig te soek. Net dalk is daar 'n sleutel tot jou verlede wat jou kan help. As ons op die regte plekke soek, sal ons dit vind waarna ons soek. Nou dat jy jou nuwe koninkryk gesien het, kom ons gaan drink koffie. Ek is dood seker jy is moeg vir die hospitaal se vaal water wat hulle koffie en tee noem."

"Daar het jy dit reg, 'n ordentlike koppie koffie sal nou heerlik wees."

Erna het reeds die koffie gemaak en skink dit in. Sy het ook gesorg vir melktert, want dit is Zeus se gunsteling bederf.

"Melktert, het jy dit gebak, Erna?" vra Rosie opgewonde.

"Ja, ek het juffrou Rosie. Dit klink my of dit ook jou gunsteling is soos Dokter s'n." Sy plaas Rosie se koffie en 'n lekker skyf melktert binne bereik van haar hande.

"Daar het jy dit Erna, so van nou af sal jy meer as een melktert op 'n slag moet bak. Van watter soort koek hou jy, kan jy dit onthou?"

"Mmmm … ja! Sjokoladekoek met so 'n sagte botterversiering. My mond water as ek net daaraan dink. Hoe kan ek dit onthou, Zeus?"

"Ek het nie 'n verklaring daarvoor nie, maar is dankbaar vir alles wat jy onthou. Op daardie noot, ek sal ook inval by daardie sjokoladekoek wat jy nou beskryf het. Ek sal graag heel dag hier wil sit en kuier, maar ongelukkig het ek 'n paar pasiënte om te sien voor middagete. Sien gou weer. Bel as daar enigiets is Doringrosie."

"Daar sal niks wees nie, ek gaan bietjie rus, ek voel nou moeg na die oggend se bedrywighede."

"Dit is 'n uitstekende plan. Erna kyk dat sy genoeg rus asseblief."

"Ek maak graag so Dokter."

Tevrede dat sy Doringrosie gemaklik is en Erna na haar sal omsien gaan hy terug spreekkamer toe.

Zeus kom vir middagete huis toe, want Erna het spesiaal kos gemaak dat Rosie voedsame kos kan inkry.

"Ek is tuis, hoe gaan die hier?" vra hy as hy by die voordeur inloop, hy merk dat Doringrosie se sitkamerdeur wat uit die groot woonvertrek loop oop is.

"Ek is hier, dit gaan goed, ek kom, Zeus."

"Wag eers, ek gaan hoor gou of middagete gereed is, dan kom ek jou haal."

Hy moet deur die eetkamer kombuis toe stap, en merk dat Erna reeds die tafel gedek en van die disse begin opskep het.

"Wow, Erna, jy bederf ons vandag lekker. Ek wil net gou hoor, is alles reg. Was sy okei en het sy gerus?"

"Middag Dokter, ja sy het tot na twaalf gerus, toe het ek haar weer in die rystoel gehelp."

"Kom jy maklik reg?"

"Ja, dankie, sy is so lig soos 'n veertjie met daardie klein lyfie. Julle kan oor vyf minute eet."

"Ek gaan gou na haar toe."

Hy stap deur na haar en vind haar besig op haar laptop.

"En wat hou ons meisie so besig?"

"Eers het ek net rondgekrap op die internet om te sien of daar nie iets is wat my geheue kan aan die gang kry nie, daarna is my aandag getrek deur interessante boustyle en projekte in Namibië en elders."

"Dit is goed, om positief jou brein te stimuleer is baie goed. Jy kan nou self gaan oplees oor geheueverlies ook, dan sal jy self sien dat ek nie vir jou jok oor die feit dat jy weer jou geheue oor tyd sal terug kry nie."

"Zeus, ek glo jou, ek hoef nie daaroor te gaan oplees nie. Jy is die dokter en ek respekteer dit."

"Dit maak my hart bly as jy my vertrou. Kom kry daardie Mercedes van jou aan die gang, Erna het heerlike hoenderpastei voorberei met vars groente."

"Alle wêreld, wil sy my nou van die staanspoor af vetvoer? Sy is die een wat my in en uit die stoel moet kry, sy sal gou agterkom watter effek haar kos het."

"Nee, jy sal nie gewig aansit van ordentlik kos nie. Verder sal ons sorg dat jy in oefening bly sodra jou rug meer stabiel is. 'n Biokinetikus kan jou net hier by die huis help om te oefen."

"Waaraan het jy nie gedink nie? Kom ek is nou ook honger." Sy ry voor Zeus uit en hy kyk na die dik koperrooi bokstert wat parmantig soos 'n skouperd se stert tot in die middel van haar rug hang.

Zeus hou haar dop dat sy genoeg eet. Sy neem nog medikasie en dit is belangrik dat sy haar kragte opbou. Verder gesels hulle oor die winter en sport.

"Watter tipe sport doen jy Zeus?"

"Ek kry nie so baie tyd vir sport nie, maar ek probeer draf gereeld in die oggende. Verder so nou en dan daag

153

een van my vriende of kollegas my uit om muurbal te speel, dan gaan hardloop ek myself flou daar. Ek is nie werklik iemand wat hou van binnenshuis oefen nie, so die gym sien my nie. Ek vermoed jy was ook goed in sport."

"Ek weet nie, ek moes fiks gewees het as ek die Visrivier gaan stap het. Ek het byna vergeet, waar is my rugsak, Zeus? My kamera is mos daarin en ons wou nog gekyk het na die foto's wat daarop is."

"Jy is reg, ek het dit in die motorhuis gebêre. Ek belowe om Erna te vra om dit uit te pak vir nou en dan kan ons vanaand saam kyk daarna. Is dit reg so?"

"Dit is..."

"Ek sien jy is gretig om daarna te kyk, tog wil ek graag by wees as jy dit doen. Ek wil nie hê jy moet jou ontstel as ek nie naby is om te help nie. Verstaan jy dit, meisie?"

"Ek verstaan, ek sal wag." *Hy is so besorg oor my welstand, Vader dankie vir hierdie mens wat u op my pad gestuur het. U planne is perfek, al verstaan ek dit glad nie nou nie.*

Hy sorg dat hy nie later as ses uur by die huis kom nie gedagtig daaraan dat Erna vir Doringrosie moet help om te stort en aan te trek voor sy self kan gaan rus. Hy het Erna gevra om in die woonstel agter die huis in te trek om vier en twintig uur beskikbaar te wees vir Doringrosie. Daar is ook van haar kamer na Erna se kamer 'n klokkie installeer en ook een na sy kamer wat op die eerste vloer is. Hy ken egter homself, en weet hy sal haar nie alleen hier op die onderste vlak kan los nie. Sy plan is om homself tuis te maak in die voorkamer op die bank. Dit is heel gemaklik en hy het al baie van moegheid daar aan die slaap geraak en soos 'n baba geslaap. Daar sal hy kan hoor as sy hom nodig het en naby wees.

"Ai maar dit is darem lekker om huis toe te kom en daar is iemand wat vir my wag." Sy woorde beskryf nie eers

154

naasteby die geluk in sy hart om haar te sien as hy by die deur inkom nie. Sy sit in die voorkamer en lees.

"Zeus, hoe was jou namiddag? Julle chirurge werk julle mos byna dood."

"Vandag was heel gangbaar, môre is 'n ander storie, want dan is dit operasie dag en staan ek van vroeg tot byna vyfuur langs die operasietafel. Steeds is dit my passie om ander heel te maak. Op my operasiedae dink ek moet Erna jou maar teen ses uur stort en in die bed kry. Dit is nie goed vir jou rug om so heeldag te sit nie. Vir nou sal dit eers moeilik wees, totdat jy elektroniese bed gekom het. Dit behoort nie meer te lank te neem nie. Dan kan jy self besluit wanneer jy wil sit of lê. Terwyl dit nou winter is hoef jy ook nie saam met die hoeders wakker te word nie, jou liggaam het die rus baie meer nodig. Kom ek gaan hoor of ons kan eet, jou liggaam is sekerlik moeg en 'n stort sal jou beslis goed doen."

"Sjoe, waarvan praat jy, ek sien baie uit daarna om te stort en self my hare te was. Ek kan nie glo jy het sowaar vir my 'n elektroniese bed bestel nie, Zeus, daar is ook geen einde aan die verrassing nie."

"Dit kan ek glo dat jy na 'n stort uitsien, kom ons gaan deur eetkamer toe. Wat die bed aanbetref, dit gaan oor jou gerief. Jy kan nie elke dag heel dag regop sit in jou rolstoel nie, dit is te stremmend op jou rug." Hy laat haar voor hom uit ry, baie dankbaar dat sy moderne oop huis so rolstoel vriendelik is. Sy beweeg sonder om bang te wees om teen goed te stamp.

Vanaand is dit boontjiesop en vars brood, met gebakte malva poeding en vla.

"Soveel bederf het ek sekerlik nog nooit in my lewe beleef nie. Dankie Erna, die sop is heerlik, om nie van die nagereg te praat nie," bedank sy Erna wanneer sy die tafel kom afdek.

"Nou is dit stort toe met jou, jonge dame, dat ek jou medikasie kan gee en jy kan rus. Sodra jy knus in jou bed is, sal ek vir jou die televisie kom aanskakel, dan kan jy bietjie kyk voor die slaap jou oorval."

"Alles reg, Erna gaan my net moet help met my hare se droog blaas, want omdat dit so dik is neem dit nogal tyd."

"Sy sal dit graag doen, geen haas, ek gaan net rustig musiek luister totdat julle dames klaar is."

"Dan gaan wag ek solank vir Erna in my kamer."

Nadat sy weg is, gaan hy na Erna in die kombuis.

"Erna, sy wag in haar kamer om te stort. Die beste sal wees as jy haar eers op haar bed neersit, uittrek en dan op die kommode rystoel tel. Laat haar toe om haarself te stort sovêr sy kan, en wag dat sy jou vra vir hulp. Daarna laat jy weer haarself toe om haar self te kan afdroog en help as sy vra. Sy gaan daardie prag bos krulle was, met veral die droogmaak sal sy hulp nodig hê. Baie dankie, ek waardeer jou."

"Reg so Dokter, ek gaan haar gou help."

Hy is bietjie op sy senuwees vir hierdie eerste stort episode en hoop alles sal reg verloop.

"Juffrou Rosie, kom ons kry jou gereed vir die stort. Ek gaan jou eers op jou bed uittrek en dan op die rystoel sit waarop jy stort. Jy kan self vir jou was en my net vra wanneer jy hulp nodig het, ek sal by jou wees."

"Dit is reg so Erna. Die grootste uitdaging gaan my bene wees, omdat ek nie kan afbuig nie en dan my hare, omdat hulle so dik is. Maar ek sal jou sê wanneer om te help."

Erna trek haar onder uit en sy trek self bo uit. Daarna tel Erna haar op die rystoel en stoot haar na haar badkamer. Die stort is so ontwerp dat sy kan na binne ry met haar rystoel en selfs die krane is maklik om by te kom.

Erna het al haar toiletware op 'n vlekvrye staal rakkie gepak waar sy dit maklik kan bykom. Voor sy inry keer Erna haar.

"Juffrou Rosie, wag laat ek net eers die water bietjie laat loop tot dit lou raak, anders sal jy verkluim onder daardie koue water wat in die pyp is."

"Ai dierbare Erna, jy dink voorwaar aan alles."

Wanneer die water lou raak, maak sy die kraan toe en Rosie ry binne. Erna kyk na haar lang hare wat nou los tot byna op haar boude hang en haar hart gaan uit na die kind wat so jonk en mooi is en nou verlam.

Alles verloop vlot en sy vra net Erna sy hulp met die was van haar bene en hare. Wanneer hulle klaar is in die badkamer, droog Erna haar af en draai 'n handdoek om haar hare en trek dan haar slaapbroek en pantoffels aan dat sy warm bly. Sy trek self haar slaaphemp aan. Dan sit Erna haar in haar gewone rystoel en help haar om haar hare te blaas.

"Juffrou Rosie, jy het die mooiste bos hare wat ek nog aan 'n vrou gesien het. Die kleur en hierdie los krulle, dit is pragtig. Ek kan sien waar Dokter sy naam vir jou vandaan kom." Na meer as 'n halfuur se blaas, is haar hare droog en sy uitgeput en reg vir die bed.

"Erna sal jy asseblief vir my twee los vlegsels maak, ek slaap nie graag met my hare los nie, dit koek net."

"Ek doen dit graag." Behendig vleg sy die hare. "Nou is dit tyd vir bed, onse juffrou." Sy tel haar op en sit haar op die bed neer, sien toe dat haar kussing reg is, voor sy die kamer verlaat om vir Zeus te roep.

"Dokter, ek dink juffrou Rosie is nou baie moeg. U kan maar haar medikasie gaan gee."

"Het alles goed gegaan met die stort?"

"Baie goed, dit is 'n bedekte seën dat sy so petit is, ek kry haar maklik opgetel. Sy is ook baie selfstandig en ek het net bietjie gehelp."

"Dan kan jy maar klaar maak in die kombuis en ook gaan rus. Elke dag gaan dalk nie so 'n maklike dag soos vandag wees nie. Ek sal hier op die bank slaap om naby te wees as sy my nodig het. So jy kan maar rustig slaap."

"Dankie Dokter, dan sien ons môre. Roep as dokter my nodig het in die nag."

"Ek sal, maar ek glo nie. As ons sorg dra dat sy nie tot te laat vloeistowwe inneem nie, behoort sy deur die nag te gaan sonder om jou nodig te kry, Erna. Sorg net dat jy in die oggende heel eerste haar neem, nog voor sy haar koffie drink."

"Heeltemal reg so, Dokter. Lekker rus."

Zeus gaan na haar. Sy lê met haar oë toe net soos die eerste maal wat hy haar na die operasie gesien het met daardie twee dik vlegsels langs haar op die kussing.

"Doringrosie, is jy moeg, meisiekind?"

"Ja, nogal. Ek dink ek het miskien te veel gewoel vandag, my rug pyn ook."

"Ek dink ook so, môre bly jy in jou bed. As jy voel jy wil later opsit, roep jy vir Erna en sy kan jou teen jou kussings laat sit. Jy kan lees of selfs op jou laptop werk of televisie kyk. Maar die rus is belangrik."

"Ek sal so maak, ek wil net nie lastig wees nie." Hy neem langs haar op die bed plaas.

"Kyk vir my, en luister mooi. Hierdie is jou huis en Erna is hier om jou in die dag te help, alles anders is bysaak. Ek wil nie hoor dat jy ooit weer dink dat jy lastig sal wees nie."

"Reg so, Zeus."

"Die fisioterapeut sal môre so teen elfuur kom om jou te help met oefeninge. Jy het nie nodig om daarvoor op te staan nie. Sy sal met jou net hier in jou bed werk. Eers van volgende week af sal die biokinetikus inkom. Jy moet eers nog sterker raak. Kom drink jou medikasie dat jy kan slaap. Ek sal net deur die deur in die voorkamer wees as jy my nodig het roep jy net."

"Gaan jy nie in jou kamer slaap nie?"

"Nee, ek sal nie kan slaap as jy alleen hier onder is nie. Daardie bank het ek menige aande al van moegheid op aan die slaap geraak en dit is baie gemaklik glo my."

"Ek wil nie hê jy moet 'n swak nagrus geniet net oor my nie, Zeus."

"Geensins, glo my as my kop die kussing vat, slaap ek." Hy trek die duvet op tot onder haar ken. Sy hart gaan weer op loop as hy na haar kyk.

"Slaap sag, Doringrosie en moet jou oor niks in die hele wêreld bekommer nie. Ek sien jou seker eers môre aand, want operasie dae is daar nie tyd vir middagete nie. Ek sal wel skakel om te hoor of julle okei is." Hy kan homself nie keer nie en buk vorentoe en soen haar op haar voorkop.

Sy is verbaas omdat sy die nie verwag het nie, tog die teerheid waarmee hy dit doen laat haar veilig voel in haar wêreld wat so deurmekaar is.

"Jy moet ook lekker rus, en dankie vir alles, ek waardeer jou." Zeus kyk in daardie groen oë en besef hy moet nou wegkom anders maak hy 'n gek van homself.

"Kan ek die lig afskakel?"

"Ja, asseblief."

Doringrosie raak vinnig aan die slaap as gevolg van die medikasie, maar Zeus in die vertrek net langsaan lê en droom nog oor die dag wat hy haar die eerste maal in sy arms gaan vashou.

Die dae vloei die een in die ander met Zeus wat werk en saans haar net langs die etenstafel sien. Die Fisio kom nou elke dag om met haar oefeninge te doen om haar bene se bloedsomloop te behou. Erna versorg haar soos haar eie kind. Vir beter versorging en meer omgee kan sy nie vra nie, tog wonder sy oor haar verlede, haar werk, haar mense.

Vrydagmiddag as Zeus by die huis kom, is hy baie dankbaar dat die week verby is. *Nou kan ek die naweek tyd spandeer met Doringrosie. Bietjie met haar gesels en beplan wanneer ons Ai-Ais toe sal gaan om te gaan soek na haar voertuig. Eintlik is dit nog te ver vir haar om te ry. Sy kan nie so lank sit nie. Ek sal 'n plan moet maak. Laat ek eers my gunsteling meisie gaan groet.*

Hoofstuk 14

Intussen het die polisie na Elyna Boudin begin soek. Omdat hulle enigste leidraad is dat sy moontlik op pad was Ai-Ais toe om die Visrivier te gaan stap, begin hulle hul soektog deur te probeer vasstel of sy nie iewers op een van die agter paaie 'n ongeluk gehad het waarvan hulle nie bewus is nie.

Lida en Gunther besluit dat hulle geen ander keuse het as om vir oupa Gunther en ouma Imke in te lig oor Elyna se verdwyning nie. Sou die polisieondersoek haar vind en die ergste het gebeur, moet hulle voorbereid wees. Lida en Patrick gaan die naweek af Duwiseb toe om daar te wees as Gunther hulle vertel. Sou een van hulle so ontsteld wees dat iets gebeur is sy en Patrick darem albei daar wat dokters is.

"Ek weet my Oupa gaan dadelik vra na Elyna as ons daar aankom. Sy is nou al meer as drie weke vermis en ek is seker hy vermoed al lankal dat daar iets groot verkeerd is. Ek weet nie hoe ek dit moet hanteer nie. Ek wil hê my pa moet liewer vir hulle vertel."

"Moet jou nie bekommer nie, jou ouers sal mos by wees as ons aankom, my liefste. Ek verstaan heeltemal dat jou nerwe nou al dun geskaaf is, want jy het voor almal geweet dat sy vermis is. Tog moet jy sterk wees, die pad kan nog lank raak voor ons iets uitvind."

"Ek wil nie eers daaraan dink nie. Nie een van ons sal weer normaal kan funksioneer voor Elyna nie gevind word nie, dit besef jy sekerlik my liefling."

161

"Ek besef dit maar te goed. Ek dink ons moet net in die stilligheid trou dat ek by jou kan wees en jou beter kan ondersteun. Ek bekommer my, saans as jy alleen is, dood oor jou."

"Ek sal geensins omgee om dit te doen nie. Dit is wanneer ek allerhande spoke opjaag oor Elyna as jy nie daar is nie."

"Ons kan die naweek met jou ouers praat. Ons kan mos wanneer Elyna gevind word 'n onthaal hou en vriende nooi. Nood leer bid, jy het my nou nodig aan jou sy."

"Wat sal ek sonder jou gedoen het, jy is altyd so positief."

"Hierdie is nie 'n maklike situasie nie. Selfs 'n kind sal vir hulself kan uitwerk dat iets moes gebeur het dat Elyna steeds na so lank nie haar familie gekontak het waaraan sy baie geheg is nie. Wat weet ons nie."

Gunther senior en Imke hou die hele tyd die plaashek dop. Hulle wil sien as Lida en Patrick kom. Albei van hulle is byna van hulle kop af oor Elyna.

Net na sewe die aand stop Patrick en Lida op Duwiseb se werf en net soos sy gedink het, kom haar grootouers van hul huis af aangeloop en haar ouers van die anderkant af.

"Wees rustig my, liefste. Jou pa sal dit hanteer. Hulle sal voor jou oupa by ons wees." Hy loop om na haar kant en plaas sy arm beskermend om haar lyf. Sy vind vertroosting in sy nabyheid.

"My kind, Patrick, welkom op Duwiseb. Het julle goed gery?" vra Gunther as hy en Beate hulle eerste bereik. Beate vou haar dogter in haar arms toe.

"Ek is so bly julle is tuis. Ek het my dood verlang na julle."

"Ons het ook verlang, Mamma en Pappa. Pappa, asseblief, ek kan nie met Oupa praat nie."

"Rustig, my kind, ek sal." Minute later bereik die twee ouer mense hulle. Hulle vou albei vir Lida in hul arms toe en huil.

"Vader, Moeder, kom ons gaan almal daar na ons huis toe. Beate kan vir ons koffie maak. Die kinders is seker ook moeg van die lang ry na die week se werk." Gunther en Beate begin dadelik stap na hulle huis en die oumense het nie 'n keuse as om te volg nie. Patrick stap agter hulle met Lida, om te verhoed dat hulle met haar kan gesels.

"Dankie my lief," fluister sy vir hom. Hy druk haar net teen hom vas.

Hulle het ook skaars rondom die kombuistafel tot sit gekom as Gunther senior wat op sy hart is vra.

"Lidatjie, waar is ons Elyna-kind. Ons weet daar is iets fout. Het jy haar gesien, hoekom bel sy nie?"

"Vader en Moeder, julle moet nou sterk wees," begin Gunther junior.

"Nee, moenie vir ons vertel ons kind is dood nie!" val sy vader hom in die rede, terwyl trane oor die ouer man se wange rol.

"Vader ... gee my net asseblief kans. Ons mag nie die ergste vermoed nie." Hy vertel aan sy ouers wat hulle weet en sovêr kon vasstel, want nie baie is nie.

"Nee, hoekom het sy na die Visrivier gegaan?" huil Imke.

"Ouma, julle moet probeer kalmeer, ek weet dit is baie moeilik, maar dit sal ons niks help om paniekerig te word nie. Sy het laas jaar aan my vertel dat sy haar ouers se gedenkplaat wil gaan besoek om afsluiting te kry. Ek het al daarvan vergeet. Eers toe Nina my vertel sy het gesê sy gaan daarheen, het ek weer onthou. Ek het haar daardie tyd probeer keer, maar sy was vasberade om te gaan."

"Nee daardie canyon kan nie nog een van ons mense ingesluk het nie. Nee!" Gunther is baie ontsteld. Hy onthou

163

ook nou dat Lida reg is, Elyna het hom vertel dat sy wil gaan en hy het haar afgeraai.

"Pa, hulle het nie iemand in hul stelsel soos Elyna Boudin nie. So ons weet werklik nie waarheen sy verdwyn het nie. Die polisie is ook besig om na haar te soek."

"Ons kan nie net sit en niks doen nie, Gunther, my seun. Ek en moeder wil van ons verstande af gaan. Ons het geweet daar skort iets groot. Die kind sal nooit so lank niks van haar laat hoor nie."

"Oupa die enigste ander ding wat ons kan doen is om Ai-Ais toe te ry en te gaan kyk of haar voertuig daar staan. As sy dalk die bespreking onder 'n ander naam gemaak het omdat sy bang was een van ons vind uit en keer haar, sal haar voertuig nog daar moet wees as sy 'n ongeluk gehad het."

"My kind moet dit nie eers noem nie. Dan moet ons gaan, so gou as moontlik," reageer Gunther senior.

"Nee, wag Vader, ek dink nie dit sal goed wees as jy gaan nie. Dit is byna vyfhonderd kilometer van hier. Dan moet ons eerder gaan," hy wys na Lida en Patrick en homself.

"Pappa, daar is mos 'n ondersoek, kan ons nie die Polisie vra om te gaan kyk nie. Oupa ken seker Elyna se registrasienommer. Ek weet sy het 'n Maltahöhe registrasie nommer. Hulle het mos mense wat die voertuig sal kan oopmaak sonder 'n sleutel."

"Jy is briljant my kind. Jy kan môre die Sersant skakel, hom die registrasienommer gee en vra hulle moet dadelik gaan ondersoek instel of daar so 'n voertuig is. Vir hulle is dit net 'n oproep na Grunau Polisiestasie en vir die is dit net bietjie meer as 'n uur se ry om uit te vind. Ons behoort teen môreaand te weet of haar voertuig daar is."

"Ek weet werklik nie of dit ons opgewonde moet maak nie. Wat as haar voertuig daar is, waar is sy?" vra Imke.

"Moeder, jy het 'n punt beet. Ek kan ook nie verstaan hoe sy net soos mis voor die son, sonder spoor kon verdwyn het nie. Waar ook al sy is sou sy tog al probeer het om ons te kontak," reken Beate.

Patrick wat die hele tyd net geluister het, en sy brein ook al breek gedink het wat die probleem kan wees en omstandighede moet wees vir Elyna om hulle nie te kontak nie, praat uiteindelik.

"Wel, dit het my lank geneem om by hierdie scenario uit te kom, maar hier is wat ek dink moontlik kon gebeur het. Kon ons veronderstel dat Elyna onder 'n ander naam die bespreking gemaak het by Ai-Ais omdat sy bang was julle vind uit en probeer haar keer. Sy het toe twee weke gelede gaan stap en was moontlik in 'n ongeluk. Sy is na 'n hospitaal waar ook al geneem, en toe sy wakker word ly sy aan geheueverlies. Hulle sal net die naam hê waaronder sy die bespreking gemaak het, en dit is dan dalk hoekom Lida haar nie opgespoor het toe sy die hospitale gebel het nie. Sy sal nie weet wie sy werklik is of onthou van haar verlede vir 'n tydperk nie afhangende van hoe hard die stamp teen haar kop was. Dink julle nie dit is 'n moontlikheid nie?"

"Dit is seker, maar sy kan tog nie vir ewig in die hospitaal bly nie. Waarheen sal sy dan gegaan het toe sy ontslaan is, of kan sy nog in die hospitaal wees? Hoe gaan ons dit uitvind?" vra Gunther junior.

"Pappa, ek kan Maandag weer al die hospitale skakel en vra of hulle iemand sonder 'n naam ingekry het die laaste twee weke van die Visrivier af. Dit is al waaraan ek kan dink."

Lida skakel nog dieselfde aan vir Sersant Boois en gee hom die registrasienommer van Elyna se voertuig. Hy belowe om die volgende oggend eerste ding manne van

Grunau af te stuur om te gaan kyk en die voertuig te bring as dit daar is.

Gunther en Imke word albei terug geneem na sestien jaar gelede toe Claude en Camille van hulle weggeneem is ook in die Visrivier. Hierdie keer is dit nog erger vir hulle, want dit is hulle roosknop, sonskyn kind en hulle weet nie eers of sy dood of lewend is nie. As sy lewend is waar sy haar bevind en in watter toestand.

"Vader, ons kan nie nog 'n keer hierdeur gaan nie! Wees ons genadig, dat ons haar net vind. Dat ons net berusting kan kry," bid Gunther.

"My man hoe sal ons berusting kry as ons kind dood is. Vanaand is my geloof baie swak, daardie meisiekind was vir sestien jaar ons hartklop en nou, nou weet ons nie eers of sy lewe of dood is nie," weeklaag Imke.

"My vrou ek verstaan jou hart te goed, tog mag ons nie twyfel nie. Ons mag nie ons Vader se weë bevraagteken nie. Ons moet vertrou en glo dat ons haar sal vind en dat sy lewe."

"Ek weet, ek weet! Dit is net moeilik, die onsekerheid en die hartseer en ek mis haar stem. Die arme Lida-kind het ook gewig verloor. Dit moes vir haar hel gewees het om te vermoed daar is moeilikheid met Elyna en nie geweet het waar om te begin nie. Daarby werk sy haar ook dood, om 'n dokter te wees is 'n groot verantwoordelikheid."

"Ek is net baie dankbaar dat Patrick haar bystaan. Hy is werklik 'n baie oulike jongman. Die Vader het goed geweet om haar iemand te gee wat ook 'n dokter is en sal verstaan. Die twee kan ook nou maar trou."

"Hy is 'n oulike jongman en daarby nog slim ook. Kyk nou net hoe het hy met die moontlikheid opgekom dat onse Elyna dalk aan geheueverlies kan ly. Dit maak vir my baie sin dat dit so kan wees, want ons weet tog as sy kon sou sy kontak gemaak het."

"Bespiegelinge sal ons nie help nie, kom ons glo en vertrou en kry rus. Ons weet nie wat die dag van môre inhou nie."

Nadat Gunther en Imke na hul eie huis is nooi Beate almal om aan te sit vir ete.

"Julle is seker honger, maar dit was nodig dat ons vir oupa-hulle vertel. Hulle het al die afgelope weke so swaar gekry."

"Dit was nodig, Mamma is reg. Ek dink Patrick se teorie gee ons almal dalk ook hoop. Dankie my liefste dat jy daaraan gedink het."

"Dit is ook net 'n moontlikheid soos al die ander, maar ten minste een wat ons almal kan hoop gee. Oom Gunther en tannie Beate, ons het op pad hierheen gesels. Hierdie is 'n baie moeilike tyd vir julle as familie, maar ook baie erg op Lida. Die afgelope weke het ek gesien hoe dit aan haar knaag en dan moet sy nog konsentreer op haar werk ook. Ek probeer daar wees, maar saans moet sy moeg en bekommerd alleen nog gaan omsien na haar huis. Ons sal graag julle toestemming wil vra om stil-stil te trou. Ek sal haar beter kan ondersteun as ek by haar is. Na die krisis met Elyna opgelos is kan ons dan mos 'n onthaal hou. Het ons julle toestemming hiervoor?"

"Patrick, jy is 'n wyse man, en een wat ons al gesien het ons dogter liefhet en op jou hande dra. Hier het jy nou weer haar belange op jou hart. Sekerlik dra dit ons goedkeuring weg."

"Baie dankie oom Gunther en tannie Beate dat julle my met haar vertrou. Dit is vir seker dat ek haar liefhet en op my hand wil dra, sy is 'n kosbare mens."

"Dankie, Pappa en Mamma, dit beteken vir ons baie. Wanneer sal ons dan trou my lief, ons sal sekerlik vir Mamma en Pappa daar wil hê."

"Wel, wat daarvan ons vra vir Pastoor Wessels van Maltahöhe om julle voor julle terug gaan Windhoek toe hier op die plaas te kom trou. Ons kan mos vra, en net miskien sien hy kans om dit te doen," stel Gunther voor.

"Pappa, dit is 'n briljante plan as Patrick daarmee saam stem."

"Natuurlik stem ek daarmee saam, oom Gunther kan dit maar probeer reël. Verskoon my net vir 'n oomblik. Ek is nou terug." Hy verlaat die tafel en almal kyk hom snaaks agterna. Waarheen gaan hy en hoekom nou?

Minute later is hy terug en trek Lida op om voor hom te staan.

"My liefste Lida, sal jy met my trou?"

"Ek sal, ek sal beslis, my liefling." Hy druk sy hand in sy sak en haal 'n ring uit en steek dit aan haar vinger. Hulle is verstom om te sien dat hy al die tyd voorbereid was en net gewag het vir die geleentheid.

"So by my kool, die dokter aanstaande skoonseun van my is 'n man wat voorbereid is vir elke situasie," lag Gunther gelukkig, die krisis vir nou vergete.

"Baie geluk my kind," Beate druk vir Lida vas en soen haar. Daarna druk sy ook vir Patrick en verwelkom hom in die gesin.

"Ja, baie geluk julle twee. Sodra ons klaar geëet het, gaan ek vir Pastoor bel. Ek is seker as hy die omstandighede hoor sal hy instem."

"My liefste, dankie vir my pragtige ring. Jy het voorwaar die wind uit my seile gehaal toe jy die ring te voorskyn bring. Ek het geweet jy gaan my vra, maar het aangeneem die ring sal later volg." Sy soen hom en druk hom vas, haar hart loop oor om te dink dat hierdie man wat al so lank haar steunpilaar is, miskien nog binne die naweek haar man gaan word.

"My engel, ek is die een wat moet dankbaar wees. Net dat jy weet, as Pastoor ons môre gaan trou, gaan jy nie sonder 'n trouring Windhoek toe terug nie. Die is ook hier."

Almal lag vir sy uitlating en hulle geniet hul aandete met nuwe hoop en vreugde in hul harte.

Na ete skakel Gunther dadelik pastoor Wessels se huis. Die antwoord sommer self.

"Goeienaand, Johan Wessels wat praat."

"Pastoor dit is Gunther van Duwiseb. Jammer dat ek in die aand en nog op 'n Vrydag ook pla. Maar die spreekwoordelike kalf is in die put."

"Gunther, lekker om van jou te hoor. Wat is fout, hoe kan ek help?" Gunther verduidelik aan hom die hele krisis om Elyna se verdwyning en dat Lida en Patrick graag so gou moontlik wil trou.

"Ai, ai Gunther, ek kan nie glo dat Elyna vermis word nie. Dit is baie, baie sleg. Hoe vat jou ouers dit?"

"Nie goed nie, Pastoor. Glad nie goed nie. Ons almal is erg bekommerd, maar Lida dra die swaarste las, want sy is die een wat help met die ondersoek."

"Daar is niks op my program vir Saterdag nie, ek sal graag hulle kom trou en sommer vir julle weer sien."

"Pastoor bring sommer vir mevrou saam, dan braai julle agterna 'n vleisie saam met ons. Dan vier ons sommer die kinders se troue so."

"Baie dankie, vir die uitnodiging, ek sal haar beslis saam bring. Maak ons dit so drie uur, dan is daar nog genoeg tyd vir braai voor ons weer die grondpad moet aanvat."

"Dit is in orde, drie uur is reg. Die kinders is maar net hier, ons wag almal vir nuus oor Elyna."

"Ons bid vir ons Vader se beskerming vir haar en dat Hy julle ook sal rustig maak en laat vertrou op Hom. Sien dan môre."

"Wat sê Pastoor, Pappa?" vra Lida opgewonde.

"Hy sê hy sien julle drie uur môre. Nou beter julle uitwerk waar julle op die plaas wil trou."

"Ek hoef nie daaroor te wonder nie, ek weet presies waar ek wil trou. Patrick moet net sê of dit hom sal geval."

"Waar my liefste?"

"Natuurlik by die kasteel, dit was vandat ek klein was vir my 'n teken van daardie baron se liefde vir sy bruid. Daarby is dit so 'n pragtige plek en ons Elyna se gunstelingplek op hierdie plaas. Die rede hoekom sy 'n argitek geword het is daardie kasteel."

"Die kasteel sal dit wees, my liefste," stem Patrick in. "Die volgende vraag is waarin gaan jy trou? Het jy 'n rok?"

"Sy het," antwoord Beate namens haar.

"Mamma?"

"My trourok hang nog steeds na al die jare in my kas, dit sal vir jou pas. Wat van ons bruidegom?"

"As oom Gunther vir my 'n das het om te leen of dalk 'n strikdas is ek ook uitgesorteer. Ek het 'n netjiese broek en hemp gepak vir ingeval ons kerk toe gaan Sondag."

"Nee wat wie gaan nou my aanstaande onkant vang. Ek is so trots op jou my liefling. Dan is dit uitsorteer en ek het gehoor die onthaal gaan 'n familiebraai wees, uitstekend."

"Kyk die Schmidts weet darem maar hoe om belangrike dinge in 'n japtrap te laat realiseer. So sonder moeilikheid, dit moet net ons Vader se guns beteken," gesels Gunther.

"Dit is natuurlik julle twee se werk môreoggend heel eerste ding om vir oupa en ouma te gaan nooi. Hulle kan doen met so 'n verrassing. Verder om met die toeriste beampte te gaan reël waar presies en paar stoele daar uit te pak vir ons," gesels Beate.

"Ons sal dit graag wil doen, dit sal ons aandag aflei van die wag om te hoor of hulle Elyna se voertuig gekry het."

Saterdagoggend is almal vroeg aan die ontbyttafel in Gunther junior se huis. Daar is opgewondenheid en ook afwagting.

Patrick kyk na Lida en neem haar hand waar sy langs hom sit.

"Ek kan nie glo dat ek so 'n gelukkige man is om oor 'n paar ure jou my vrou te noem nie. Dit is soos 'n droom. Verder geval die informele manier wat ons dit doen, my baie. Geen nonsens en reëlings en goeters wat net geld kos nie. Die belangrikste is mos die mense wat trou en hulle belofte aan mekaar."

"Patrick, ou seun, jy is 'n man so na my hart. Ek stem saam en gelukkig stem my vrou en dogter ook saam. Pas Mamma se trourok darem vir jou?"

"Ja, dit pas perfek en is so pragtig en delikaat met al die kant en pêrels."

"Sy gaan pragtig lyk. Soos jy haar ken weet jy seker iewers is daar 'n vangplek."

"Wat bedoel jy my vrou?"

"Sy gaan kaalvoet wees en Patrick ook."

"Hoe anders? In hierdie rooigrond het ek van geboorte af kaalvoet geloop en die gevoel van geanker wees, is kosbaar."

"Hoekom dink oom en tannie is ek so lief vir haar? Sy is anders, sy probeer nie inpas nie, maar staan uit sonder om vermakerig te wees."

Na ontbyt stap hulle oor na die oumense en vind hulle albei waar hulle koffie drink langs die kombuistafel.

"Môre, môre."

"Môre kinders, hoe lyk julle twee dan so of julle opgewonde is oor iets," vra Gunther.

"Ons is Oupa. Ons is hier om julle na ons troue later vandag te nooi."

"My kindjie, wat sê jy nou?" vra Imke verbaas.

Sy hou haar hand na hulle uit om haar ring te wys en Patrick staan met 'n groot glimlag om sy mond.

"Tag, tag, dit is nou goeie nuus. Kom hier dat ek julle geluk wens. Lidatjie en Patrick, dit is wonderlike nuus. Mag ons Vader julle lank saam spaar. Natuurlik sal ons daar wees." Imke volg na hom met haar goeie wense. Albei is bly en dankbaar vir die kinders.

"Was dit julle plan vir die naweek?" vra Gunther.

"Nee, oom dit was nie. Op pad hierheen het ek met haar gepraat. Ek voel net in hierdie tyd waardeur ons nou gaan het sy my ondersteuning baie meer nodig as altyd. Ek wil by haar wees, en saam met haar deur dit gaan. Gelukkig dra ek al 'n maand of wat die ringe met my saam en het net gewag vir die regte geleentheid en hier is dit nou. Nou trou ons sommer dat julle almal kan by wees. Ons sal as dinge weer normaal is 'n onthaal hou."

"Dit is nou hoe 'n wyse man klink," beaam Imke.

"Voorwaar, my vrou. Waar moet ons wees?"

"Oupa, by die kasteel. Ons gaan in die binnehof onder een van die koepels trou. Pastoor Wessels kom trou ons. Agterna gaan ons almal net lekker braai daar by ons."

"Net so wil ek dit hê. Ons sal daar wees. Daardie plek is mos ons Elyna se gunsteling plek ook ..." hy raak so bewoë dat hy nie verder kan praat nie.

"Oupa, een van die dae is ons weer almal saam. Ons moet bly hoop en vertrou."

"Dit is net so moeilik, ek mis haar so. Net vanoggend staan ek hier by die onderdeur en kyk oor die vlakte daar voor die Swartberg en in my geestesoog sien ek haar op Vonk se rug met daardie koperrooi hare wat so agter haar aan speel in die wind."

"Oom sy sal weer so oor die vlaktes ry, ons moet dit glo," bemoedig Patrick die ouer man.

"Nou op 'n ligter noot, Patrick jou dae van oom en tannie is nou verby. Van vanmiddag af is die ma en pa en oupa en ouma. Jy beter solank begin oefen vanoggend," glimlag Imke.

"Tannie, gelukkig voel ek myself al van die eerste naweek wat ek hier kom kuier het deel van die familie, alles is net offisieel vanmiddag. Ek kan nie wag nie."

Die twee jongmense gaan gesels met die meisietjie wat die toeriste beampte is en sy is opgewonde dat hulle daar wil trou. Sy bied aan dat sy self die stoele vir hulle sal regsit. Dit is tog net agt stoele en hulle het selfs 'n podium vir die Pastoor.

Wanneer hulle van die kasteel terug loop huis toe, lui haar telefoon.

"Lida Schmidt, goeie dag."

"Dokter Schmidt, dit is sersant Damaseb van Grunau Polisiestasie."

"Sersant, het julle haar voertuig gekry?" vra sy opgewonde.

"Ja, ons het, haar selfoon en ook identiteitsdokumente is in haar paneelkissie. Ons sal die voertuig aan die gang kry en terugneem saam met ons. So gou ons kan, sal ons dit Duwiseb toe bring."

"Baie dankie, dit beteken dan sy was daar, sy moes die staproete gedoen het. Gaan julle die roete laat verken?"

"Beslis gaan ons. Ons sal 'n helikopter kry om dit te doen, en julle op hoogte hou."

"Baie dankie, ons waardeer julle. Nou weet ons ten minste sy was daar." Sy druk die foon dood en kyk na Patrick.

"So sy was daar … dan het sy beslis onder 'n ander naam die bespreking gedoen. Verdeksels, dit maak alles moeiliker. Wat gaan hulle nou doen?"

"Haar voertuig Duwiseb toe bring en 'n helikopter kry om die roete te fynkam."

"Sy moes tog met 'n groep gestap het, en die moet tog agter gekom het as sy miskien afgedwaal het. Daarom dink ek steeds my teorie is dalk nader aan die waarheid as wat ons besef my liefste."

"Jy is reg, maar kom ons wag maar en kyk. Nou gaan ek eers gereed maak om met die man van my drome op die plek van my drome te trou." Patrick trek haar nader en soen haar.

"Reg so juffrou Schmidt, ek gaan vanaand langs mevrou Müller slaap, en vir die res van my lewe langs haar wakker raak. Gaan maak gereed."

By die huis deel sy eers die nuus oor Elyna se voertuig met haar ouers, wat dit later met oupa en ouma sal deel. Daarna begin die aantrekkery vir die troue. Geen groot gedoente nie. Beate help Lida en daarna blaas sy sommer self haar donker hare wat in 'n kort bob gekap is. Haar moeder het vir haar die oggend 'n band met kant blommetjies op gemaak vir haar hare.

"Mamma, dit is so fraai, en pas mooi by die rok. Baie dankie."

"Jy kan darem nie so sonder enigiets in jou hare trou nie. Jy lyk pragtig, soos 'n regte ouwêreldse prinses in daardie rok. Op 'n manier, pas die kaalvoet idee perfek daarby. Wag jy net hier, ek gaan gou iets haal."

Imke glip by die kamerdeur uit en loop haar in Gunther vas.

"My man sodra Patrick gereed is, gaan julle solank vooruit na die kasteel, laai sommer vir pa en ma ook op. Hulle het so oud geword die laaste weke en stap moeilik."

"Ek maak so my vrou. Gaan julle twee sommer stap?"

"Ja, jy kan net vir haar voor die kasteel wag as die ander gaan sit het. Pastoor is ook seker al daar."

Nou dat sy alles mooi agter mekaar het, loop sy spens toe om die ruiker van verskillende grasse en 'n paar rose wat sy in haar wintertuin gevind het te kry. Sy het dit met 'n roomkleurige satyn lint vasgebind en weet Lida sal gaande wees daaroor.

Opgewonde maak sy die kamerdeur oop en hou die ruiker na Lida uit.

"Mamma, jy is vol verrassings vandag. Kyk net hoe pragtig is dit. Ek is mal oor die grasse en die rose gee dit daardie vintage gevoel. Dit pas perfek by my rok. Lyk my Mamma was besig vanoggend toe ons na oupa-hulle toe was."

"Nee wat my kind, dit is mos goed wat mens deur die jare doen en nie as werk sien nie. Ek het geweet jy sal mal wees oor die grasse. Dit is kwart voor drie, kom ons gaan. Pappa en Patrick het vir ouma-hulle geneem. So ons kan rustig aanstap daarheen. Ek kan nie glo my meisiekind trou nie, tog is ek so dankbaar vir 'n man soos Patrick."

Gunther ontmoet hulle voor die kasteel en die trane loop as hy sy dogter sien. Sy lyk werklik soos die prinses van hierdie kasteel uit die vorige eeu.

"Moenie huil nie, Pappa, jy gaan my ook hartseer maak. En eintlik is ek baie opgewonde, want ek trou met my drooman."

"Jy trou met jou droomman, my kind en hy is 'n goeie man," beaam Beate. Sy gaan vooruit en gaan sit by die ander. Kort daarna kom Gunther met sy dogter aan sy arm in. Imke fluister vir Gunther: "Sy het Beate se trourok aan, lyk sy nie te pragtig nie."

"Sy lyk pragtig."

Gunther junior gee sy dogter af aan Patrick met 'n dankbare hart en gaan sit dan langs Beate.

Pastoor Wessels bring 'n kort boodskap en bevestig hulle dan in die huwelik. Wanneer hy die opdrag gee dat Patrick haar maar mag soen, gooi sy haar arms om sy nek en hulle soen mekaar.

Almal lag vir haar aksies en daarna volg die gelukwense. Beate wat al by die huis begin foto's neem het sommer met haar selfoon, neem foto's van hulle en ook van die familie met hulle. Pastoor Wessels neem foto's waar Beate ook by is. Daarna gaan hulle na Gunther en Beate se huis terug. Lida en Patrick stap terug terwyl die ouer mense ry.

"My vrou, my eie vrou Lida Müller. Ek het jou bitterlik lief. Dankie dat jy ingestem het om so 'n eenvoudige troue te hê. Jy is beeldskoon. Toe ek jou deur daardie kasteel se deure sien loop, het my knieë skoon gewankel. Die rok is pragtig en pas so mooi by jou met die ruiker wat jou moeder gemaak het."

"Dankie, my liefling. Dit is vir my 'n voorreg om myself nou jou vrou te kan noem. Dit gaan tog nie oor die mense en kos en blomme en dinge nie. Ons liefde is tog wat ons huwelik moet maak."

"Dit is en sal altyd wees. Nou kan ons die uitdaging van Elyna se verdwyning saam aanvat. Nou gaan ons egter eers ons geluk saam met ons familie om die braaivleis vuur deel."

Die namiddag kuier die Schmidt-familie, pastoor Wessel, sy vrou en die nuwe getroudes heerlik saam. Vir 'n paar ure het hulle die onsekerheid en hartseer oor Elyna se verdwyning op die agtergrond geskuif om hul ander prinses se geluk te vier. As die nuwe dag aanbreek sal hulle weer die harde werklikheid aanvat en verder na hul geliefde Elyna soek.

Hoofstuk 15

Sodra Lida tyd kry kontak sy nog 'n maal al die hospitale in Windhoek om uit te vind of hulle nie dalk 'n meisie behandel het wat as Jane Doe ingeboek was nie. Weereens het sy geen sukses nie, want MedRescue wat haar ingeneem het, het haar inligting verander na Pascha Muir toe nadat hulle met Ai-ais geskakel het na die ongeluk. Omdat Lida net vermoed dat sy onder 'n ander naam ingeboek was, en nie weet watter naam nie, bevind sy haar weereens in 'n doodloop straat.

Wanneer Patrick by haar spreekkamer inloer, vind hy haar met haar kop in haar hande.

"My liefste, ek neem aan jy het niks gekry nie."

"Dit is reg my man, niks. Al hoe meer en meer dink ek jou teorie is een honderd persent reg. Die ander moontlikheid is dat sy nie eers na een van die hospitale in Windhoek geneem is nie, maar na 'n ander hospitaal."

"Ek weet darem nie my vrou, ek dink tog as sy aan geheueverlies ly sou haar beserings van so 'n aard wees dat hulle haar na Windhoek sou bring. Ons kan vanaand saam al die hospitale oor Namibië se kontaknommers opsoek en skakel, ek sal jou help."

"Dankie my liefste. Ek het juis nou weer 'n pasiënt en is vol vir die res van die dag."

"Wees rustig, ons vat dit dag vir dag."

Hulle soektog na Elyna by ander hospitale lewer ook niks op nie. Nou het hulle heeltemal uit moontlikhede gehardloop en is gedwing om dit aan die polisie oor te laat.

Zeus vind haar besig om te lees, in haar bed. Sy sit dadelik die tydskrif neer as sy hom gewaar.

"Hoe gaan dit met ons meisie? Ek is bly om te sien jy is in die bed."

"Zeus, Erna het my vroeg gehelp om te stort en my rug is gevoelig, toe besluit ek om liewe te kom lê. Is jy moeg na die week se lang ure?"

"Ek is nogal, maar nie so dat ek net wil omkap nie. Ek dink mens se liggaam raak later gewoond daaraan op 'n manier. Ek gaan gou stort en daarna gaan ek vir Erna vra om ons kos hier na jou kamer te bring. Daarna kan ons saam 'n movie kyk as jy wil. Of anders kan jy net rus."

"Jy bederf my te vreeslik. Dit sal lekker wees om 'n *movie* te kyk, dankie."

"Dan doen ons dit so, ek is nou-nou weer by jou." *Net vir vanaand wil ek net tyd saam met haar spandeer, sonder om te dink aan die probleem van haar geheueverlies. Ek wil hê sy moet net ontspan en ook daarvan vergeet vir 'n paar ure. Dit sal haar goed doen. Môre kan ons as dit 'n warmer dag is, bietjie by die swembad braai iewers deur die dag. Ek dink sy sal dit geniet.*

Voor hy na sy kamer gaan om te stort, gaan hy eers na Erna om haar te vra om hul kos op te skep in die borde en na Doringrosie se kamer te bring.

"Erna, ek wil hê sy moet net rus en ontspan vanaand. Ek wil haar net laat vergeet van die hele krisis, al is dit net vir een aand. Na ete sal ons 'n *movie* saam kyk."

"Dokter, dit is reg so. Dit moet verskriklik vir haar wees om nie te kan onthou nie. Sy is baie gelukkig dat Dokter oor haar pad gekom het. Ek ken niemand anders wat soveel vir 'n vreemde mens sal doen nie. Of is daar iets wat ek mis?"

"Erna, daar is iets wat jy mis..." antwoord hy, nog nie gereed om aan iemand ander sy gevoelens vir, die koperkop meisie wat nie kan onthou nie, te erken nie. Vir 'n wyle langer wil hy dit nog koester, niemand sal in elk geval verstaan hoe hy, 'n dokter, so vinnig op haar verlief kon raak nie. Volgens die norm moet hy ongevoelig staan teen oor die persoon en net sy werk doen met die probleem wat die persoon het. Dan wegloop. Hierdie maal het dit nie gewerk nie. Hy was byna van die oomblik wat hy haar daar by ongevalle op die MedRescue draagbaar gesien het op haar verlief.

Ek kan ook nie dink dat ek haar sou los al was ek nie op haar verlief nie. Dan sou dit net jammerte wees, nou is dit liefde. Jammerte sou nie gewerk het met hierdie rooikop nie. Sy is te intelligent en sal dit nie duld nie.

Hy voel hoe die warmwater die spanning uit sy gespanne spier in sy skouers en nek weg neem. Na 'n rukkie in die stort raak hy haastig om by Doringrosie uit te kom. Hy trek 'n sweetpak, sokkies en pantoffels aan, lekker los en gemaklik. Sy donker hare is nog nat as hy af gaan na haar kamer.

Sy kyk op van haar boek, as sy hom hoor en meteens besef sy hoe 'n aantreklike man hy is. *Is jy nou simpel vroumens? Jy kan eers niks van jou verlede onthou nie, en is verlam. Dit is jou nie beskore om te dink 'n man is aantreklik nie, en beslis nie hierdie een nie. Hy is 'n dokter en wil beslis nie vir die res van sy lewe met 'n verlamde vroumens opgeskeep sit nie.*

Hy sien hoe sy vir hom kyk, maar sien ook hoe haar oë skielik neerslaan. Vir sekondes het hy die bewondering gelees in haar groen dieptes, en toe het daar 'n sluier oor hulle geval en sy afgekyk soos 'n sout kind wat uitgevang is. *Wat sal dit wees? Hoekom het sy so afgehaal gelyk?*

"Is daar fout, voel jy nie lekker nie? Ons kan die *movie* los as jy pyn het."

"Nee, Zeus, ek is okei ... Dit sal lekker wees om 'n *movie* te kyk," reageer sy vinnig.

"Doringrosie, moenie vir my wegsteek as jy sleg voel nie. Ek sal dit verstaan."

"Ek sal nie."

Erna kom met hulle kos in. Sy slaan vir haar juffrou Rosie 'n skoottafel op en plaas haar kos daarop en gee dan een aan Zeus. Sodra hy syne opgeslaan het sit sy die kos daarop.

"Dankie, Erna. Jy kan ook vroeg gaan rus. Ek sal ons borde inneem kombuis toe."

"Dankie Dokter. Dan moet julle lekker eet en die *movie* geniet. Juffrou Rosie, roep enige tyd as jy my nodig het."

"Dankie dierbare Erna. Hierdie goulash, rys en groente lyk heerlik. Gaan rus jy lekker."

Hulle eet in stilte. Telkens wonder hy wat in haar gedagtes aangaan en of sy net konstant probeer om dinge te onthou. Hy hoop nie dit is laasgenoemde nie, want dan sal sy nog meer sukkel om te onthou. Hy wil haar nie vra nie, veral nie vanaand nie, omdat hy wil hê sy moet daarvan vergeet.

"Sjoe, maar Erna is 'n voorslag kok by al haar ander deugde. Sy is so 'n liefdevolle en hulpvaardige mens. Niks is ooit te veel vir haar nie. Eindeloos geduldig daarby."

"Ek is baie gelukkig om haar te hê. Sy is goud vir my werd, baie betroubaar en lojaal daarby. Ek het haar van vriende oorgeneem wat Suid-Afrika toe getrek het. Ek is bly om te sien jy het al jou kos opgeëet. Ek neem gou ons borde in kombuis toe. Kan ek vir jou sap saambring?"

"Dit sal lekker wees, Zeus." *Hy is altyd so bedagsaam. Bedien my asof dit sy werk is. Hy is werklik 'n man wat groot liefde vir sy naaste het.*

180

"Ah, so ja, nou kan ons besluit wat ons wil kyk. Gee jy om as ek hier op die bed langs jou sit?"

"Nee, die bed is mos groot, maak jouself gemaklik." Zeus sit die kussing agter sy rug reg en leun dan terug. Sy is so naby hom dat hy haar lyfroom kan ruik. Sy ruik soos jasmyn. Hy moet homself eers weer vermaan om rustig te raak.

"Van watter tipe *movies* hou jy, Doringrosie?"

"Christelike of inspirerende of iets soos the *Pelican brief*, enigiets wat nie net 'n gevloek en bloed en derms is nie sal doen."

"Ek hou ook niks van die rolprente wat net een kragwoord op die ander en 'n bakleiery is nie. Dit klink of ons smaak baie dieselfde is. Ek hou baie van Tom Cruise se *movies*. Kom ons kyk of ons 'n goeie een kry. Het jy al The Firm of sy tweede *Jack Reacher movie* gesien?" Nadat hy gevra het wil hy sy tong afbyt, omdat hy nie weet of sy gaan onthou nie.

"*The Firm* het ek al gesien, maar die tweede *Jack Reacher* nog nie. Ek is mal oor *Lee Child* se *Jack Reacher* boeke."

"Dan is dit wat ons gaan kyk," antwoord hy baie ingenome dat sy onthou het. Dit beteken daar is herstel besig om plaas te vind.

"Sê as die lig jou pla, dan sit ek dit af."

"Jy kan dit maar afsit, dit is tog beter. Nou kort ons sowaar net nog springmielies," grap sy.

"Wag, wag net 'n bietjie, ek is nou terug." Na 'n paar minute kom hy terug met twee bakke springmielies.

"Ek was nie ernstig nie, Zeus. Baie dankie, jy is te oulik." Nadat sy dit klaar gesê het wil sy haar tong afbyt. Hy lag en skakel die lig af voor hy hom kom gemaklik maak langs haar. *Ek het weer daardie sluier gesien nadat sy my oulik genoem het. Wat is dit?*

181

Gedurende die *movie*, kyk hy elke nou en dan vir haar. Dit is vir hom wonderlik om die emosies op haar gesig dop te hou. Soms is sy angstig, dan weer verlig, dan weer vies vir die karakters op die skerm. *My grootste wens is om my lewe lank so naby haar te kan wees. Wat hou die toekoms vir ons in?*

Sy kan haar vreugde nie inhou as *Jack Reacher* die skelms uiteindelik 'n punt wys nie, en gooi haar hande in die lug van vreugde. Zeus se hart is tevrede omdat hy weet sy het vir 'n rukkie van alles vergeet.

"Dit was 'n uitstekende *movie*, het jy dit ook geniet, Zeus," vra sy opgewonde.

"Ja, ek het beslis. Ek is ook soos jy 'n Jack Reacher aanhanger. Nou dink ek dit is rus tyd vir jou. Ek gaan Erna roep om jou te help om badkamer toe te gaan."

"Nee, dit is nie nodig nie, sit my net op die ander rystoel, ek sal regkom. Sy het haar rus ook nodig."

Zeus tel haar op en dra haar badkamer toe en plaas haar op haar kommode, dan gaan wag hy in haar kamer om haar weer terug te help. Intussen kry hy haar medikasie reg.

"Zeus, ek is klaar."

"Reg, ek kom." Hy dra haar na haar bed en sorg dat sy gemaklik is. Sy hart wil by sy borskas uitspring by haar nabyheid.

"Hier is jou medikasie. Ek is trots op jou dat jy so selfstandig is." Sy neem dit by hom en sluk dit af, en lê dan terug.

Sonder om te dink, buk hy af en soen haar weer op haar voorkop.

"Skone prinses, jy moet lekker slaap," groet hy haar.

"Ek is seker ek sal. Met soveel bederf, kan ek nie anders nie. Baie dankie vir vanaand, dit was lekker."

"En dit was my plesier." Daarmee skakel hy die lig af en verlaat haar kamer. Vanaand lê hulle albei wakker – besig om aan mekaar te dink. Die verskil is net dat Doringrosie haarself die heeltyd wysmaak sy mag nie aan hom dink as 'n man, 'n maat vir haar nie. Hy daarin teen drome allerhande drome vir hulle saam. Ongeag of sy haar geheue ooit herwin.

Saterdagoggend raak Zeus vroeg wakker en verskuif na sy kamer. Dit is die een oggend wat hy laat slaap, as sy telefoon hom nie wakker maak nie. Erna weet dit ook. Hy dink ook Doringrosie moet vanoggend rustig wees, om namiddag te kan opstaan en saam met hom te braai.

Erna gaan teen agtuur na die kombuis en besluit om botterbroodjies vir ontbyt of dan eerder *brunch* te maak. *Dokter staan eers later op en ons juffrou Rosie moet rus. Ek sal nou-nou net gaan loer of sy dalk wil badkamer toe gaan en vir haar koffie neem.*

Wanneer Erna 'n rukkie later by haar kom, slaap sy nog en sy sluip suutjies weer uit. *Sy sal my roep as sy my nodig kry. Dokter het gepraat van braai vanmiddag. Ek sal solank met die slaai begin. Hy moet self kom besluit wat hy wil braai. Dit sal ons juffrou ook goed doen om buite te wees 'n bietjie. Ai, die kind is nog so jonk, nou kan sy nie loop of swem of niks doen nie.*

Net na nege wanneer sy die botterbroodjies uit die oond haal, smeer sy een en skink koffie in. Dan loop sy na haar juffrou Rosie se kamer.

"Ah, juffrou Rosie is wakker, ek het vir jou 'n lekker vas botterbroodjie en koffie gebring."

"Erna, sjoe dit ruik lekker. Ek het sopas wakker geword, is Zeus al wakker?"

"Nee, Saterdae is sy laat-slaap-dag. Hy sal so na tien opstaan. Ek sien hy het seker vanoggend vroeg na sy kamer getrek. Wil juffrou badkamer toe gaan?"

"Nee, Erna. Zeus het gisteraand voor ek gaan slaap het my op my stoel gaan sit, en toe het ek verder self reggekom. Ons wou jou nie pla nie, dit was al laat. Ek het saam met hom sap gedrink toe ons die *movie* gekyk het. Nou is ek okei, maar baie dankie. Die koffie gaan nou heerlik wees en my mond water vir die botterbroodjie. Dit is sommer my ontbyt."

"Nee, gewoonlik eet Dokter so teen elfuur *brunch*. Juffrou Rosie kan in elk geval nie op een botterbroodjie leef nie. Geniet dit en lê rustig. Is daar iets wat ek vir Juffrou kan nader bring?"

"My boek asseblief, Erna. Nadat ek stiltetyd gehou het, gaan ek lees. Zeus moet my maar uit die bed kom boender as hy wil hê ek moet opstaan."

"Ek dink hy is baie blyer as juffrou in die bed is en rus, want dit is al wat juffrou beter sal maak. Die heel week het daardie vroumensie wat die oefening doen jou besig gehou, rus nou lekker."

"Goed so, ek sal."

Soos Erna voorspel het, kom Zeus net na tien by haar kamer in.

"Jy is al wakker, jammer dat ek jou so afgeskeep het vanoggend."

"Jy het my nie afgeskeep nie, ek is deur Erna bederf met koffie en 'n botterbroodjie. Jy het gerus en het dit miskien baie meer nodig as ek wat heeldag rus. Ek het gelees. Het jy lekker geslaap?"

"Ek het, dankie. Erna maak vir ons net 'n ligte iets om te eet. Ons gaan namiddag bietjie by die swembad braai. Die vars lug sal jou goed doen."

"Dit klink heerlik, ek sal nou nie in my bikini kan sonbad nie, maar ek sal dit steeds geniet," maak sy 'n grappie.

"Toemaar met ons heel eerste ontmoeting op die operasie tafel, moes ek ontdek dat my pasiënt 'n bikini aan het. Dit was 'n aangename verrassing en 'n eerste vir my," terg hy goedig. Hy sien hoe sy bloos.

"Bedoel jy dat ek toe ek die ongeluk gehad het, met 'n rugsak op my rug net in 'n bikini saam met daardie klomp Duitsers gestap het!" vra sy heel geskok.

"Nee, nee, nee, dit is nie hoe dit was nie. Eddie Bezuidenhout het my vertel dat dokter Jentz jou kortbroek en hempie van jou lyf afgeknip het omdat dit nat was. Hy moes jou liggaamstemperatuur verhoog sodat jy nie in skok gaan nie."

"Genade! Ek het nou net gewonder watter tipe meisiekind is ek dan? Ek bloos sommer weer as ek net daaraan dink."

"Toemaar dit is darem almal dokters wat jou so gesien het, en ons sien mos die menslike liggaam in alle maniere. Verder het jy niks om oor skaam te voel nie. Ek kon dadelik sien dat jy 'n sportvrou is."

"Ek wonder net watter sport? Miskien sal dit help om te onthou as ek na sport op die televisie kyk. Dink jy dit sal, Zeus?"

"Dit mag dalk net. Ons sal later nadat ons gebraai het bietjie sport kyk. Ek hou ook van sport, maar het net nie tyd nie. Jy hoef nie aan te trek voor ons gaan eet nie, kom ek gee jou kamerjas aan en help jou om in jou stoel te kom."

Hy help haar om haar kamerjas aan te trek en tel haar dan in haar stoel. Die begeerte om haar te soen is so sterk, dit neem uiterste wilskrag om haar net neer te sit in haar stoel.

"Is jy okei? Kom ek gooi die kombersie oor jou bene, dit is nog kouerig in die huis," hy gooi 'n wollerige komberse wat onder oor haar bed lê oor haar bene en trek dan haar pantoffels aan.

"Dankie ... dit is moeilik vir my om te aanvaar dat jy wat 'n dokter is my so moet bedien en versorg."

"Stop dit net daar, Doringrosie – ek het jou in die hospitaal al gesê ek wil jou versorg. So basta daarmee. Dit is nie vir my werk nie, dit is ook nie vir my moeite nie."

"Okei, ek is jammer. Ek is werklik nie ondankbaar nie, ek waardeer jou, Zeus."

"Die beste manier wat jy vir my kan wys dat jy dit waardeer is om nie te voel dat jy vir my 'n las of moeite is nie, meisie." Hy het voor haar kom hurk om haar in die oë te kan kyk en kyk stip na haar. "Belowe my jy sal nie weer so dink nie."

Sy sien die êrens in sy oë en weet hy is opreg.

"Ek belowe, Zeus."

"Dankie, kom ons gaan eet." Hy volg haar na die eetkamer en help haar om reg in te trek by die tafel, dan neem hy oorkant haar plaas.

Erna het vars vrugte opgesny en daarmee saam is daar verskillende soorte yoghurt, kase en soutbeskuitjies.

Sy kyk na Zeus en 'n vrees pak haar meteens beet dat hy vir haar kwaad is oor wat hy maklik kan sien as haar ondankbaarheid. Sonder dat sy dit kan keer loop daar trane oor haar wange. *Ek wil nie hê hy moet dink dat ek ondankbaar is nie, ook nie hom ongelukkig maak nie.*

Zeus wat besig was om vir hom vrugte in te skep, kyk op om te sien of sy regkom en sien die trane. Sy hart ruk seer in sy binneste en hy is dadelik op en by haar. Sonder om te dink, slaan hy sy arms om haar skouers en praat sag met haar.

"Doringrosie, en die trane nou. Wat is fout, het jy pyn. Praat met my dat ek jou kan help." Hy voel hoe haar tenger

186

liggaam in sy arms bewe en dit ontstel hom. Sy arms gaan nog stywer om haar skouers.

"Toemaar, daar is niks wat ons nie saam sal aanpak nie. Ek sal by jou wees, raak net rustig. Dit is nie lekker vir my as jy ontsteld is nie. Vertel my wat is verkeerd, asseblief."

"Zeus, ek het seker so ondankbaar daar in die kamer geklink, ek is nie ondankbaar nie. Ek wil nie hê jy moet vir my kwaad wees nie, ek is jammer."

"Doringrosie ... ek is nie vir jou kwaad nie. Ek glo nie ek kan vir jou kwaad raak nie. Is dit waaroor jy ontsteld is omdat jy dink ek is kwaad vir jou?"

"Ja..."

"Dan kan jy maar jou trane afdroog, want ek is nie vir ons prinses Doringrosie kwaad nie. Kyk vir my, moenie jou brein ooreis met emosies oor dinge wat nie so is nie. Jy het gee idee hoe lekker dit vir my en Erna is om jou hier te hê nie. Dit is nog net 'n week, en ons lewens het skielik 'n sonstraal in gekry. Kom glimlag vir my dat ons kan eet, ek is nou nogal honger."

Sy glimlag vir hom en hy druk haar styf vas. Nog nader aan my wil ek haar altyd hou, altyd. As jy maar weet hoe ontsettend lief ek vir jou geraak het in hierdie paar weke.

Hy sien dat die kaas ver van haar is en sy dit nie sal kan gemaklik bykom nie. Hy trek die bord met kase nader.

"Dit is mos beter, as jy so mal oor kaas is soos ek sal jy beslis dit hier by jou wil hê. Ek kry gou my bord en skep sommer hier vir my op."

"Dankie, Zeus ... ek is mal oor kaas. My gunstelinge is blou kaas, brie en camembert. As ek reg onthou is die handelsmerk waarvan ek die meeste hou Fairview s'n en wat is jou gunsteling?"

Zeus is verbaas oor hierdie brokkie wat sy onthou het, maar noem niks daarvan nie. Hy wil haar nie verleë laat voel nie.

"Jy is reg in die kol, dit is ook my gunstelinge. Ek hou ook van verouderde kaas, dit het so 'n ryk geur. Fairview is beslis ook my keuse as dit by kaas en wyn kom."

"Die verouderde kaas ken ek ook, en hou ek ook baie van. Dit smaak lekker in disse wat met kaas gemaak word." Hulle geniet die kaas, vars vrugte en yoghurt terwyl hulle oor hul voorliefde van kaas gesels.

"Dit was nou heerlik, en beslis die dinge wat ek die graagste eet. Ek kan elke dag vars vrugte en yoghurt eet en ek is seker my gunsteling kase ook."

"Ek verstom my oor hoe baie ons smaak in baie dinge dieselfde is. Erna weet in die somer is dit my gekose ontbyt en wanneer ek Saterdae laat slaap ook. Dit is gesond en daarby nog heerlik ook. Wil jy gaan rus of kan Erna jou help om aan te trek. Ek gaan bietjie in die tuin vroetel, dit is iets wat ek geniet en dit laat my ontspan. Jy is welkom om buite te kom sit en my geselskap te hou."

"Ek dink ek sal buite by jou kom sit, ek hou baie van die buitelug en ook van om in die tuin te wees. Dit is vir my altyd wonderlik om te sien hoe ons Vader elke plant en blom verskillend gemaak het en so perfek."

"Ek sal vir Erna na jou stuur, gaan jy solank kamer toe." Hy kyk haar agterna as sy wegry met haar rolstoel en hy droom oor hoe hulle eendag saam sal tuinmaak. Erna ruk hom uit sy dagdroom.

"Dokter is juffrou Rosie na haar kamer, moet ek haar gaan help?"

"Ja, asseblief Erna. Sy gaan buite in die tuin by my sit as ek bietjie daar werskaf. Sorg dat sy nie sal koud kry nie, ons wil nie hê sy moet siek word nie. Vanmiddag sal die sonnetjie darem al sterker wees en dit is beskut daar by die lapa."

"Dokter moet voor dokter na buite gaan kom vleis uithaal vir die braai. Ek het reeds die slaaie gemaak en sal 'n lekker broodjie bak dat dit warm is as julle dit eet."

"Goed jy het my onthou, ek is heel verstrooid. Ek gaan dit nou dadelik uithaal."

'n Halfuur later gaan Doringrosie na buite en sien dat Zeus besig is om in die randtuin om die grasperk saailinge te plant. Sy ry nader met die geplaveiselde paadjie.

"Ah, jy plant gesiggies. Hulle is vir my die fraaiste blommetjies en so kleurvol. Verder is hulle gehard en steur hulle glad nie aan die koue nie."

"Ek plant elke jaar van hulle, hulle is vir my ook pragtig. Die ander blommetjies waarvoor ek baie lief is, is kappertjies en pronkertjies. Kappertjies groei altyd so welig en pronkertjies ruik so heerlik."

"Wel dit lyk of ek heeltemal die verkeerde indruk van Chirurge gehad het. Ek sou nooit dink dat jy so baie van blommetjies sal weet of hou nie."

"Sien jy nou, soms vorm mens 'n prentjie in jou kop van hoe 'n sekere beroepsgroep se mense moet wees, maar dan kan jy verkeerd wees. Ek weet beslis dat al my kollegas nie my passie vir tuinmaak deel nie, maar daar is 'n paar wat soos ek hou van tuinmaak. Een van my vriende, Patrick Müller is een van hulle. Dit is eintlik 'n baie snaakse storie hoe hy ontdek het dat hy van tuinmaak hou. Met Covid was hy baie verveeld met die dat praktyke nie volle ure oop was nie en beslis nie Saterdae nie. Hy het toe in sy tuin begin werskaf en ontdek hoe ontspannend dit is en nou is hy versot daarop. Voorheen het hy nie tyd gehad daarvoor nie, nou maak hy tyd daarvoor."

"So is daar aan alles in die lewe 'n goeie en slegte kant, selfs Covid het mense baie dinge kom leer."

Vir 'n hele ruk werskaf Zeus in die tuin en gesels hulle oor tuinmaak, blomme en struike.

Daarna neem Zeus haar om te gaan rus, gedagtig daaraan dat sy die middag weer vir 'n hele ruk gaan sit. Hyself bestudeer sy skedule vir die volgende weke om te sien wanneer hulle Ai-Ais toe sal kan gaan. Hy kry skielik 'n briljante gedagte. Ek gaan vir Danie vra om ons daarheen te neem met sy vliegtuig. Dit gaan baie makliker vir haar wees. Sy kan nie vir soveel ure in 'n voertuig sit nie. Dit beteken ons sal kan enige naweek gaan wanneer hy ons kan neem. Kom ek hoor gou wat hy sê.

"Danie, middag. Kan ek gou praat, of is jy besig?"

"Zeus, genugtig, dit is lekker om van jou te hoor. Jy is darem vreeslik skaars, werk jou seker weer dood. Praat gerus."

"Ek het 'n guns om te vra, natuurlik sal ek jou daarvoor betaal."

"Laat ek hoor."

"Ek het 'n vriendin wat verlam is, en aan geheueverlies ly. Sy het 'n ongeluk gehad tydens 'n staptog in die Visrivier. Ons vermoed haar voertuig moet daar by Ai-Ais staan en wil gaan vasstel of dit so is. Ons vermoed ook dat haar identiteits-dokumente en selfoon in haar voertuig is en dit sal haar baie help om te onthou. Sal jy ons asseblief kan neem?"

"Jy weet mos ek sal, wanneer wil julle gaan?"

"Wanneer vir jou pas, Danie."

"Môre het ek reeds 'n afspraak met my familie vir ete, maar volgende Saterdag sal vir my werk. Hoe klink dit?"

"Dit klink goed. Hoe laat wil jy vertrek?"

"Ek weet Saterdae is jou dag wanneer jy laat slaap, maar kan ons vroeg gaan, dan kan ons weer vroeg terug wees. Jy weet mos in die middae begin die wind soms waai en dan is dit onsmaaklik om te vlieg."

"Ek sal met liefde vroeg opstaan vir hierdie uitstappie, dit is baie belangrik. Sal ag uur vroeg genoeg wees?"

"Dit sal. Dan sien ek julle by die hanger Saterdagoggend. Jy weet mos waar dit is."

"Ja, ek weet. Baie dankie Danie, hierdie is 'n groot hulp."

"Jy is altyd welkom, my vriend. Jy vra my nooit 'n guns nie en jy doen so baie vir ander."

Net voor drie gaan kyk hy of sy al wakker is en sien sy is.

"Ek het jou kom haal, die vuur brand al heerlik, dit is nog net jou teenwoordigheid wat kort, Doringrosie."

"Goed so, help my net in my stoel in en ek is op pad." Hy loop om die bed, tel haar op en sit haar in haar rystoel neer.

"Ek gaan vir veiligheid net die kombersie saamneem, as jy dan dalk koud voel is dit daar."

"Die vuur is mos daar om my warm te hou en die sonnetjie skyn ook nog." Zeus loop voor haar uit na die lapa, want sy was nog nie in die deel van die tuin nie.

"Dit is so mooi uitgelê, Zeus. Kyk net hoe lekker brand die vuur. Vuur het tog sy eie bekoring en is so kalmerend."

"Ek hou ook van die uitleg en dit is beskut in winter en somer. In die somer swem ek graag, maar in die winter sal mens vries in die water."

"Dit glo ek goed. Die water lyk egter baie aanloklik. Wat gaan jy vir ons braai?"

"My persoonlike gunsteling, *pork belly* en ook hoender en 'n worsie."

"Weereens in die kol ..."

"Wat bedoel jy?"

"Ek hou ook baie van *pork belly.*"

"Dan is ek baie bly. Erna het slaai gemaak en is besig om 'n broodjie te bak. Ek dink ons eet weer dat ons daarna net kan lê. Erna is altyd bang ek eet nie genoeg nie, en nou is sy nog meer bekommerd dat jy nie genoeg eet nie," lag Zeus.

"Wat is die kanse, ek is lief vir kos. Ek dink jy is reg as jy sê ek het een of ander sport gedoen voor my ongeluk. Ander sou ek sekerlik nie so maer gebly het nie. Ek sal baie versigtig moet wees, jy het mos genoem dat die biokinetikus volgende week kom, dan sal ek darem seker weer bietjie kan verbrand."

"Doringrosie, asof jy enigiets het om te verbrand, ek sal daardie oefenprogram baie streng dophou. Hy is net hier om jou te help met jou bloedsomloop in jou bene. Hy sal dit nie waag om jou strawwe oefeninge te gee nie."

"Okei, ek verstaan, maar dit kan tog seker nie skade doen as ek bietjie oefeninge vir my arms ook doen om dit soepel te hou nie?"

"Nee, maar niks wat jou laat sweet en te veel inspanning is nie. Jou rug is nog sensitief en swak. Hy moet eerder konsentreer om jou maagspiere en bene te oefen."

"Sal ek kan maagspieroefeninge doen?"

"Ja, jy sal kan. Hy kan jou help om op jou bed met jou kop by die voetenent te lê, dan strek jy jou arms uit asof jy jou wil strek en lig dit stadig op, jy trek dan nie met jou arms nie, maar met jou maagspiere. Ek sal jou self eers wys, maar hy behoort dit te weet. Jy gaan dus nie jou bolyf oplig of beweeg nie, net jou arms."

"Dit klink maklik genoeg."

"Ah, ek het vir jou goeie nuus."

"Wat?" vra sy en kyk hom verbaas aan.

"Ons vlieg volgende Saterdagoggend Ai-Ais toe om jou voertuig te gaan soek."

"Vlieg, maar dit gaan mos 'n plaas se geld kos?"

"Nee, 'n vriend van my met 'n vliegtuig gaan ons neem. Ons gaan net moet vroeg opstaan, maar ek is seker jy sal nie omgee daarvoor nie."

"Geensins, dit is wonderlik, Zeus. Miskien kan ons nog 'n stukkie van die legkaart daar vind."

"Ons het nooit tyd gekry in die hospitaal om na jou kamera se kaart te kyk en of ons die foto's sal kan sien nie. Ons kan dit doen nadat ons klaar gebraai het, as jy wil. Erna kan jou gereed kry vir bed, dan kan jy rustig lê en ek sal die skootrekenaar daarheen bring, dan kan ons kyk."

"Dit sal goed wees."

"Ons sal die stukkies almal bymekaar kry, wees jy net geduldig, Doringrosie. Intussen hoop ek darem my geselskap is nie te vervelig vir jou nie."

"Zeus! Hoe kan jy so iets kwytraak? Jy kan nie vervelig wees al probeer jy ook hoe hard. Ek onthou nou wel niemand van my verlede nie, maar ek is darem ook nie breindood nie. Jy is so 'n aangename mens met so 'n wonderlike hart."

"Dankie vir daardie wonderlike kompliment. Jy is een intelligente meisiekind, jou brein het net seergekry. Die afgelope paar dae het jy al 'n hele paar dinge onthou sonder dat jy agtergekom het. Dit is 'n teken dat genesing besig is om plaas te vind."

"Wat spesifiek het ek onthou...?

"Dat jy van kaas hou, watter tipe *movies* jy van hou, name van blommetjies en selfs dat Fairview goeie kaas maak. Dit is merkwaardig en ek is baie trots op jou, meisie. So sien jy, dit het so natuurlik gekom dat jy nie eers dit agter gekom het nie."

"Dankie dat jy dit vir my uitwys, dit gee my hoop."

Hulle eet soos konings en daarna gaan help Erna haar om te stort en reg te maak vir bed. Zeus stort ook gou. Soos

193

die meeste van die tye onlangs is sy gedagtes by Doringrosie.

Sy is so opgewonde om na die kamera se kaart te kyk, ek hoop werklik dit is nie deur die water beskadig nie. Elektronika hou nie van nat word nie. Dan lê volgende week se besoek aan Ai-ais voor, as ons net haar identiteitsdokumente kan kry. Sal sy dan nog hier by my wil bly? Sal haar familie haar nie kom haal nie? Ek mag nie so dink nie, ek moet bly wees as sy weer onthou. Tog wil ek haar hier by my hou. Hou nou op die bobbejaan agter die berg gaan haal.

Hulle kyk later die aand na die datakaart, maar dit is beskadig deur die water. Doringrosie is baie ontsteld dat dit nie werk nie.

"Wees geduldig meisie, ons sal nog alles uitvind en jy sal begin onthou. Jy het reeds begin om dinge te onthou al is dit min." Sy huil so dat hy haar in sy arms in trek en troos. Dit is vir hom wonderlik om haar in sy arms te hê, maar dit breek sy hart dat sy so hartseer is. Hy hou haar styf vas en praat saggies met haar tot sy kalmeer en hy gedwing voel om haar terug te help na haar kussings.

"Dit was 'n lang dag, jy het lank gesit en elke ervaring is vir jou emosioneel. Kom slaap nou."

"Zeus sal jy hier by my bly totdat ek slaap, ek voel net meer veilig as jy hier is asseblief."

"Dit sal ek met die grootste plesier doen. Moet ek jou op jou sy draai?"

"Ja, asseblief, ek slaap beter so."

Hy draai haar op haar sy, skakel dan die lig af en gaan lê langs haar. Sy arm vind self die pad oor haar lyfie en toe hy weer besef hou hy haar vas. Sy hart klop soos wilde perde wat oor die Namibvlaktes hardloop. Hy roer egter nie, hou haar net vas en luister na haar asemhaling. Dit neem nie lank voor hy hoor hoe sy egalig asemhaal nie.

Sy slaap, ek wil nie opstaan nie, maar ek weet ek moet, ander slaap ek dalk vannag net hier langs haar. Dit is wat my hart en my liggaam se begeerte is.

Hy lê nog 'n wyle en staan dan baie teësinnig op om op die bank te gaan slaap. Sy grootste motivering is dat hy haar nie wil ontstel nie, haar emosies het hy vanoggend gesien is baie broos. Dit is ook te verwagte met wat sy deurgaan.

Hoofstuk 16

Die volgende week verloop heel rustig by Zeus se huis. Doringrosie is rustig en hou haarself besig met ontwerp van verskeie huise en ook geboue. Sy daag haarself uit om haar vaardighede en ontwerpvermoë te toets. Verder dryf die vooruitsig om Ai-Ais toe te gaan om haar voertuig te gaan soek haar. Haar verwagting is groot, omdat dit net vir haar logies is dat sy haar identiteitsdokumente en selfoon daarin sou los vir die veiligheid. Zeus stem natuurlik heelhartig met haar daaroor saam.

Saterdagoggend maak Erna haar vroeg wakker om haar gereed te kry vir die vlug.

"Ons Juffrou Rosie, vandag is 'n belangrike dag. Kom ons maak klaar dat julle gou nog iets kan eet voor julle gaan."

"Sjoe, Erna, ek is werklik baie opgewonde. Die sleutel tot die groot misterie van my geheueverlies is beslis daar op Ai-Ais."

'n Halfuur later ontmoet sy en Zeus om die ontbyttafel.

"Goeiemôre ons skone prinses, Doringrosie. Ek hoop werklik jy het goed geslaap. Of het die opgewondenheid jou wakker gehou?"

"Zeus, ek is seker jy het my iets ingegee om te slaap ... ek het heerlik geslaap, dankie. Ja, ek is vrek opgewonde."

"Dit kan ek verstaan. Kom ons eet gou, ons moet Danie oor 'n halfuur by Eros Lughawe ontmoet. Gelukkig is dit net vyf minute se ry."

Kwart voor agt vertrek hulle van Zeus se huis. Erna kyk hulle agterna. *Vader, wees met haar, help haar tog om iets te vind wat haar sal laat onthou. Sy kry so swaar met haar liggaam wat verlam is.*

Danie is reeds besig om die roetine ondersoek te doen om seker te maak dat alles in orde is vir die vlug. Hy het reeds die vlug geskeduleer met die manne in die toring, wanneer Zeus en die meisie kom kan hulle net opstyg.

Tien minute voor ag stop Zeus voor die hanger. Hy haal die rolstoel uit en tel vir Doringrosie in. Sluit sy voertuig en begin dan haar stoot na waar Danie langs die vliegtuig staan en wag.

Soos Zeus met die meisie nader kom, besef hy dat sy 'n besonderse skoonheid het. Hy verkyk hom aan haar twee lang, dik, koperrooi vlegsels wat oor haar skouers hang.

"Danie, ou maat, ontmoet my vriendin, Doringrosie."

"Doringrosie, sê jy vir my? Sy lyk gewis soos 'n prinses, ek sal dit by Rosie hou. Aangenaam om jou te ontmoet, Rosie. Ek is Danie von Wielligh, een van Zeus se vriende wat bly vasklou al is hy so skaars."

"Aangenaam om jou te ontmoet, Danie. Dankie vir die groot guns wat jy ons doen, ek waardeer dit werklik opreg."

"Jy het dit reg ou vriend, haar naam is juis so omdat sy soos daardie skone prinses lyk. Is jy reg om te vertrek, sy bars van opgewondenheid."

"Ek is as julle is. Sal ek inklim en haar by jou aanvat, dan kan jy daarna haar kom vasmaak en die rolstoel insit."

"Perfek, sy is so lig soos 'n veertjie, jy sal haar maklik kan aanvat." Zeus wag totdat Danie gereed is en tel haar dan op en gee haar aan Danie. Sonder moeite vat hy haar aan en sit haar op die sitplek neer. Zeus is dadelik by, hy wil nie hê Danie moet verder met haar werk nie. Daar is 'n soort gevoel, hy weet nie of dit is omdat hy haar wil beskerm en of dit is omdat hy net nie wil hê enige ander man moet so naby haar wees nie.

"Sit jy gemaklik, prinses?"

"Ja, Zeus, heel gemaklik." Hy gespe haar veiligheidsgordel vas en kyk dan na haar.

"Is jy bang vir vlieg?"

"Ek weet nie ... my maag het so 'n bietjie van 'n hol gevoel."

"Dan gaan ek hier by jou sit totdat ons opgestyg het, want dit is die moeilikste gedeelte, daarna wil ek bietjie met Danie gesels as dit reg is met jou."

"Dit is reg, baie dankie."

Hy gaan verduidelik vir Danie dat hy net vir die opstyg slag by haar wil sit om haar te help, en daarna by hom sal kom gesels.

"Mmmm, reg so ... bespeur ek 'n vreeslike beskermings-drang by jou vir die meisie? Dit is 'n eerste en baie vreemd."

"Kom ons gesels later daaroor ..."

"Nee, reg. Dit gee my klaar my antwoord, maar dan gesels ons later. Doen jy wat jy moet doen, ou maat."

Zeus klim terug na die gedeelte waar Doringrosie op hom wag. Hy neem langs haar plaas en sodra Danie die enjins start, neem hy haar hand sonder woorde in sy eie.

"Jy hoef nie bang te wees nie, ek is hier by jou en dit is veilig, meisie," verseker hy haar sag. Sy kyk met groot groen oë na hom en knik net haar kop.

Sodra die vliegtuig se neus begin lig, voel Zeus hoe sy sy hand begin druk. Daar is 'n begeerte in sy hart om haar teen hom vas te druk dat sy veilig sal voel.

"Kyk vir my, Doringrosie, moenie konsentreer daarop dat ons opstyg nie. Vertel vir my met watter tipe gebou se ontwerp is jy tans besig? Is dit 'n woonhuis of ander tipe gebou?"

"Jy sal dit nie glo nie, ek is besig met die ontwerp en teken van 'n hospitaal. Dit is nogal 'n groot uitdaging, met al die uitlate vir suurstof en allerhande ander dinge wat jy by elke bed in ag moet neem, dan is die teater natuurlik 'n uitdaging op sy eie."

"Wat? Werklik, sien jy vir so iets kans? Dit moet beslis baie ingewikkeld wees. Wel miskien is hierdie plan waarmee jy nou besig is dan die plan vir die volgende Privaat Hospitaal in Windhoek of elders. Ek is nou dood nuuskierig om te sien wat jy al gedoen het en hoe dit gaan lyk as jy klaar is."

"Dit gaan 'n tydjie neem, maar ek geniet die uitdaging. Een feit is darem nou seker, en dit is dat ek werklik 'n argitek van beroep is. As jy praat van die volgende privaat hospitaal, is daar dan meer as een in Windhoek?"

"Ja, daar is buiten Lady Pohamba, nog MediCity, en Rhinopark. Rhinopark, is die eiendom en word bestuur deur 'n groep dokters. Dan is daar 'n kleiner daghospitaal in Eros wat ook aan dokters behoort en hulle net prosedures uitvoer waar die pasiënte die oggend inkom en weer voor die namiddag vieruur ontslaan word. So die moontlikheid is altyd daar dat 'n groepdokter kan besluit om hulle eie hospitaal te ontwikkel."

"Dit is baie interessant." Zeus het haar gedagtes so goed afgetrek, dat sy nie eers agterkom hulle is in die lug en alles is nou baie rustiger nie.

"Kyk daar lê Windhoek nou onder ons, ons is in die lug."

"Wow, dit is pragtig hier van bo. Kyk die wolkies, dit lyk soos watte wat verby dryf. Ek sal nou okei wees, jy kan maar by jou vriend gaan gesels. Dankie, Zeus ..."

"Ek is die een wat moet dankie sê vir sulke interessante geselskap soos jy, meisie. Gaan jy lees?"

"Ek wou, maar nou is dit so mooi, ek mag dalk net die uitsig geniet. Hoe lank is die vlug?"

"Net so bietjie meer as 'n uur. Ek sal weer by jou kom sit sodra ons begin met die landing. Dit kan soms bietjie stamperig wees."

"Reg so."

Zeus sak langs Danie in die tweede stoel in die kajuit neer. Danie wag dat hy sy oorfone moet opsit dat hulle kan gesels.

"Is sy okei?"

"Sy is ... alles is vir haar soos die eerste maal wat sy dit doen, omdat sy aan geheueverlies ly. Sy weet dus nie voor die tyd wat om te verwag nie en dit maak haar angstig."

"En ek kan sien dat jy die geniet om daar te wees om daardie angstigheid te probeer oorbrug."

"Beslis geniet ek dit, daar slaan jy die spyker mooi op sy kop, my vriend." Hy vertel aan Danie die verloop van die afgelope weke en beken vir die eerste maal aan iemand anders dat hy halsoorkop verlief is op Doringrosie omtrent van die eerste minuut af wat hy haar stukkende liggaam op die draagbaar gesien het.

"Genade, Zeus! Ek moet erken, sy is pragtig en so fyn en broos. Wat as sy nooit haar geheue herwin nie?"

"Dit sal my geensins pla nie, al wat saak maak is nou. My grootste stryd is om haar nie te laat agterkom dat ek haar net wil teen my hart druk en beskerm teen al die teleurstellings wat sy haar telkens in vas loop nou nie. Ek hoop werklik dat ons vandag iets sal vind wat haar kan hoop gee."

"En as julle nie iets vind nie, wat dan?"

"Dan my vriend sal ek alles gee om haar gelukkig te maak en hoop dat sy ook met tyd oor my sal voel soos ek oor haar voel."

"Wat van haar familie? Sy moet tog familie hê?"

"Almal het familie, ons weet wel dat haar ouers in die Visrivier deur 'n mamba dood gepik is toe sy net vyf jaar oud was. Verder onthou sy niks. Met tyd sal dit beter word, maar vir haar om te wag is baie moeilik soos jy self kan verstaan."

"Dit moet vrek moeilik wees en dan het sy nog die gebruik van haar bene ook verloor. Dit alleen is iets wat sommige mense breek. Sy is gelukkig om vir jou te hê."

"Nee, ek is die gelukkige een."

"Ek sou nooit kon glo dat jy, die koelkop Chirurg, so lief kan word vir iemand wat jy nie eers goed ken nie, of weet waarvandaan sy kom nie."

"Dit is blykbaar wat liefde is, om iemand te aanvaar net soos hulle is en net die beste vir hulle te wil hê ongeag of hulle iets kan terug gee."

"Sjoe, ja, jy is reg, dit is eintlik wat ware liefde is. Ons gaan binnekort begin daal vir die landing. Wil jy na haar gaan?"

"Ja, ons gesels weer later."

Wanneer Zeus deur klim van die kajuit, sien hy dat sy ver na onder tuur, om haar mooi mond is 'n hartseer trek.

"Dit is alles nog so mooi groen na die reën seisoen. Waaraan dink jy as jy so tuur, meisie?"

"Ek wonder maar net of daar iewers in een van hierdie talle plaashuise mense is wat my mense is en wat na my soek en na my verlang, dalk treur ... Ons weet nou al dit sal nie my ouers wees nie, maar miskien grootouers of ooms en tannies."

Hy kan homself nie help nie, want hy voel haar seer aan, die gemis om te weet van waar sy kom en of daar mense is wat haar liefhet en na haar soek. Hy trek haar stywer teen hom vas.

201

"Doringrosie, jy sal weer onthou, ek belowe jy sal. Wees net geduldig. Ek is baie seker daar is mense wat na jou soek en jou ontsettend mis en liefhet. Hoe kan hulle ander, jy is so 'n besonderse mensie."

"Dink jy werklik so, Zeus?"

"Ja, ek dink werklik so. Onthou net vir hulle moet dit net so erg soos vir jou wees. Hulle het reeds 'n dogter en skoonseun verloor en nou, nou is jy vermis. Jy onthou hulle nog nie, maar hulle onthou jou, het herinneringe wat hulle laat hunker na jou."

"Jy het soveel wysheid, ek het nog nooit so daaraan gedink nie."

Die volgende oomblik voel hulle die stamp soos die wiele op die vliegveld land.

"Ons het geland, lyk my die mense wag al om ons na die ruskamp te neem."

"Ek het nou nie eers agtergekom ons land nie. Ek wou graag die canyon gesien het."

"Toemaar, ek sal vir Danie vra as ons opstyg om oor die canyon te vlieg met ons, is dit in orde so?"

"Dit sal gaaf wees, baie dankie."

Wanneer hulle geland het en Danie die deur oopmaak, klim Zeus eerste uit en neem die rolstoel saam. Hy wag vir Danie om haar aan te gee en dra haar na haar rolstoel. Voor hy haar neersit kyk hy na haar.

"Doringrosie, onthou net, dit maak nie saak wat vandag hier gebeur of wat ons vind of nie vind nie, ek sal altyd daar wees vir jou. Geheue of geen geheue nie."

"Zeus, jy is een besonderse man, baie dankie."

Die bestuurder van die minibus wat hulle kom haal het, stap nader.

"Goeiemôre, dokter Von Heinitz, is dit reg?"

"Ja, dit is. Dankie dat jy ons kom haal het. Hierdie is juffrou Rosie," stel hy haar voor op die naam wat Erna en ook Danie verkies om haar te noem. Hulle sal tog nie verstaan hoekom hy haar Doringrosie noem nie.

"Aangename kennis, juffrou Rosie, ek is Michael."

Zeus help haar in die bus in en bêre dan haar rystoel agterin. Danie maak seker dat die vliegtuig gesluit is en klim dan ook in die bus.

"Is Dokter-hulle gereed, kan ons vertrek?"

"Dankie Michael, ons is reg."

"Rosie, was die vlug darem nie te vreesaanjaend vir jou nie?" vra Danie.

"Nee, na die opstyg was dit lekker. Ek het die uitsig baie geniet."

"Dan is ek bly. Zeus sal ons 'n koffie geniet voor julle jul soektog aanvat?"

"Dit is 'n briljante idee, of wat dink jy meisie?"

"Ja, goeie plan, vanoggend se koffie is al 'n end ver. Ons mag dalk versterking nodig kry."

Onwillekeurig neem hy haar hand en druk dit.

"Alles sal regkom, Doringrosie." Sy kyk net na hom en swyg.

"Waar sal ek vir Dokter-hulle aflaai?"

"Sommer by die ontvangs. Ons gaan eer koffie drink en daarna met die toeriste beampte by ontvangs gesels, dankie."

"Reg so."

Nadat Zeus haar in haar rystoel in gehelp het, beweeg hulle saam na die restaurant.

"Meisie, is daar enigiets wat jy herken?" vra hy wanneer hulle sit.

"Nee, nie so ver nie."

"Ek vra net, want eintlik hoef jy ook nie. Dit is nie 'n plek wat in jou geheue belangrik sal wees nie. Jy het dit net vlietend besoek."

"Het julle al ontbyt genuttig?" vra Danie.

"Ja, ons het voor ons jou ontmoet het. Jy weet mos Erna is soos 'n moederhen en nog erger so nou dat Rosie daar is. Jy kan gerus ontbyt eet as jy wil."

"Ek dink ek gaan terwyl julle besig is."

Terwyl hulle koffie drink, wonder Zeus of een van die personeel nie vir Doringrosie sal herken nie. Dan onthou hy dat dit ook geen verskil sal maak nie, want hulle sal haar as Pascha Muir onthou.

"Hierdie koffie is darem nou heerlik, dankie vir die idee Danie."

"Rosie, as jy enigsins soos ek op kafeïen funksioneer sal jy weet hoe belangrik koffie vir my is."

"Deesdae het ek nie veel energie nodig nie, en van voorheen weet ek nie. Ek weet darem dat ek 'n argitek is."

"Ja, Danie sy is nou besig om 'n hospitaal te ontwerp en te teken. Is dit nie merkwaardig nie?"

"Dit is, ek neem aan Zeus het vir jou 'n program aangeskaf waarmee jy werk."

"Ja, die beste. Hy het my al so bederf."

"Ek vind dit uiters interessant dat jou brein dit onthou. Dit sê ook vir my as leek dat jy alle ander dinge van jou verlede gaan onthou met tyd."

"Dit is reg Danie. Verskillende tipe inligting word in verskillende dele van die brein gestoor, dit is hoekom dit so is. Is jy gereed om te gaan, Doringrosie?"

"Ek is, dankie Zeus." Wanneer hulle die restaurant verlaat, gaan hulle eerste na die ontvang om met die dame daar te praat om uit te vind of hulle nie weet van 'n voertuig wat onopgeëis is deur die gas aan wie dit behoort nie.

"Goeiedag, kan ons help," vra die vroutjie agter die toonbank.

"Goeiedag, my vriendin hier het sowat 'n bietjie oor 'n maand gelede hier by julle die Visrivier gestap. Sy het haar voertuig hier gelos, maar was in 'n ongeluk en haar voertuig het hier agter gebly. Weet u dalk daarvan?"

"Ek het van die ongeluk verneem nadat ek twee weke gelede hier begin het, maar ek dra geen kennis van die voertuig nie. As sy dit hier gelaat het, sal dit seker nog op die parkeer area wees."

"Die dame wat voor u hier was, is sy verplaas na 'n ander kamp en kan mens haar nie kontak nie?" vra Doringrosie hoopvol.

"Sy het ongelukkig bedank, en het New Zealand toe verhuis."

"Sal enige van die personeel wat op die terrein is dalk iets weet?" probeer Zeus nog 'n maal.

"Nee, want as iemand 'n voertuig sou verwyder, moes hulle met haar werk. As dit oor 'n naweek sou plaasvind, sou geen van die ander personeel hier wees nie. Omdat ons so afgeleë is, werk ons mense net oor naweke as daar gaste is en die buite personeel werk nie oor naweke nie."

"Ek sien. Ons het haar voertuig se sleutel, dan gaan ons maar moet soek of ons 'n voertuig kry wat dit oopsluit."

"Dit is ongelukkig al wat u kan doen. Ek is jammer dat ek nie van meer hulp kon wees nie."

Zeus en Doringrosie verlaat die kantoor.

"Daar is nie veel hulp nie. Dit voel so al asof ons gedurig ons net in mure vasloop."

"Doringrosie, hou moed, meisie. Kom ons gaan soek. Ek het by die handelaar jou sleutel se battery laat vervang, so die afstandkontrole werk. Ons gaan dit probeer, daarna gaan ons elke liewe voertuig probeer oopsluit, tot ons jou voertuig vind. Dit moet hier wees."

"Dit is net jy wat soveel moeite sal doen. Kom ons gaan."

Hulle beweeg stadig verby die voertuie wat daar parkeer is en hy druk die afstand beheer. Geen reaksie van enige van die voertuie nie. Van die wat hy dink hulle dalk te ver is, beweeg hy nader en druk dit weer. Na 'n ruk het hulle nog geen sukses nie.

"Dit blyk nie dat my voertuig hier is nie, Zeus. Maar hoe kan dit wees? Wie sou dit kom haal het as hulle nie weet waar dit is nie?"

"Daardie antwoorde het ek nie vir jou nie, meisie. Sit jy daar onder die boom in die skaduwee. Ek gaan nou elke voertuig van jou voertuig se fabrikaat nagaan om te sien of jou sleutel nie een van hulle oopsluit nie."

"Jy doen soveel moeite, Zeus, baie dankie."

Hy begin van 'n kant af en probeer die sleutel op die vyf voertuie wat dieselfde fabrikaat as haar voertuig is. Geen sukses nie. Sy hart is swaar as hy by die laaste een kom en besef dat haar voertuig nie hier is nie. Hy verstaan nie hoe dit moontlik is nie, en wonder ook soos sy wie dit sou kom haal het en hoe hulle geweet het waar om dit te kry. Hy vermaan homself om nie bekommerd te lyk nie. *Ek moet sterk wees vir haar, want sy voel al reeds mismoedig.*

"Jy het niks gevind nie, nè?"

"Nee, ek het nie, maar dit is nie die einde van die wêreld nie. Dit beteken wel dat iemand van jou familie of iemand wat jou ken jou voertuig kom haal het."

"Dit help my niks nie! Ek weet nie eers wie ek is nie, hoe sal ek weet wie dit moontlik kan wees?" reageer sy hartseer. Zeus sak dadelik af en sit voor haar.

"Nee, ons gaan nie so maklik opgee nie. Ons sal bly soek na dinge wat jou kan help. Ek het mos belowe ... intussen is ek daar," herhaal hy sy belofte aan haar. *En ek hoop dat ek vir die res van jou lewe daar sal wees, my Doringrosie.*

Die trane vloei net al hoe meer, al maak sy geen geluid nie en hy verstaan haar frustrasie te goed. Hy staan op, tel haar uit haar rolstoel en hou haar in sy arms vas. Hy sus haar heen en weer soos 'n kind wat hy troos.

"Doringrosie, my dierbare meisie, jou seer is ook my seer. Ek is ontsettend jammer dat ons nie jou voertuig gevind het nie. Huil, huil net so veel jy wil. Ek sal jou vashou."

So vind Danie hulle en weet al voor hy by hulle uitkom dat hulle niks gevind het nie. Sy hart gaan uit vir die meisie, maar ook vir sy ou maat wat haar so liefhet. Hy stap stadiger om haar nie in 'n verleentheid te stel nie. Hy kan sien sy huil en Zeus troos haar.

Sodra sy kalmer is, praat Zeus weer.

"Ons gaan positief bly, belowe?"

"Ek belowe, Zeus. Dit is net soms baie moeilik."

"Ek verstaan. Ek gaan jou nou terug sit, Danie is op pad na ons. Binnekort is ons op pad terug huis toe."

"Dit is reg."

"Hoe lyk dit?" vra Danie.

"Geen sukses nie," is al wat Zeus antwoord. Hy wil nie uitbrei nie, en sal later met Danie gesels.

"Ek is jammer, Rosie. Ek weet jy ken my nog nie, maar ons is hier vir jou."

"Dankie Danie."

"Danie, kan ons maar aanstaltes maak. Ek wil hê sy moet by die huis kom en gaan rus. Dit was 'n baie emosionele en uitputtende oggend vir haar." Hy sit haar terug in haar rystoel en begin in die rigting van die kantoor loop waar hulle die drywer sal ontmoet.

"Sekerlik."

"Sal jy vir ons meisie oor die canyon vlieg dat sy dit kan beleef, asseblief?"

"Dit doen ek graag."

Vyftien minute later styg hulle op, hy sit weer by haar, en hou haar hand vas. Hy hou haar dop, sy praat nie, maar hy kan sien dat sy baie moeg en moedeloos is na hulle niks gevind het nie.

"Is jy naar, Doringrosie?"

"Nee, dit is okei. Jy kan maar by Danie gaan gesels." Hy kan sien dat die trane baie vlak sit. Hy wil haar nie alleen los nie en besluit hy gaan hier bly sit, Danie sal verstaan.

"Ek wil eerder by jou sit. Kyk, hier begin die mooi van die canyon."

Sy kyk af en sien die rivier wat kronkel deur die pragtige rotsformasies.

"Dit is werklik uniek en pragtig." Zeus kan sien dat sy te ontsteld is om dit werklik te waardeer.

"Wil jy nie probeer om 'n bietjie te slaap nie. Kom, ek slaan die leuning tussen ons op, dan lê jy teen my." Hy wag nie vir haar om te reageer nie, maar slaan die leuning op en trek haar in sy arms in. Sy lê met haar rug teen sy bors gestut en haar kop onder sy ken. Met sy arms hou hy haar vas dat sy nie kan afgly nie.

"Dit is mos nou beter, probeer net ontspan, toe. Probeer vergeet net van alles, ons kan later daaroor praat," fluister hy bo haar kop. Na 'n rukkie voel hy tog dat sy teen hom ontspan en nie lank daarna nie, hoor hy haar egalige asemhaling en weet sy slaap.

Dankie tog, dit is beter so. Hierdie is 'n groot terugslag vir haar. Sy het soveel hoop geplaas op vandag en wat ons kon vind. Nou het ons niks gevind nie. Hoe gaan dit haar vordering beïnvloed? As sy net vinniger kan begin onthou. Vir my maak dit nie saak nie, maar vir haar is dit van belang. Ek wil haar net by my hou.

Wanneer hy seker is dat sy vas slaap, woel hy met sy een hand sy selfoon uit sy sak en tik vir Danie 'n WhatsApp.

"Ou maat, ek sit maar liewer hier by haar. Sy is baie emosioneel. Gelukkig slaap sy nou teen my bors. Ons het niks gevind nie en die vrou wat voorheen daar gewerk het, het emigreer New Zealand toe. Niemand weet dus of haar voertuig daar was en iemand dit dalk kom haal het nie. As dit so is, wie het dit kom haal? Hoe het hulle geweet dit is daar? Sy is baie verward en baie teleurgesteld."

"Ek is baie jammer om dit te hoor. Ek kon sien sy was baie ontsteld. Ek weet jy glo nie so nie, maar alles gebeur met 'n doel. Dalk sou haar familie haar kom haal het as julle uitgevind het wat haar identiteit is. Miskien is dit vir die beste vir nou."

"Vir my is dit beslis, want ek wil haar net by my hou, maar tog omdat ek haar liefhet wil ek ook die beste vir haar hê."

"Miskien is die beste vir haar om by jou te wees, sy weet dit net nog nie."

"Die tyd sal moet leer. My hart wil breek as sy so hartseer is. Tot nou toe was dit maklik, want sy het hoop gehad, van nou mag dit dalk heel verander."

"Ons bly hoop dat sy ook vir jou sal lief raak en dat dit haar behoud sal wees."

"Dit is my hart se wens ..."

Net na een land hulle weer op Eros. Doringrosie het geslaap vir die grootste deel van die vlug, waaroor Zeus bly is. Danie help hom om haar uit te tel.

"Danie, baie, baie dankie vir jou hulp vandag. Ons waardeer dit opreg. Ek skakel jou in die week as ek 'n kansie het, dan drink ons 'n koffie. Jy weet jy is ook altyd welkom om net in te val by die huis."

"Ja, baie dankie, Danie. Dit was goed om jou te ontmoet," bedank Doringrosie.

"Rosie, dit was my plesier en Zeus ek sal jou beslis opneem op daardie uitnodiging. Ek hoop dat jy nou lekker sal gaan rus Rosie."

"Moet jou nie bekommer nie, sy gaan nou reguit bed toe. Erna en ek sal haar net daar bedien."

Getrou aan sy woord, laat hy haar reguit kamer toe gaan wanneer hulle by die huis kom.

"Erna sal nou vir jou kom help om te stort as jy wil, en daarna in die bed. Ons kan net hier in jou kamer middagete geniet. Ek aanvaar geen teëpratery nie."

"Dit is reg so, Zeus," reageer sy lusteloos.

Hy stap kombuis toe en ontmoet vir Erna in die eetkamer. Hy wys vir haar om kombuis toe te gaan. Hy wil nie hê Doringrosie moet hoor dat hy vir Erna die gebeure van die oggend vertel nie, dit sal haar net verder ontmoedig.

"Dokter ... wat gaan aan?" vra sy angstig.

"Dit is nou 'n gemors ... nie vir ons nie, maar vir haar. Ons het niks gevind nie. Geen voertuig, geen spoor van enigiets nie. Niemand wat weet wat van haar voertuig kon geword het of wie dit kom haal het nie. 'n Totale doodloopstraat. Sy was baie ontsteld daar en is steeds. Sy het byna die hele vlug terug geslaap, waaroor ek bly is. Sal jy haar asseblief gaan help om te stort. Daarna sal ek haar bed toe neem. Jy kan ons albei se middagete na haar kamer bring. Ek gaan daar by haar bly, sy moenie nou alleen wees nie."

"Ai, ai, ai, Dokter, ek kry haar so ontsettend jammer. Sy het soveel hoop gehad vir vandag. Ek gaan dadelik en sal vir Dokter roep om haar in die bed te kom sit."

"Dankie Erna, ek gaan net hier in die voorkamer wees."

Erna help haar om uit te trek en tel haar op haar kommode op. Sodra die water lou is, laat Erna haar ingaan. Sy bly egter in die badkamer staan. Die meisie ry onder die warm gietende strale in, en haar hare word nat en hang oor haar gesig. Na 'n rukkie sien Erna hoe haar skouer ruk en sy besef sy huil. Sy gaan nader.

"My Juffrou Rosie, moenie so hartseer wees nie, alles sal regkom. Juffrou is mos 'n gelowige meisie. Ons sal bid, glo en vertrou. Onthou ons is lief vir juffrou. Kan ek vir Juffrou help, dan was ek gou hierdie mooi hare en maak ons gou klaar." Sy wag nie op Rosie se antwoord nie en begin was haar hare en daarna haar lyf. Sy draai die krane toe en kry die handdoek. Eers droog sy haar hare af en draai 'n handdoek daarom. Daarna droog sy haar lyfie af en draai die handdoek om haar skouers. Sy stoot die rolstoel tot by die bed en tel haar dan op die bed. Daar smeer sy haar lyf room en trek haar slaapklere aan. Dan roep sy vir Zeus.

"Dokter kan maar kom, asseblief!"

"Kom ons kry jou in die bed. Erna gaan jy haar hare blaas terwyl sy teen haar kussing sit?"

"Dit is die plan, dat sy gemaklik kan wees." Zeus tel haar op en Erna maak haar bed oop. Hy plaas haar op die bed met haar rug teen die kussings. Dan neem hy 'n kussing en plaas dit onder haar bene dat sy nie kan afgly nie.

"Is jy gemaklik, meisie?"

"Dankie, ek is." Zeus merk dat haar oë rooi gehuil is en kyk vir Erna. Die weet sommer wat hy wil weet en knik net waar sy bokant Rosie se kop staan. Hy besluit om vir haar met haar middagete 'n kalmeerpil te gee. Hy kan nie sien dat sy so swaar kry en haar nie help nie. Dit is net te erg.

"Terwyl julle dames besig is, loop ek gou 'n draai. Ek is nou terug." Hy gaan haal in sy dokterstas vir haar 'n kalmeerpil. Hy hou altyd 'n paar daar vir ingeval iemand dit nodig het.

'n Halfuur later hoor hy die haardroër raak stil en gaan terug na haar kamer.

"Erna, dit is darem sekerlik die mooiste bos koperrooi hare wat ek in my lewe al gesien het."

"Dit is beslis, Dokter. Dan het dit nog sulke mooi sagte natuurlike krulle ook. Die meeste vroumense wens om sulke mooi hare te hê. Wag dat ek ophou gin-en-gaap en julle kos gaan haal."

"Ek is nie honger nie," reageer Rosie.

"Daarvan wil ek niks hoor nie. Jou liggaam en brein het voedsel nodig om te funksioneer. Na vanoggend se ekskursie, het jy kos nodig," vermaan Zeus.

"Ja Juffrou, en ek het lekker rys met beef stroganoff gemaak. Al eet jy ook net 'n bietjie."

"Sy hoef nie eers self te eet nie, ek sal haar voer. Kos moet sy net inkry."

Sy reageer nie, en lê net teen haar kussings terug en sluit haar oë. Zeus is al vies vir die mense wat haar elektroniese bed moet bring omdat hulle so laat is, maar vandag is hy dankbaar. Nou kan hy hier langs haar sit en naby haar wees om haar te ondersteun. Sy het sy ondersteuning nou meer nodig as net na die ongeluk.

Erna bring hulle kos, en sy eet nie veel nie, maar gee gehoor toe Zeus haar vra om nog 'n paar happies te neem.

"Neem hierdie tablet en drink dit. Jy moet rus, en dit sal jou help. Ek gaan net hier by jou wees."

"Zeus, ek het nou al jou hele Saterdag gemors. Jy werk so hard in die week en nou sukkel jy nog met my ook."

"Jy het niks van die aard gedoen nie en ek sukkel nie met jou nie. Ek is waar ek wil wees en doen wat ek wil doen. Kom, ek help jou dat jy gemaklik lê." Hy tel haar op en skuif haar af dat sy plat lê.

"Op watter sy wil jy lê?"

"Op my linkersy asseblief." Hy draai haar, sit haar bene reg en maak haar toe. Dan gaan lê hy langs haar op sy regter sy dat hy haar kan sien. Sy kyk vlietend vir hom, maar sluit dan haar oë. Hy het egter die seer en teleurstelling daarin gelees. Voor sy aan die slaap raak van die kalmeermiddel rol die trane weer oor haar wange en Zeus doen wat sy hart hom voorskryf. Hy trek haar nader aan hom en hou haar vas, totdat sy slaap. Daarna bly hy haar vashou. Sy mag glo dat hy haar troos, maar eintlik is dit vir hom baie meer van 'n troos om haar in sy arms te kan hou.

Hoofstuk 17

Die res van die naweek bly Doringrosie in die bed, Zeus is nie bekommerd daaroor nie, want dit is goed vir haar om te rus. In die volgende maand raak dit egter duidelik dat sy besig is om in 'n diep depressie te verval nadat hulle niks op Ai-Ais gevind het nie.

Teen die vierde week na daardie naweek, kom die biokinetikus weer om haar te help oefen. Sy is nog in haar bed as hy daar aankom. Dit pla hom nie, want hulle oefen tog op die bed.

"Dagsê juffrou, kan ons met u oefeninge begin?"

"Nee, ek wil nie meer oefen nie! Wat is die nut daarvan? Ek is verlam en gaan nooit weer kan loop nie ..." skreeu sy byna histeries op hom. Erna hoor dit en kom ook ingehardloop.

"Julle almal kry my net jammer! Ek wil nie jammer gekry word nie ... ek wil weet wie ek is en my lewe terug hê," skree sy. Erna draai dadelik in haar spore om en gaan skakel vir Zeus.

Pierre staan verslae en weet nie wat hy nou moet doen nie. Sy laat hom egter nie 'n keuse nie.

"Gaan, gaan net, ek wil jou nie hier hê nie. Ek wil nie meer oefen nie!" Hy verlaat die kamer en hoor hoe sy histeries begin huil. Sy hart gaan uit na die meisie.

"Erna, is daar 'n probleem? Hoekom bel jy?"

"Sy is histeries Dokter. Sy het so pas vir meneer Pierre weg gejaag. Kan u kom asseblief?"

"Ek kom so gou ek kan, ek wil net gou instruksies gee aan my sekretaresse om my afsprake vir die volgende twee uur te kanselleer."

"Reg Dokter, moet meneer Pierre wag?"

"Hy kan wag, ek is nou daar." Zeus gryp sy motorsleutel en storm na ontvangs.

"Zelda, herskeduleer my afsprake wat in die volgende twee tot drie ure was, ek het 'n krisis. Ek gaan eers. Ek sal met jou praat."

"Goed Dokter, ek maak so."

Hy jaag soos 'n F1 drywer die drie kilometer huis toe. Daar vind hy vir Pierre in die voorkamer en hoor hoe Erna troos en Doringrosie histeries huil.

"Pierre, ek wou met jou praat, maar ek sal jou bel. Sy het my nou nodig. Sy het 'n maand gelede 'n terugslag gehad en begin tekens wys van depressie. Ek moet nou na haar toe gaan."

"Dit is reg so, Dokter. Dan praat ons later."

Zeus haas hom na haar kamer, waar Erna probeer troos, maar Doringrosie net wild slaan na haar en niks wil weet nie.

"Erna, gaan jy maar, baie dankie. Ek sal oorneem." Erna verlaat die kamer, baie ontsteld. So het sy nog nie haar Juffrou Rosie gesien nie.

"Doringrosie, kalmeer, meisie," praat hy saggies. Dit laat vlam net weer haar woede op.

"Hoe kan ek kalmeer? Ek is verlam en weet nog na maande nie wie ek is nie. Ek wil nie meer oefen nie! Wat is die nut daarvan? Laat my bene uitteer dat almal kan sien ek is verlam, 'n gestremde met 'n brein wat nie werk nie. Niks werd vir iemand, nie eers vir myself nie!" skree sy.

"Dit is nie waar nie. Al onthou jy nooit weer nie, wat nie die geval sal wees nie, is jy steeds kosbaar. Kyk na daardie ontwerp wat jy van die hospitaal gedoen het. Jy is briljant.

Jy is nie 'n gestremde nie. En daar is niks met jou brein verkeerd nie, jy sal weer jou geheue herwin. Jy moet my glo, meisie," probeer hy weer.

"Moenie vir my jok nie! Moet my ook nie jammer kry nie ... ek is net 'n patetiese stuk niks met geen identiteit, geen verlede, geen herinneringe. Niks, niks, niks! Vir wie kan ek iets beteken? En hoe?"

"Jy kan nog vir baie mense baie beteken. Kyk na jou pragtige ontwerpe wat jy gedoen het die laaste maande. Jy kan dit aan argiteksfirmas verkoop. Jy kan selfs as jy wil, as konsultant vir hulle werk. Jy hoef nie te werk nie, maar as dit jou sal help, kan jy dit doen. Jy beteken vir my iets. Ook vir Erna en Suster Pape wat so lief is vir jou. Ons lewens sal soveel armer wees sonder jou, Doringrosie."

"Dit is nie waar nie, ek is net 'n las vir julle almal. Hoe kan ek iets vir julle beteken. Jy wat 'n Chirurg is moet dag en nag na my omsien. Erna moet my versorg, ek kan niks sonder enige hulp doen nie. Wat is die doel daarvan? Ek moes liewer dood gewees het in daardie ongeluk."

Hy is by haar en raap haar in een beweging in sy arms op.

"Nee, nee, nee! Ek wil jou dit nooit weer hoor sê nie. Jy het nog baie kosbare jare oor om te leef." Hy kyk in haar groen oë en sien die doodsheid daarin.

"Doringrosie, moenie opgee nie, asseblief moenie opgee nie. Ek glo in jou en ek weet jy geheue sal weer terugkom."

"Leef? Hoe leef 'n mens as jy net 'n dop is wat asemhaal?" vra sy nou uitgewoed en mismoedig.

"Jy is nie net 'n dop nie, jy is 'n pragtige jongvrou. Jy is intelligent en briljant."

"Nee, ek is nie ... ek is nie. Wie sal ooit kans sien vir 'n vrou soos ek, vermink? Jy het ook 'n lewe om te leef, Zeus.

216

Ek kan nie van jou verwag om onbepaald jou lewe op te offer vir my nie."

"Ek gaan maak of ek daardie aanmerking nie gehoor het nie. Ek gaan jou nou neersit en 'n kalmeerinspuiting gee. Wanneer jy wakker word, sal ek hier wees en dan kan ons gesels."

"Wat is daar om oor te gesels, sê my wat? Ek is verlam en my hele verlede is uitgevee ... daar is nie 'n toekoms nie!"

Hy antwoord haar nie en gaan om die inspuiting te kry in sy tas. Hy spuit haar en sit by haar totdat sy slaap. Sy hart is ontsteld, hy sal 'n manier moet kry om haar te help met haar geheue. Aan haar rug dink hy nie is daar veel om te doen nie.

Hy stap kombuis toe om te gaan koffie soek, eintlik het hy nou iets baie sterker nodig, maar gelukkig is hy nie 'n drinker nie.

"Slaap sy nou Dokter?"

"Ja, sy slaap."

"Sjoe, ek het my dood geskrik toe ek hoor hoe sy op meneer Pierre gil. Die arme kind, wat gaan Dokter nou doen?"

"Erna, na ons van Ai-Ais af teruggekom het, het ek gemerk dat sy al hoe stiller en stiller word. Ek is seker jy het ook."

"Ja, ek het, maar ek het nie gedink daar is iets anders fout nie."

"Sy het in depressie verval, en dit is 'n baie moeilike ding, veral omdat haar geheue nog nie begin terugkom het waar dit haar vorige lewe en familie aanbetref nie. Sy voel verlore, sy voel nutteloos, sy voel sy is 'n las en hou my terug om my lewe te leef en dat ons net vir haar jammer is. Dit is baie gevaarlike dinge hierdie vir iemand in haar toestand."

"Jammer het niks daarmee te doen nie, ek is baie lief vir daardie meisiekind. Sy het soos my eie geword," reageer Erna heftig.

"Erna, jy is die tweede persoon waaraan ek hierdie bekentenis maak: Ek het op haar verlief geraak die oomblik wat ek haar tenger liggaampie daar op die MedRescue draagbaar gesien het. Dit is hoekom ek haar hierheen gebring het. Ek is liewer vir haar as vir my eie lewe. Maar hoe gaan ek dit vir haar vertel? Sy sal my nie glo nie, sy sal dink ek sê dit net uit jammerte."

"Toemaar Dokter, dit is nie vir my nuus nie. Ek het oor die laaste maande dit al vir myself uitgewerk. Geen man sal soveel vir 'n wildvreemde vrou doen, geheueverlies of te nie. Ek sal moet begin bid. Sy moet jou glo, anders sal sy nie gesond word nie."

"Jy is reg, as sy nie hoop het nie, nie 'n rede om te lewe nie, sal sy net al hoe dieper in depressie verval en dit sal haar lewe verwoes. Ek waarsku jou, hierdie is net die eerste van nog baie sulke uitbarstings as ek haar nie kan oortuig van my liefde vir haar nie."

"Ons sal dit hanteer soos dit kom omdat ons vir haar lief is."

"Ek weet nie wat ek sonder jou hulp sou doen nie, kan ek asseblief koffie kry, sterk swart koffie."

"Ek maak vir Dokter. Gaan Dokter terug praktyk toe hierna?"

"Nee, ek het my sekretaresse gevra om my konsultasies aan te skuif, ek gaan haar nou bel en vra om die res van die dag oop te maak. Ek moet hier wees as sy wakker word. Daarna sal ek sien hoe dit gaan. Ons sal dit dag vir dag neem. Ek gaan sit in haar sitkamer en werk met my skootrekenaar, bring asseblief my koffie daarheen."

"Ek maak so Dokter."

Zeus besluit om vir Suster Pape te skakel om haar in te lig oor Doringrosie se toestand.

"Dokter Von Heinitz, waarmee help ek?"

"Suster is jy aan skof?"

"Nee, ek is af. Ek begin weer oor twee dae werk. Hoekom vra u?"

"Ek het jou hulp nodig asseblief. Dit gaan oor Doringrosie." Hy vertel haar van die gebeure van die afgelope maande en dat Doringrosie in depressie verval het.

"Ag, ek is jammer om dit te hoor. Hoe kan ek help?"

"Ek dink dit sal baie help as jy haar dalk môre kan besoek. Sy het baie bevestiging nodig dat ons vir haar omgee. Jy weet self hoe maklik mense wat so jonk verlam raak mismoedig word en opgee. Sy moet weer 'n doel vind om te lewe. Ek gaan ook vanmiddag met haar praat as sy wakker word, ek weet net nie of dit sal help nie."

"Ai, Dokter. Ek dink jy moet lief wees vir hierdie meisie."

"Jy is heeltemal reg, ek is, al vir baie lank. Ek gaan dit vanmiddag vir haar sê, maar of sy my gaan glo, weet ek nie, Nadja."

"Jy moet dit vir haar sê, net miskien sal dit haar weer 'n doel gee. Ek sal haar graag môre kom besoek."

"Jy het 'n tyd gelede genoem dat 'n vriend van jou 'n huis wil laat bou. Het hy al bouplanne laat teken?"

"Nee, hy kry nie tyd deur die week om by 'n argitek uit te kom nie en naweke as hy tyd het, is hulle toe."

"Dan is dit die perfekte rede vir jou besoek. Sy is briljant daarmee, selfs nou. Sy het in die laaste maande 'n hospitaal ontwerp en geteken – net vir die uitdaging daarvan."

"Wow, dit is fantasties. Ek sal haar beslis môre dan vra of sy bereid sal wees om Brian te help. Hy sal baie dankbaar wees."

"Dan help sy hom en ons help haar. Baie dankie, Nadja."

"Dit is net 'n plesier. Sy is 'n pragtige meisie. Sterkte met julle gesprek van vanmiddag."

"Dankie, ek dink ek het dit nodig, my hart breek om haar so hopeloos te sien."

Erna het intussen sy koffie neergesit, hy neem 'n groot sluk en voel hoe die warm swart koffie in sy keel af loop, hom bietjie hitte gee. *Ek wens ek kon soos hierdie koffie haar lewe weer warm maak, weer reg maak so met een teug.*

Zeus het ook nie eetlus nie en gaan net aan met sy beplanning van prosedures wat hy later die week moet uitvoer. Elke nou en dan loer hy of sy nie al wakker is nie, maar hy weet sy sal sekerlik tot laat middag slaap van die inspuiting. Erna wat ook dood bekommerd is oor haar juffrou Rosie, kom loer elke nou en dan in.

Na vier die middag hoor hy sy kreun en spring dadelik op en gaan na haar. Dit lyk of sy besig is om wakker te word. Hy gaan sit langs haar op die bed.

"My slapende skoonheid, ek is hier." Haar ooglede fladder stadig oop en sy kyk na hom.

"Hoe voel jy, prinses Doringrosie?"

"Beter dankie. Hoe laat is dit as jy al by die huis is?"

"Dit is net na vier. Ek het nie terug gegaan spreekkamer toe nie. Ek wou hier by jou bly."

"Wat van jou pasiënte?"

"Jy is belangriker as enige van my pasiënte. Hulle sal niks oorkom van 'n dag wag nie."

"Zeus, nou hou ek met my uitbarstings jou nog weg van jou werk af ook."

"Nee, dit is nie waar nie. Ek is hier omdat ek hier wil wees. Dit is my keuse. Is jy honger of dors? Kan Erna vir jou iets bring om te eet?"

"Het jy al geëet?"

"Nee, ek het nie."

"Dan sal ek iets eet as jy saam met my eet."

"Ek sal graag saam met jou eet. Ek gaan vra gou vir Erna om ons kos van vanmiddag hierheen te bring. Wat wil jy drink?"

"Sap sal lekker wees, dankie."

Zeus is dankbaar dat sy rustig is. Hy besef dit is nog die uitwerking van die kalmeermiddel.

"Erna, sy is wakker. Sal jy ons kos van vanmiddag bring en twee glase sap asseblief?"

"Ek maak so Dokter. Hoe gaan dit nou met haar?"

"Sy is rustig."

"Wonderlik, ek bring nou, gaan Dokter terug na haar."

Zeus is dankbaar om te sien dat sy haar kos byna op geëet het. Sodra Erna hulle borde kom weg neem het, gaan sit hy teen die kussings langs haar op die bed.

"Ek wil graag met jou gesels, daar is 'n paar belangrike dinge wat ek met jou moet deel."

"Dit klink baie ernstig, gaan dit oor my toestand?"

"Nee, dit gaan oor my toestand..."

"Jou toestand, wat makeer jy Zeus?" vra sy nou bekommerd.

"Moenie jou ontstel nie, kom ek praat my storie. Maar eers wil ek weet of jy my vertrou en dink ek is 'n eerbare man?"

"Natuurlik vertrou ek jou en is daar meer eerbaar as jy?"

"Goed..." hy sit meteens regop dat hy haar in die oë kan kyk.

"Zeus, jy maak my bekommerd ... wat is dit?"

"Daar was eendag 'n dokter, besig met sy vervelige bestaan. Een aand word daar toe 'n meisie by ongevalle ingebring, stukkend, bebloed, met twee koperrooi vlegsels wat oor haar skouers rus en in 'n bikini. Die oomblik wat hy haar sien, het hy net daar sy hart verloor. Bewusteloos soos sy was het sy onwetend sy hart in haar twee hande gevat. Hy het op haar opereer en haar weer probeer heelmaak. Sy het wakker geword en aan geheueverlies gelei en was verlam. Dit alles het net sy liefde vir haar versterk. Toe die tyd kom dat sy ontslaan moes word, was daar vir hom geen ander opsie as om haar huis toe te bring nie, want hoe leef 'n man sonder sy hart.

"Met elke terugslag wat sy beleef het, het sy hart vir haar gebreek. Elke keer as hy haar moes optel om in haar rolstoel te sit of in haar bed, moes hy op sy tande kners om haar nie te soen nie. Menige aande as sy hartseer was, het hy haar vasgehou nadat sy aan die slaap geraak het, omdat hy haar so lief het en net alles vir haar wou beter maak.

"Hy wou al so dikwels vir haar vertel dat sy sy hart vashou, maar was dan te bang... bang dat sy hom nie sal glo nie. Bang dat sy sal dink dit is net simpatie of jammerte. Sy het weer 'n terugslag gehad en in depressie begin verval en hy het elke dag gesien hoe sy meer en meer in haarself gekeer raak, totdat sy soos 'n vulkaan uitgebars het. Dit het hom laat besef, hy sal haar die waarheid moet vertel. Haar moet vertel, dit is nie sy wat hom nodig het nie, maar hy wat haar nodig het. Hy wat haar so liefhet dat hy nie sonder haar kan of wil lewe nie.

"Glo jy my? Glo jy dat ek nie sonder jou kan lewe nie en dat ek jou meer liefhet as my eie lewe? Dat dit nie aan my 'n verskil maak of jy onthou of nie onthou nie. Dat ek jou liefhet net soos jy is, omdat jy 'n beeldskone, briljante meisie is."

"Zeus ... hoe, hoe kan jy my, 'n halwe vrou liefhê?"

"Jy is nie half nie, jy is pragtig. Ek het jou lief, van daardie aand af het jy my hartklop, my asemhaling, die rede vir my bestaan geword. Wanneer ek op operasie dae doodmoeg by die teater se deur uitloop, val die moegheid skielik weg as ek onthou dat jy hier by die huis is. Dat ek by jou kan wees, in daardie groen oë kan kyk. Al het ek geweet dat my hart 'n dosyn keer elke aand by my borskas wil uitklim en hard op my tande sal moet byt om jou nie vas te hou of te soen nie, steeds is jy my dryfveer. Ek hoop dat jy darem vir my ook so bietjie omgee."

Sy kyk stip na hom en sien in sy oë die opregtheid, maar ook dit wat sy so lank al voel maar bly ontken omdat sy glo sy hom nie waardig is nie.

"Ek is ook lief vir jou ... maar ek het nie die reg nie!" Hy neem haar gesig tussen sy hande en fluister:

"Jy het, ek gee jou die reg ... jou alleen!" Hy beweeg stadig nader aan haar, sy sluit haar oë en dit is die toestemming waarvoor hy gewag het. Sy lippe speel sag oor hare voor hy toegee aan die begeerte om haar sagte mond vir homself toe te eien in 'n tere liefkosing. Na 'n lang ruk trek hy 'n entjie weg en kyk in haar oë, hierdie keer, sien hy dit waarna hy so lank verlang het om daar te sien, haar liefde vir hom.

"My prinses, ek het jou so oneindig lief, asseblief van hierdie minuut af, moet dit nooit ooit in jou hele lewe vergeet nie."

"Zeus, ek het nie woorde nie. Ek het jou ook lief, maar..."

"Nee, ek wil nooit weer enige *maar* hoor nie. Daar bestaan nie 'n maar nie. Ek wil net honderd maal 'n dag hoor jy het my lief soos ek vir jou het." Hy gee haar nie kans om weer te protesteer nie, maar trek haar weer in sy arms in en soen haar hierdie keer met 'n brandende hartstog. Vir maande wou hy haar vashou, haar soen en kon hy nie. Dit voel uiteindelik of hy weer lewe, daar borrel 'n opgewondenheid in hom en hy is oneindig dankbaar dat sy hom glo en sy liefde beantwoord.

"Ek is baie jammer oor my swak gedrag van vroeër," vra sy verskoning as hy hul soen verbreek.

"Jy hoef nie jammer te sê nie, my liefste prinses. Wat die oefeninge aanbetref, hoop ek jy sal dit hervat. Dit is nie net vir jou bene se bloedsomloop nie, maar oefening stimuleer brein herstel. So dit is tweeledig. Ek wil net die beste vir jou hê."

"Dit is reg, ek sal weer oefen as Pierre na vandag bereid sal wees om my te help."

"Hy is bereid, hy verstaan heeltemal hoekom jy opgetree het soos jy het."

"Jy is so wonderlik. Dit sal 'n tydjie neem om gewoond te raak daaraan dat jy my liefhet."

"Moenie jou daaroor bekommer nie, ek is van plan om jou baie gereeld daaraan te herinner, soos nou." Hy soen haar weer, en sy leun tevrede teen sy bors aan.

"Goed nou dat jy weet hoe ek oor jou voel en jy dieselfde voel, kan jy maar weet dat ek jou elke aand persoonlik sal aan die slaap maak. Jou sal vashou totdat jy rustig slaap. Natuurlik sal ek sommer net hier langs jou wou slaap, maar ek weet my prinses is 'n eerbare meisie, so ek sal dit nie aan haar doen totdat sy instem om my vrou te word nie. Dit hoop ek sal sy sommer gou doen."

"Liefste Zeus, wat het ek gedoen om 'n man soos jy te hê wat my liefhet?"

"Dit is maklik, daar is nie nog 'n vrou soos jy vir my nie. Daar is soveel dinge waarin ons dieselfde is. Soveel kosse waarvan ons albei hou, ons is mal oor tuinmaak en blomme. Ons hou van die natuur en nie van klomp mense nie. Ons is pasmaats, my prinses."

Erna kom in om te kom hoor of haar juffrou iets nodig het en vind hulle so, sy wat in sy arm lê.

"Jammer Dokter, ek …"

"Dit is in orde, Erna. Raak maar gewoond hieraan. Daar is nie 'n ander plek vir ons juffrou as in my arms nie. En dit is waar ek van plan is om haar te hou."

"Ag, dit is wonderlike nuus. Wie kan nou nie vir ons juffrou lief wees nie? Is daar iets wat Dokter-hulle nodig het?"

"Erna, nee, ek dink jy kan bietjie later vir ons van daardie lekker melktert van jou en koffie bring. Ek dink my prinses en ek gaan nou 'n *movie* kyk dat sy net hier in my arms kan bly."

"Reg so, dan bring ek later vir julle." Erna se hart jubel ook vir haar Dokter. Sy kon sien dat hy vroeër baie angstig was.

Die volgende oggend groet hy haar met 'n swaar hart. Hy wil haar nie alleen los nie, tog besef hy dat sy pasiënte wag en hom nodig het. Wanneer hy inloop by die praktyk, vra hy sy sekretaresse om sodra die bloemiste oopmaak vir hom 'n dosyn rooi rose te bestel en te laat aflewer hier.

"Ek maak so Dokter."

"Is daar iewers 'n kans dat ek sal kan tienuur uitglip vir net vyftien minute?"

"Ons maak 'n kans, maar dan moet Dokter belowe dit is net vyftien minute."

"Dit sal moeilik wees, maar dit is vir my belangrik."

"Reg, as dokter met die eerste twee pasiënte so gou moontlik kan klaarmaak, sal dit werk."

"Glo my, ek sal daardie tyd opmaak."

Die rose word net na nege afgelewer. Net na tien, gewapen met die bos rose, drafstap Zeus na sy motor. Hy glimlag van pure geluk.

Erna sien hom stilhou en wonder of hy iets by die huis vergeet het wat hy gou kom haal. Wanneer hy uit die motor klim sien sy die rose en weet hy het spesiaal gekom om sy prinses te verras.

"Erna, waar is sy?"

"Besig in haar sitkamer om te teken. Sjoe, maar hulle is mooi, sal ek nou-nou 'n vaas bring?"

"Ja, asseblief. Ek gaan na haar, ek het net tien minute."

Sy glimlag tevrede as haar werkgewer weg stap in die rigting van haar juffrou Rosie se kamer.

Hy hou die rose agter sy rug as hy by die sitkamer inloop.

"Zeus, wat maak jy hier, my lief?"

"Ek moes net gou vir die vrou van my hart 'n verrassing bring." Hy bring die bos rose te voorskyn. Sy snak na haar asem.

"Dit is so pragtig my liefste, het jy spesiaal gekom om dit vir my te bring?" vra sy verbaas.

"Ek het jou mos belowe ek sal seker maak dat jy nie vergeet ek het jou lief nie. Hulle is pragtig, maar nie naasteby so pragtig soos my eie Doringrosie nie." Sy trek sy gesig af na haar en soen hom sag op sy lippe. Sy hart ontplof, want dit is die eerste maal vandat hy sy liefde aan haar verklaar het dat sy hom soen.

"My liefste prinses, ek het jou so lief. As jy na hierdie rose kyk, vermenigvuldig dit met miljoene en onthou dit is hoe lief ek jou het." Hy soen haar sag en druk haar teen hom vas.

"Ek is ook lief vir jou. Baie, baie dankie vir my pragtige rose. Jy kleur my dag en lewe so in."

"Dit is 'n plesier. Ek wil jou nie los nie, maar ek moet. Ek het net vyftien minute gehad en die pasiënte wag. Ek

226

sien jou met middagete. Onthou dat ek jou liefhet, my prinses."

"Dankie, ek sal." Hy groet haar met 'n soen en gaan dan baie traag.

Erna hoor as hy groet en neem as hy weg is die vaas met yswater na haar juffrou.

"Ek het vir juffrou se rose yswater gebring, kom ek sit dit gou in. Dit is darem maar pragtig."

"Hulle is baie pragtig. Hy het my so verras en hy doen soveel moeite vir my."

"Juffrou Rosie, hierdie Dokter van my het jou werklik lief. Ek werk al baie jare vir hom, maar nog nooit een maal het hy enige vrou in hierdie huis ingebring nie. Van die eerste dag wat hy my vertel het hy gaan jou bring, het ek geweet hy het vir seker sy hart op jou verloor. En hy het. Ek is so dankbaar dat jy ook vir hom lief is. Julle verdien albei geluk en liefde."

Die voordeur klokkie onderbreek hulle gesprek.

"Ek gaan kyk gou wie daar is." Rosie kyk na die rose en haar hart is gelukkig en steeds in ongeloof dat 'n aantreklike man soos Zeus haar kan liefhê.

"Juffrou, juffrou het 'n besoeker," kondig Erna aan. Die volgende oomblik stap Nadja by die deur in.

"Nadja, wat 'n verrassing."

"Ek het na jou verlang, jammer ek was so skaars. Jy weet mos werk, werk, werk. Gelukkig is ek nou hier." Sy buk af en druk vir Rosie.

"Dit is goed om jou te sien. Zeus is net 'n rukkie gelede hier uit."

"Ah, laat ek raai, hy het hierdie pragtig rose gebring? Wat is daar wat ek moet weet?" Sy sien hoe Rosie bloos en glimlag. "Toemaar, ek vermoed dit al van daardie eerste dag af. Ek ken ook darem hierdie dokter al 'n rukkie. Jy was nog in die koma toe stop hy al 'n klomp geld in my hand met die opdrag dat jy ordentlik slaapklere en toiletware moet kry, want so 'n pragtige meisie kan nie in 'n hospitaaljurk lê nie."

"Dan is dit hy wat dit laat koop het. My dierbare liefling. Ek het hom nie geglo toe hy my vertel het dat hy verlief was van die eerste oomblik wat hy my gesien het nie, maar nou klink dit my sowaar dit is waar."

"Dit is waar, al het hy dit nie aan my beken nie. Toe hy my vertel dat hy jou gaan huis toe bring, toe het ek geweet ons dokter is verlore verlief op die meisie met die vlegsels."

"Hy het my gister eers vertel dat hy my liefhet. Ek het telkens gevoel dat ek op hom verlief raak, maar myself gemaan dat 'n man soos Zeus von Heinitz nie in my sal belangstel nie. Eintlik geen man nie. Tog lyk dit of ons Vader 'n ander plan het. Hy dra my nog van daardie eerste dag af op sy hande."

"Dit is hoe ek hom ken, 'n baie lojale persoon."

"Genoeg oor my, of ons. Hoe gaan dit met jou en wat is nuus, Nadja."

"Dit gaan goed met my, ek het nie net kom kuier nie, ek het ook hulp kom soek."

"Hulp? Waarmee kan ék jou help?"

"'n Baie goeie vriend van my wil 'n huis laat bou. Hy is egter druk besig deur die week en naweke is die argiteksfirmas toe. Dit is nou waar jou briljantheid inkom. Zeus het my baie trots vertel hoe jy die laaste maande 'n hospitaal so op jou eie ontwerp en geteken het. Ek wil hoor of jy bereid sal wees om Brian daarmee te help asseblief?"

"Ek sal graag vir hom daarmee help. Sal hy my een Saterdag kan kom sien, jy kan mos saamkom."

"Beslis sal hy. Ek dink as ek hom vanaand vertel, sal hy in die wolke wees."

"Is julle in 'n verhouding?"

"Ons is, maar omdat ons albei so besig is, kom ons nie verder nie. Ek vermoed as hierdie huis gebou word, sal ons verhouding ook rigting kry en dalk vinnig meer as net 'n verhouding word.

"In daardie geval, hoor of julle Saterdag kan kom. Jy is die wonderlikste mens en deel liefde uit waar jy gaan. Jy verdien geluk. Dit sal 'n voorreg wees om 'n huis te ontwerp waarin ek weet jy gelukkig gaan wees."

"Ek sal by Brian hoor. Sal dit in orde wees met Dokter?"

"Ek glo dit sal. Saterdae is die dae wat hy in die tuin werskaf. Ek sal hom vanaand vra en met jou bevestig. Ek is nou opgewonde."

"Glo my nie halfpad so opgewonde soos ek nie en ek dink Briangaan net so opgewonde wees."

Erna kom binne met tee en eetgoed.

"Juffrou Rosie, ek het vir julle iets gebring om te eet en tee."

"Jy sien Nadja, so word ek elke dag bederf. Gelukkig het ek 'n biokinetikus wat my bietjie laat sweet paar keer 'n week, anders sou ek seker al gerol het."

"Dit is goed om te hoor jy bly in oefening. Dit is goed vir die brein. Hoe gaan dit met die onthou?"

"Maar stadig. Ek onthou algemene dinge, maar geen name of ander persoonlike inligting nog nie."

"Hou moed, dit sal kom." Hulle geniet die tee en eetgoed en gesels tussendeur lekker. Nadja is bly sy het gekom, want sy kan sien dat dit vir Doringrosie goed doen.

"Vriendin, ek moet ongelukkig nou gaan, maar klink of ons mekaar vinnig weer gaan sien en ook baie meer gereeld. Dankie dat jy ingestem het om vir Brian te help. Onthou altyd dat jy spesiaal is en so spesiaal dat Dokter Zeus von Heinitz sy hart binne sekondes op jou verloor het."

"Dankie, Nadja. Dan sien ons gou weer. Ek bevestig op die laatste môre met jou."

Wanneer Zeus vir middagete vinnig huis toe kom, vertel sy baie opgewonde vir hom van Nadja se besoek en ook van haar versoek dat sy haar vriend moet help met planne.

"My liefste prinses, dit is wonderlik. Dit is vir my goed om jou so opgewonde te sien."

"Sal dit reg wees as hulle Saterdag hierheen kom dat ons die planne en ontwerp kan bespreek, asseblief?"

"Nou hoekom vra jy vir my, prinses? Hierdie is jou huis ook. Natuurlik sal dit reg wees."

"Dit bly steeds jou huis ..."

"Nee, ons huis. My huis en die vrou wat ek liefhet se huis net soveel soos myne. Alles wat myne is, is ook joune, my liefste prinses. Weet dit." Hy soen haar sag op haar lippe, en sug van genoegdoening.

"En daardie sug?"

"Dit is my hart wat oorloop van geluk en liefde. Ek sal nooit in al my dae genoeg kan kry van jou nie."

"Dankie my liefste. Nooit in my wildste drome sou ek kon raai dat ek so gelukkig kan wees nie."

"Dit is al wat tel, dat jy gelukkig moet wees. Ons sal elke uitdaging saam aanpak, dag vir dag." Hy druk haar vas en soen haar teer op haar voorkop.

Hoofstuk 18

Die Saterdag drink almal eers in die sitkamer koffie, voor Pierre en Nadja Doringrosie volg na haar sitkamer waar haar skootrekenaar is. Zeus volg hulle, want vir hom is dit 'n vreugde om te sien en te hoor hoe kreatief sy geliefde meisiekind is.

"Vertel nou eers vir my wat jy in gedagte het Brian en natuurlik die mees belangrikste wat jou behoeftes is vir jou huis."

Brian vertel haar wat vir hom belangrik is om in sy huis te hê en kyk dan na Nadja.

"Nadja, kom, kom, dit gaan jou huis ook wees. Praat met Rosie."

"Die vrou se koninkryk is mos maar die kombuis, en as dit moontlik is sal ek graag 'n ruim moderne kombuis wil hê en ook 'n spens. Mens is altyd opgeskeep met die stofsuier en soveel ander dinge."

"Dit is 'n baie goeie toevoeging tot enige huis ... ek onthou die huis waarin ek groot geword het, het 'n spens gehad. Dit was baie handig."

Zeus luister en sluk byna sy tong in, maar bly stil. Nadja het dit ook agtergekom dat sy onthou het.

"Brian, kyk julle na 'n dubbelverdieping, of nie?"

"Die plot het reeds 'n uitsig en daar is 'n hele hektaar waarop ons gaan bou, dus is dit nie nodig nie. Ons almal word een of ander tyd ouer en dan is dit 'n gesukkel."

"Perfek, ek sal dit in gedagte hou. Ek sal vir julle 'n konsep-voorstelling doen van wat ek dink julle sal wil hê. Dan kan julle daarna kyk en kan ek aangaan."

"Vriendin, dit klink perfek, baie dankie dat jy ons help hiermee. Brian is so besig en ek dink nou kan hy rustig wees. Dit jaag hom al so lank."

"Dit is net 'n plesier."

"My liefste dit klink my jy het reeds 'n prentjie in jou kop, net van die antwoorde wat jy van hulle gekry het," reageer Zeus verstom oor haar vernuf op haar gebied.

"Ek het ja. Ons artistiese mense dink mos in prentjies."

"Ek dink dit is merkwaardig, en brand om daardie konsep idee van jou te sien," antwoord Zeus trots.

Hulle gesels nog 'n rukkie voor Brian en Nadja hulself verskoon en vertrek.

"My liefste meisiekind kan ek jou steel om bietjie in die tuin my te kom geselskap hou?"

"Jy kan, ek dink die son is sekerlik nou heerlik buite. Verder is ek nie net in goeie geselskap nie, maar kry ook bietjie vitamien D."

"Jy moet sien hoe mooi het die saailinge wat ek 'n tyd gelede geplant het nou begin blom. Die lente is voorwaar nou hier."

"Dit is my gunstelingseisoen, die blomme en die nuwe groei is so besonders." Sy ry voor hom uit na buite. Sy was nie die laaste tyd baie buite nie, daarom is sy baie verras om te sien hoe mooi die tuin is.

"Dit is so vrolik en kleurvol. Kyk net hoe mooi is die gesiggies en die kappertjies blom so uitbundig in hul oranje, geel en rooi." Zeus is dankbaar dat dit haar soveel genot bring om die kleurvolle tuin te sien.

"Dit is byna so mooi en kleurvol soos die meisie van my hart, tog bly sy die mooiste van alles vir my." Hy buk af en soen haar.

"My liefste Zeus, jou ondersteuning en aanmoediging is vir my kosbaar. Ek sien baie uit daarna om Brian en Nadja se huis te ontwerp en te teken."

"Ek is so nuuskierig, en kan nie wag om te sien met watter meesterstuk jy weer mee gaan opkom nie. Kom gou saam, daar is iets wat ek jou wil wys in die tuin aan die kant van die huis." Hy loop vooruit en sy volg. Wanneer hulle om die hoek van die huis gaan, sien sy dit dadelik.

"Wow, Zeus! Dit is asemrowend mooi. Is ek reg as ek onthou dat dit 'n bloureën is?" vra sy onseker.

"Jy is heeltemal reg, my liefste. Ek het geweet jy sal mal wees daaroor, kom nader en ruik net hoe lekker dit ruik."

"Sjoe, die pers trosse wat so val, is verruklik en jy is reg, dit ruik heerlik."

"Ek is mal oor daardie woord, verruklik. Dit is wat jy is, my liefste." Hy buk af en soen haar talmend. "Sien jy dat die plant nog nie enige groen blare het nie, maar net die pragtige blomme?"

"Ja, dit is besonders."

"Wanneer die trosse begin afgaan, begin die blare uitkom en is die plant vir lank groen. Dit is so heel anders as ander plante. Jy is ook so besonders en anders en dit is hoekom ek jou liefhet."

"Dankie dat jy my so lief het, my liefste Zeus."

Die naweek gaan rustig verby. Zeus kyk saam met haar movies, sy raak op sy bors aan die slaap en hulle geniet mekaar se liefde.

Maandag begin Doringrosie met die ontwerp van Pierre en Nadja se huis. Zeus het egter vir Erna gevra om toe te sien dat hul geliefde Doringrosie nie net werk nie, maar ook uit gaan in die tuin.

Tienuur loer Erna om die deur.

"Juffrou Rosie, ek het jou kom haal. Ek het vir jou tee en iets lig om aan te peusel in die tuin. Dit is 'n pragtige dag. Kom rus so bietjie en geniet die blomme waarvoor jy so lief is. Dokter se tuin is hierdie jaar besonders mooi."

"Dankie vir jou omgee, liewe Erna. Dit sal heerlik wees om in die tuin tee te drink." Sy ry voor Erna uit na die pergola in die tuin wat nou oortrek is met ligte pienk rankrosies wat wellig blom.

"Ek dink ons maak dit sommer 'n instelling nou dat die dae so heerlik is. Dit sal juffrou 'n rus kansie gee en die siel weer verfris."

"Dit is 'n goeie idee en een wat my soveel vreugde sal gee, dankie Erna."

"Onthou ek sal juffrou voor daardie blikbrein kom haal, as juffrou nie self onthou nie."

"Jy kan maar, jy het my toestemming."

Rosie kyk om haar rond en besef dat sy baie gelukkig is om soveel mooi om haar te hê. Verder het sy vir Zeus wat haar liefhet en Erna wat haar net gelukkig wil sien. Sy luister na die gesing van die voëltjies in die groot boom langs die huis. Tog wonder sy steeds waar sy vandaan kom, wie sy is en of daar iewers mense is wat haar soek. Vir nou floreer sy op die gedagte dat Zeus haar liefhet en so op die hande dra, maar sal dit genoeg wees op die einde.

Sy is vuur en vlam oor die ontwerp en teken van Brian en Nadja se huis se planne en die idees vloei soos water. Sy kombineer gerief en gemak met moderne lyne. So geniet haar so met die ontwerp van die vloerplan, dat sy nie kan glo dit is al middagete toe Zeus agter haar verskyn en haar 'n drukkie gee.

"My liefste, jy moet nou nie jouself ooreis nie. Jy moet rus ook tussen in."

"Hi, my engel, is dit wat die tyd is dat jy al tuis is vir middagete?"

"Ja, en nou gaan my meisie eers 'n breek neem en saam met my kom eet."

"Dit sal ek met die grootste liefde doen. Erna het my darem ook laat breek vir tien uur tee. Sy het my bederf met tee in die tuin. Dit was verfrissend en heerlik."

"Volpunte vir haar. Ek weet jy is baie opgewonde oor die ontwerp, maar vir my kom jou gesondheid en welstand eerste. Kom gee my 'n soen, dat ek jou kan herinner hoe lief ek jou het, koperkop meisiekind." Gewillig hou sy haar mond dat Zeus haar kan soen.

"So ja, nou het ek weer energie vir die middag. Kom ons gaan versterk die innerlike."

Tydens middagete vra Zeus haar uit oor die ontwerp en hoe sy vorder.

"Dit gaan goed, ek het 'n goeie idee van wat ek wil doen. Miskien kan ek vanaand al vir jou die rowwe uitleg wys. Jy mag natuurlik niks vir Nadja sê as julle mekaar in die hospitaal raak loop nie. Ek wil hê dit moet vir hulle nuut wees as hulle dit sien."

"Jou geheim is veilig by my, my liefste. Op daardie punt, ek wou jou nog vra of jy Saterdag agtergekom het dat jy iets van die huis waar jy grootgeword het onthou het?"

"Het ek?" vra sy verbaas.

"Ja, toe Nadja noem dat sy baie van 'n spens sal hou, het jy bygevoeg dat 'n spens 'n groot aanwins vir 'n huis is en dat jy onthou van jou kinderdae dat julle 'n spens gehad het en hoe lekker dit was."

"Dit is waar! Dankie dat jy my daaraan herinner, dit is wonderlik dat ek dit onthou het."

"Met tyd sal jy meer en meer begin onthou. Dit moet natuurlik kom en jy moet nie jou brein ooreis om te onthou nie. Nou is die belangrikste ding wat jy moet onthou, dat ek jou liefhet."

"Dit sal ek nie vergeet nie, my liefling. Jy is vir my so kosbaar. Vanoggend in die tuin het ek weer besef hoe dankbaar ek moet wees vir jou en hierdie pragtige plek waar ek kan wees."

"En ek is dankbaar vir jou. Nou moet ek al weer draf, sien jou vanmiddag. Belowe jy sal ten minste na elke twee ure 'n kort breek neem."

"Ek sal. Jy weet mos Erna sal my ook nie los om my te ooreis nie."

Daardie aand nadat hulle geëet het en Erna haar gehelp het om gereed te maak vir bed, gaan hy by haar sit op die bed.

"Bring asseblief my laptop, dan wys ek vinnig vir jou waarmee ek besig is," vra sy.

Sy wys hom die rowe uitleg wat sy gemaak het en verduidelik waar watter vertrek is. Met opset verduidelik sy net bolangs, want sy wil die eindproduk as 'n verrassing vir hulle almal hou.

"My liefste dit gaan 'n baie lekker huis wees om in te woon. Dit is nog net die begin en ek kan reeds sien dat jy nog 'n hele paar verrassings uit die hoed gaan ruk."

"Hou jy van die uitleg, my liefste?"

"Ek hou baie daarvan, die vloei van die huis is besonders. Ek hou ook van die groot oop leef area wat na buite gaan. Ek kan nie wag om te sien as hierdie klaar is nie. Nou gaan ek jou skootrekenaar bêre, en jou aandag net vir myself opeis, is dit reg?"

"Dit is ... dit is baie lekkerder om in jou pragtige oë te verdrink as om na 'n huisplan in wording te kyk. Maak nie saak hoe baie ek van my beroep hou nie, jy kom steeds eerste, my liefling."

"So 'n mond moet net gesoen word." Hy voeg die woord by die daad en soen haar hartstogtelik. Hy praat homself aan om rustig te raak, want hy weet, die tyd is ver van reg af om eers te probeer om meer intiem met haar te wees.

Oor die volgende week sorg Erna dat haar juffrou Rosie elke oggend in die tuin tee drink. *Dit doen my so goed om hier tussen die plant, struike en blomme se mooi met die voëlgesang in my ore te wees. Die ontwerp van die huis kom goed aan, ek kan nie wag om te sien wat hulle reaksie gaan wees nie. Hoe is dit dan dat ek dit alles kan onthou, maar niks oor myself of my persoonlike verlede nie? Laat ek gaan werk, voor ek myself nou weet morbied wonder.*

Vrydagmiddag net voor Zeus huis toe kom, maak sy klaar en is sy tevrede met die konsep vloerplan en uitleg. Sy het al vier aansigte vasgelê asook die plek waar sy voorstel die swembad en ontspanningsarea moet wees.

Mmmm, ek moet sê ek dink ek hou self baie van hierdie ontwerp. Selfs ek met my rolstoel sal goed daar oor die weg kan kom. Nie 'n klomp hoeke en gange nie. Vader, ek kan net dankbaar wees dat U my hierdie deel van my lewe laat onthou, wat sal ek gedoen het as ek niks gehad het om my mee besig te hou nie. Ek sal voorwaar van my verstand af gegaan het.

"Erna, kan jy my asseblief kom help!"

"Ek kom juffrou." Erna wat nie gewoond is dat haar juffrou Rosie sommer roep nie, omdat sy altyd na haar kom soek as sy iets nodig het, het geskrik. Sy haas haar na Doringrosie se sitkamer.

"Is daar fout, juffrou?"

"Nee, jammer as ek jou laat skrik het, Erna. Kan ons nou stort voor Dokter kom, dan is ek klaar as hy kom. Hy sal moeg wees na die lang week en harde werk. Dan kan ons dadelik eet en kan hy ontspan."

"Dit is reg, kom ek help vir Juffrou. Dit is so lekker warm, juffrou kan sommer daardie mooi somer pajamas van juffrou aantrek, net met juffrou se onderklere onder. Is dit reg?"

"Dit is perfek, dankie Erna. Ek kan dan net met slaaptyd, my buustelyfie self uittrek, dit is nie moeilik nie."

"Juffrou is nog van die meisie wat glo om skaflik te wees. Die kinders van vandag kan mos nie hul bekommer of hulle half kaal op straat verskyn nie. Ek is seker juffrou kom van 'n goeie gesin."

"Seker maar, Erna. Ek is net nie gemaklik om net in my slaapklere saam met Zeus te kuier nie. Maak nie saak of my situasie anders is nie. Die kanse is groot dat ek deur my grootouers groot gemaak is, want ek weet mos my ouers is oorlede toe ek net vyf jaar oud was."

"Juffrou, ek vertrou dat juffrou nog alles sal onthou. Ons Vader se tyd is nie ons tyd nie. Gelukkig is Juffrou positief besig met daardie teken besigheid wat vir my so Grieks lyk."

"Sodra ek die planne gefinaliseer het, sal ek jou mooi verduidelik en sal dit vir jou sin maak, Erna. Ek is opgewonde om môre vir Brian en Nadja te wys wat my voorstelle is."

Net voor Zeus by die huis kom, is hulle klaar. Erna het ook haar hare gewas en droog geblaas. Daardie bos koperkrulle skitter in die laat middag son.

"Sjoe, Juffrou het darem net die mooiste hare. Moet ek dit vasmaak of los?"

"Gee net vir my 'n rekkie aan, dan maak ek dit self in 'n hoë bokstert agter my kop vas. Dit is die beste as dit so warm is."

"Natuurlik, dit voel seker soos 'n tweede kombers as dit op Juffrou se skouers lê."

"Waar is my prinses?" hoor hulle Zeus by die voordeur inkom.

"Ons is hier in my kamer, kom gerus binne my liefste." Erna verdwyn na die kombuis om hulle privaatheid te gee.

"Middag Dokter, kan ek vir julle Rock Shandies na die stoep bring?"

"Dit is die beste plan wat ek nog gehoor het. Ek gaan groet net gou my geliefde meisie, dan gaan ons daarheen."

Zeus stap deur haar sitkamer na haar kamer, en steek in die deur vas. Sy sit in haar rolstoel, haar hare hang dik en wellig in 'n parmantige bokstert van hoog op haar kop, sy lyk so vars en vrolik in haar geblomde somer slaapklere. Sy blik gly af met haar pragtige bene wat sigbaar is omdat sy 'n kortbroek aan het. Die gedagte flits deur sy kop dat haar bene nog net so mooi is omdat hulle in oefening gehou word. Sy hart wil gaan staan by die aanskou van die prentjie voor hom. Soveel skoonheid en tog ook soveel hartseer en seer.

"My liefste Doringrosie, jy lyk pragtig. Het jy na my verlang?" Hy raap haar op uit die rolstoel en hou haar in sy arms. Sy glimlag op in sy gesig.

"Natuurlik het ek na jou verlang. Dit is hoekom ek Erna gevra het om te sorg dat ek gereed is as jy kom. Nou kan ons eet en jy kan dadelik ontspan."

"Nee, ek het ander planne met jou, my liefste." Hy laat sy kop sak en soen haar teer.

"Jy is kosbaar, en verder?"

"Erna het reeds vir ons Rock Shandies na die stoep geneem. So ons gaan nou lekker daar ontspan, dit is so 'n lekker aand. Daarna kan ons eet en dan sal ek wel al weer 'n plan uitgedink het om jou naby my te kan hou," glimlag hy vir haar.

"Wonderlik. Ek wil net gou hoor of ons vir Brian en Nadja kan bel om môre hulle planne te kom bespreek."

"Bel hulle sommer nou, dan is die werk vir die dag afgehandel. Ek sal jou uitstoot terwyl jy bel."

Wanneer hulle op die stoep aankom wag daar reeds twee bierbekers met baie ys en heerlik verfrissend Rock Shandy op hulle.

"Sjoe, dit gaan nou hemels wees," verklaar Zeus.

"Dit gaan voorwaar. Brian en Nadja sal dan so twaalfuur kom. Ek kan uit my vel spring van opgewondenheid."

"Jy weet net nie hoe nuuskierig is ek nie, mens sou sweer dit is my huis se planne."

"Dit is die wonder daarvan om skeppende werk te doen, dit raak nooit vervelig nie, maar bly opwindend. Genoeg daaroor, jy werk so hard en moet nou net ontspan."

"As ek by jou is, ontspan ek altyd. Jy het net daardie kalmerende uitwerking op my my liefste prinses."

Hulle geniet die pragtige uitsig oor die Auasberge aan die een kant en die pragtige sonsondergang aan die ander kant. Die wolke is ingekleur in skakerings van roospienk, pers en blou, so sag en perfek soos net die Vader dit kan skilder.

"Dit is asemrowend, en om te dink nie een sonsondergang is dieselfde nie. Ons Vader is net die meester Skilder."

"Dit is ook een van my gunsteling tye van die dag, my prinses. Dit is asof alles asem uitblaas na die lang warm dag en daar net so 'n vrede oor alles kom lê."

Daarna gaan eet hulle en onttrek dan na Doringrosie se kamer. Haar nuwe bed het 'n rukkie gelede al gekom. Dit is waarop sy snags slaap, wanneer Zeus saam met haar kuier, kuier hulle op die gewone bed. Daar kan sy in sy arms lê en daardie veilige gevoel ervaar wat sy net daar ervaar.

Hulle kyk 'n *movie* of twee terwyl sy so in sy arms lê en hy haar elke nou en dan soen. Later die aand sit hy haar in haar bed. Die begeerte in sy hart raak al hoe sterkte om haar in sy eie bed te hê as sy vrou, maar hy weet sy is nog nie reg emosioneel daarvoor nie. Vanaand was vir hom baie swaar, alhoewel hy haar geen ander plek as in sy arms en teen sy bors wil voel rus nie, protesteer sy liggaam van die hunkering na haar. Hy besef een of ander tyd sal hy met haar moet gesels daaroor. Sal hulle saam moet uitwerk, hoe hulle dit gaan aanpak. Die belangrikste is dat sy emosioneel gereed moet wees daarvoor. Sy mag verlam wees, maar hy weet dat sy net soos hy emosies het van hunkering na hom.

Saterdagoggend verloop rustig soos altyd in hulle huis. Net voor twaalf kom Brian en Nadja.

"Is ek nou bly julle is uiteindelik hier, ek is net so nuuskierig om te sien wat hierdie prinses van my vir julle bymekaar gesit het. Sy het my net die rowe sketse gewys, maar daarna geweier dat ek dit weer sien."

"Dit sal mos nie regverdig wees teenoor Brian en Nadja as jy die voor hulle sien nie, my lief."

"Jy is reg, my prinses. Wil julle eers iets drink en daarna gaan kyk ons na wat sy gedoen het?"

"Nee, ek kan nie meer wag nie," antwoord Nadja opgewonde.

"Ek is ook nuuskierig, kan ons eers gaan kyk asseblief?" vra Pierre.

"Ek is heeltemal reg daarmee." Doringrosie ry vooruit en hulle volg haar na haar sitkamer.

"Gryp vir julle elk 'n stoel en sit agter my. Dan kan julle op die skerm sien. Ek sal dan die fases een na die ander op die skerm bring en dit aan julle verduidelik. Kom ons begin by die vooraansig as julle gereed is."

Hulle sit ingeryg soos kinders wat die eerste maal in hul lewe 'n fliek gaan kyk. Doringrosie gooi die vooraansig op die skerm, sy het dit kompleet geteken met die swembad en tuin.

"Wow! Dit lyk so werklik, dit lyk soos 'n foto. Brian, is dit nie pragtig nie?"

"Sjoe, dit is werklik pragtig."

"Julle sal dus 'n uitsig oor die berge hê, die deure hier sal ons daardie deure gebruik wat soos 'n konsertina op vou. In die somer kan julle dit oopmaak en die stoep en tuin raak deel van die huis. Om te verhoed dat gaste met nat voete in die huis in gaan, is die onthaalarea net hier na regs, met sy eie toilet geriewe." Sy wys die een aansig na die ander en begin dan met die vloerplan en verduidelik elke vertrek en die afwerkings wat sy daarvoor voorstel.

Zeus, Brian en Nadja, is so vasgevang deur die briljante uitleg dat hulle almal stom is totdat sy klaar is.

"Hoekom is julle almal so stil? Hou julle nie daarvan nie. Praat met my?"

"Rosie, ek is stom van verbasing oor waarmee jy opgekom het. Dit is alles so pragtige en ook prakties en modern. Ek weet nou hoekom ek nooit vantevore tyd moes gekry het hiervoor nie. Dit was omdat ons paaie met joune moes kruis. My lief, wat dink jy?" vra Brian aan Nadja.

"Ek dink jy is reg. Dit is alles so perfek uitgelê. Jy het aan alles gedink wat gerief betref. Die hele uitleg van die huis is so gedoen dat al woon daar ook mense in elke vertrek, niemand mekaar sal pla nie. Dit is briljant, vriendin."

"Ek kan net met julle twee saamstem, my prinses het haarself oortref."

"Werklik, so daar is niks wat julle sal wil verander nie?" vra sy.

"Nee, net mooi niks, of wat sê jy Nadja, my lief?"

"Ek stem saam, niks, dit is perfek."

"Dan kan ek aangaan en die planne volgens die ontwerp optrek en nie te lank van nou af nie kan julle begin huis bou." Sy is baie bly dat sy hulle elke behoefte so mooi kon vasvang.

"Dit is goeie nuus, want sien, ons het die week verloof geraak. Ons het gevoel ons kan darem nie begin beplan om 'n huis te bou as ons nog nie eers planne gemaak het om te trou nie," lag Brian gelukkig.

"Julle twee stouterds, baie geluk. So stil-stil en julle noem dit nie eers nie," lag Doringrosie ook gelukkig vir die twee wonderlike mense.

"Alle wêreld, kan jy nou glo. Baie geluk julle twee," wens Zeus hulle geluk.

"Geluk julle, ek is baie bly vir julle. Nadja, wys dan daardie ring, vriendin?" vra Rosie.

Trots hou sy haar hand vir Rosie en Zeus.

"'n Baie unieke en pragtige ontwerp, net soos julle twee," komplimenteer Rosie. Zeus hou haar dop en merk egter dat daar 'n hartseer uitdrukking in haar oë verskyn vir sekondes. Hy wonder wat dit kan wees, maar sal moet wag vir later om te hoor.

"Ek dink ons het dan iets om te vier, sal ek die sjampanje uitkry, dan drink ons by die swembad 'n glasie op julle geluk? Erna kan sommer vir ons 'n ligte middagete bedien daar, of hoe?"

"Dit klink wonderlik, my liefling. Ja, ons moet hulle geluk en die nuwe projek wat in die volgende maande begin vier," reageer Rosie. *Laat ek maar die geluk van ander vier, want sal ek ooit in my lewe die voorreg hê om die ring van die man wat ek liefhet te kan dra? Het ek die reg om hom sy vryheid so te ontneem en hom aan my wat gestrem is te verbind?*

Zeus wat baie fyn ingestel is op haar emosies, sien weer daardie seer in haar oë en kan nie help om te wonder wat die oorsaak daarvan is nie. Hy staan op, loop na haar, en soen haar op haar voorkop.

"Ek gaan hoor gou hoe ver is Erna met ons kos."

Wat sal dit wees wat daardie seer in haar oë nou al twee keer vandat Brian-hulle hier aangekom het veroorsaak het? Sy probeer dit wegsteek, maar ek ken haar te goed. Sy mag nie nog onnodige seer beleef nie. Hoe gaan ek maak, om uit te vind? Sal sy my vertel?

Hulle geniet almal die heerlike hoenderslaai met vars brood wat Erna die oggend gebak het. Daarna gesels hulle nog 'n rukkie.

"Het julle twee al op 'n troudatum besluit?" vra Doringrosie.

"Ons het, ons beplan om in Desember te trou. Dit is die tyd wat die meeste mense verlof het en dit sal dit makliker maak vir almal om dit by te woon. Ons beplan om by *Out of Nature* te trou, dit is baie mooi daar, en die kapel wat oop is aan die eenkant, het 'n pragtige uitsig."

"Dit klink baie mooi ..." Zeus sien sy het nou gee idee waarvan Nadja praat nie.

"My liefste, ek dink ons kan sommer môre uitry *Out of Nature* toe, jy is nou al sterker en die weer is baie lekker. Jy sal mal wees oor die plek. Dit is so in die natuur en daar is 'n restaurant waar ons middagete kan nuttig. Wat dink jy?"

"Dit klink baie mooi, dit sal lekker wees."

Hy het opgetel dat ek nie weet watter plek Nadja na verwys nie. Hy is so bedagsaam.

"Jammer, Rosie, dit was onbedagsaam van my om net aan te neem dat jy sal weet van Out of Nature. Jy sal dit baie geniet daar, dit is 'n briljante idee," probeer Nadja haar fout regstel. Sy het geensins bedoel om haar dierbare vriendin te ontstel nie, net vir 'n oomblik vergeet dat sy nie sal weet waarvan sy praat nie.

"Rosie, nou dat jy ons drome vlerke gegee het, raak ek haastig. Wanneer kan ek die planne dan by jou kom haal om in te gee vir goedkeuring by die Munisipaliteit?"

"Brian, ek verstaan dit. Ek sal dit klaarmaak en dan elektronies deurstuur na een van die firmas wat planne druk. Sodra hulle my laat weet dit is klaar sal ek jou kontak. Jy kan dit dan by hulle gaan optel. Is dit in orde so? Dit behoort so twee weke te neem."

"Dit is en wat van jou kostes? Stuur asseblief vir my 'n rekening dat ek dit kan betaal. Jy is briljant. Hier is my kaartjie, die e-pos is daarop. My lief, ons sal moet aanstaltes maak, ons het vanaand nog 'n braai by my ouers."

"Dit is reg, ek het nou so lekker gekuier en is baie opgewonde oor die huisplanne. Baie, baie dankie Rosie. Ek dink jy moet nou gaan rus, jy lyk vir my moeg. Het jou sekerlik oorwerk om ons konsep uitleg klaar te maak. Zeus, kyk dat sy gaan rus."

"Moet jou nie bekommer nie, ek sal dit doen. Haar welstand is die heel belangrikste ding in my lewe. Geniet julle namiddag."

"Dankie vir die heerlike gesels, ek is baie bly dat julle van my idees hou. Geniet die res van julle naweek," groet Rosie.

Sodra hulle vertrek het, neem Zeus haar na haar kamer.

"My liefste, jy moet nou rus. Ek dink hierdie kuier sessie was 'n bietjie te veel vir jou. Ek wil net weer sê, jy het briljante werk gedoen met hulle konsep planne. Jy het 'n ongelooflike talent. Moet ek by jou lê of sal jy gemakliker wees op jou bed?"

"As jy niks ander het wat jy wil doen nie, my liefste, sal ek verkies as jy by my lê. Jy het ook rus nodig." *Laat ek elke greintjie samesyn indrink, want ek sal een of ander tyd hom sy vryheid moet gee. Ek het hom net te lief om hom nie geluk en 'n normale lewe saam met iemand te gun nie. Kinders van sy eie, 'n vrou wat saam met hom kan dinge doen. Nie een wat nie eers weet of sy intiem met hom sal kan verkeer en hom nie sal kan kinders gee nie.*

Hy besluit om nie nou met haar te praat oor dit wat hy gesien het nie, maar haar kans te gee om eers te rus. Hy gaan by haar lê en hou haar styf vas. Voor sy aan die slaap raak fluister hy:

"My liefste, liefste prinses, ek het jou so ontsettend lief, moet dit nooit vergeet nie."

"En ek vir jou," fluister sy terug met 'n hart wat ontsteld is.

Hoofstuk 19

Doringrosie finaliseer die huisplanne en stuur dit om gedruk te word. Brian is hoog in sy skik as sy hom laat weet hy kan dit gaan optel. Skielik het sy niks om haar hande besig te hou en haar aandag af te trek nie.

Erna dring steeds aan daarop dat sy elke oggend haar tee in die tuin gaan drink. Vir die volgende maand doen sy dit ook. Erna bespeur egter dat daar iets is wat haar juffrou baie ongelukkig maak, maar sy praat nie. Wat sal sy sê en is dit ooit haar plek?

Zeus is besig, maar saans probeer hy so veel moontlik tyd met haar spandeer. Hy wil met haar praat oor hulle toekom saam, maar is bevrees dat dit nog nie die regte tyd is nie. Hy kom agter dat sy nie haarself is nie, en weet nie hoe om dit te benader nie. Hy wil haar nie ontstel nie, daarom probeer hy haar net meer op die hande dra en nog meer liefde gee wanneer hulle saam is. Sy begin egter stadig meer en meer in haar dop kruip. Twee maande later kom roep Erna haar om haar tee te gaan drink.

"Ek wil nie uitgaan in die tuin nie..."

"Reg, juffrou Rosie, ek bring dit dan hierheen." Erna vind dit snaaks, maar gaan haal die tee en bring dit vir haar.

"Voel juffrou olik? Moet ek vir Dokter laat weet?"

"Nee, ek is okei. Moet hom nie pla nie, hy werk reeds so hard."

Erna stap peinsend weg. *Hier is iets nie reg nie. Ek ken mos nou al die kind. Daardie groen oë van haar is so troebel soos rivierwater as dit afkom in vloed. Sy wil nie eers in die tuin in gaan nie en dit is haar gunstelingplek.*

Wanneer Zeus later huis toe kom vir middagete vind hy haar in haar kamer in haar rolstoel waar sy by die venster uit tuur.

"My prinses, kom eet jy saam met my? Ek het jou vanoggend vreeslik gemis."

"Nee, ek is nie honger nie, gaan eet jy maar."

"Wat is fout, voel jy nie lekker nie, my liefste?" vra hy bekommerd.

"Ek is net nie honger nie." Geensins tevrede met haar antwoord nie, draai Zeus stil om en stap weg. *Wat kan dit wees? Bekommer sy haar weer oor haar geheue? Wat knaag so aan haar? Dit is nie vir my lekker om haar so te sien nie. Ek sal met haar moet praat, maar dit voel of sy my uitsluit. Sy het nog nooit dit gedoen nie.*

"Erna, skep asseblief op vir my, juffrou Rosie wil nie eet nie."

Sy skep sy bord kos in en sit dit voor hom neer.

"Sal Dokter asseblief as dokter klaar geëet het na die kombuis kom, daar is iets wat ek met u wil praat."

"Ek maak so Erna." Sy gedagtes draai om sy prinses se snaakse optrede van flus en Erna se versoek dat sy met hom wil praat. Hy het net 'n gevoel dat dit verwant is.

Hy neem sy bord kombuis toe en gaan staan teen die kas.

"Erna, wat pla jou?"

"Ons juffrou Rosie ... sy wou nie uitgaan na die tuin nie. Sy sit al heel oggend net daar op een plek en uitstaar voor haar. Ek glo nie eers sy sien enigiets raak nie. Nou wou sy nie eet nie. Daar is iewers fout Dokter. Dit is al 'n week of langer so, maar nou begin dit erg wys."

"Ek het dit ook agtergekom, Erna. Ek weet nie wat dit is en of dit net is omdat haar geheue so stadig terug kom nie. Dit maak my ongelukkig en ek is magteloos omdat sy nie wil praat nie. Ek sal vanaand weer met haar probeer praat. Ek is baie bekommerd oor haar."

"Reg so Dokter."

Haar wroeging raak al hoe groter. Sy het die seer in Zeus se oë gesien toe sy weier om saam met hom te gaan eet. *Vader, hoe gaan ek hierdie saak hanteer? Ek wil hom nie seer maak nie. U weet dat ek hom innig lief het. U weet dat my hart net aan hom behoort en my grootste wens is om hom gelukkig te maak. Maar ek kan nie, hoe kan ek? Ek 'n verlamde vrou, wat nie eers enigiets het om hom te bied nie. Ek weet steeds nie wie ek is en waar ek vandaan kom nie. Ek mag dit nie aan hom doen nie. Ek mag hom nie toelaat om homself aan my te verbind en vir die res van sy lewe hom aan bande te lê nie.*

Waarheen gaan ek as ek met hom gepraat het? Ek ken niemand nie, kan nie die mense onthou wat ek wel veronderstel is om te ken nie. Ek is niks en het niks. Die een man wat my gelukkig maak, en liefhet, mag ek nie die onreg aan doen nie. Daar is geen doel vir my om te leef nie. Ek sal nie sonder hom kan leef nie, ek wil nie sonder hom leef nie. 'n Oplossing is daar nie.

Die trane loop geluidloos oor haar wange en sy wens sy kan net sterf om die ontsettende pyn in haar hart te laat ophou. Dat sy nie vir Zeus hoef te sê sy kan nie dit aan hom doen om langer hier te bly en sy lewe so verwoes nie. Bang dat Erna sal hoor dat sy huil, skakel sy die televisie aan.

Nou skeur die rou snikke deur haar bors, want sy laat nou net die seer gaan. Die volgende oomblik dring die omroeper se stem tot haar deur.

'Vandag op ons aktuele program gesels ons met ons paneel van dokters oor bystanddood met behulp van 'n dokter. Dit is 'n baie kontroversiële onderwerp en daar is verskeie menings daaroor. Kom ons hoor wat hulle as medici daarvan dink.'

Die man het dadelik al haar aandag. Sy vee haar trane af en luister na die uiteenlopende menings van die paneel. Die een helfte is van mening dat dit elke mens se reg is om wanneer hulle 'n ongeneeslike siekte het, of in 'n ongeluk was en hulself nie meer kan help nie die keuse te mag maak dat hulle hul lewens wil beëindig. Die ander helfte se mening is, dat dit nie in 'n mens se hande is om daardie besluit te maak nie.

Die saadjie is geplant en haar fokus verskuif van Zeus en haar seer na navorsing oor die onderwerp van bystanddood. Sy gaan na haar skootrekenaar en begin daaroor nalees. Hoe meer sy lees, hoe meer begin die gedagte pos neem dat dit haar uitweg is. Haar motivering aan haarself is dat sy nie haar verlede kan onthou nie, sy is verlam en niks werd vir die samelewing. Verder mag sy dit nie aan Zeus doen om hom aan haar te verbind nie. Hy is 'n gesonde man en sy gun hom geluk saam met 'n vrou wat hom alles kan gee wat hom gelukkig sal maak.

Zeus kom tuis en vind haar weer voor die venster. Sy hart kan dit nie hou nie.

"My liefste prinses, wat is fout? Hoekom sit en staar jy net voor jou uit? Is dit iets wat ek verkeerd gedoen het? Praat met my, asseblief?" Hy wil haar soen, maar sy telefoon lui.

"Dokter Von Heinitz, middag."

"Dokter, kan u dringend inkom, daar was 'n reuse ongeluk en die paramedikus het geskakel om te sê hy vermoed die man se nek is gebreek. Hy leef nog."

"Ek kom nou, Suster." Hy kyk na haar en voel weer daardie muur wat sy die laaste weke tussen hulle begin oprig het.

"My prinses, ek moet dringend hospitaal toe gaan. Ek sal seker 'n paar ure weg wees, daar was 'n ongeluk en hulle vermoed die man het sy nek gebreek, so ek sal moet opereer. Onthou dat ek vir jou lief is en jy altyd in my gedagtes en hart is al staan ek ook langs die operasietafel." Hy buk af en soen haar sag op haar lippe. Al reaksie wat sy het is 'n kopknik. *Ek moet dringend gaan, al wil ek haar nie nou los nie. Ek kan voel sy het seer. Tog het daardie man my nodig.*

Hy druk haar en verdwyn dan by die deur uit, om hom na die hospitaal te haas. Daardie aand kom hy eers tuis as sy al slaap. Hy gaan steeds na haar, al is hy so moeg dat hy nie op sy voete kan staan nie. In die dowe lig wat deur haar gordyne kom van die maan, sien hy die tekens van intense smart op haar slapende gesig. Hy soen haar saggies op haar voorkop en gaan dan slaap.

Voor hy egter heeltemal wegraak en slaap genadiglik sy sinne verdoof, sien hy weer haar hartseer gesig voor hom.

Die volgende oggend word hy baie vroeg weer uitgeroep, want die man se koors het die hoogte in geskiet. Wanneer Doringrosie wakker word vertel Erna aan haar dat Zeus baie laat huis toe gekom het en al weer baie vroeg uit geroep is.

"Dit is sy werk, en sy passie om mense heel te maak. Ek hoop die man sal okei wees," is al wat sy sê. In haar hart mis sy hom, mis sy dat hy haar nie gisteraand kon groet voor sy gaan slaap het en sy nie sy geliefde stem kon hoor net nadat sy wakker geword het nie.

Dit is die beste, ek moet begin afskeid neem. Ek moet besluit wanneer ek wil gaan en met hom praat. Dit sal beter vir ons albei wees as dit liewer vroeër as later gebeur. Hy sal my moet lughawe te neem, want die kliniek is in Switserland.

Die volgende week raak Zeus nie grond nie, die man se toestand is kritiek en hy is alle moontlike ure wat hy kan daar om te help. Sy hart huil omdat hy sy prinses so mis en so graag haar seer wil beter maak, maar nie eers kans kry om met haar ordentlik te gesels nie. Erna rapporteer elke dag dat sy al hoe stiller raak en net heel dag voor haar uitstaar.

Teen die Vrydagaand is Zeus dood op sy voete, maar besluit hy gaan nie slaap voor hy nie met sy Doringrosie gesels het nie. Hy vind haar reeds in die bed as hy by die huis kom.

"My liefste prinses, ek is so ontsettend jammer dat ek die laaste week nie tyd gekry het om met jou te gesels nie. Wil jy nie hier by my op die bed kom lê dat ons kan praat nie."

"Ek verstaan dit mos, dit is jou beroep. Jy kan my maar oortel, dit is okei," stem sy in wat sy weet sy kan nie langer uitstel nie. Sy moet vir Zeus inlig oor haar besluit, dit is sy reg om te weet. Sy het reeds die afspraak gemaak. Dit is vir oor twee maande.

Hy tel haar oor en soen haar voor hy haar neersit. Hy voel hoe haar lippe onder syne bewe en weet sy is baie ontsteld oor iets. Wanneer hy haar neersit, sien hy die trane wat oorloop uit die groen poele van haar oë.

"My liefste prinses, dit breek my hart om jou so te sien. Asseblief, asseblief ek smeek jou praat met my. Ek het die laaste weke gevoel hoe jy van my af wegtrek en 'n muur tussen ons bou. Ek het gesien hoe jy elke dag kwyn en net voor jou sit en uitstaar. Nie meer wil eet nie. Wat is dit wat jou so ontstel. As jy my vertel sal ek alles in my vermoë doen om dit vir jou reg te maak."

"Zeus, my liefling, ongelukkig is daar niks wat jy daaraan kan doen nie. Al het jy my hoe lief en ek vir jou, niks kan dit verander nie."

"Wat is dit?" smeek hy weer.

"Ek kan jou nie aan my verbind vir die res van jou lewe nie! Hoe kan ek dit doen? Jy 'n gesonde man, met behoeftes, wat verdien om te trou met 'n vrou wat jou kan kinders gee. 'n Vrou wat soos jy gesond is en saam met jou herinneringe kan bou. Nie 'n vrou wat 'n leë dop is nie. Een wat nie eers weet wie of van waar sy is nie en dan nog verlam is en jou nie eers ooit sal kan kinders gee nie. Nie een wat jou net gaan terughou en 'n las vir jou gaan wees nie. Nee ... omdat ek jou so lief het, moet ek jou laat gaan. Ek wil vir jou beter hê, ek kan jou nie so straf om jou toe te laat om met my opgeskeep te sit vir die res van jou lewe nie. Later die verwyt in jou oë te sien dalk omdat jy met tyd besef het dat jy die verkeerde ding gedoen het." Sy snik die hele tyd terwyl sy so vinnig as moontlik probeer om alles van haar hart af te kry. Om die woorde te uiter wat sal lei na haar eie doodsvonnis wat sy vir haarself opgelê het.

"Nee, nee, nee! Ek wil niks van hierdie goed hê nie ... Ek wil nie 'n ander vrou hê of enige kinders nie. Ek gee nie om of jy nooit my kan intiem bevredig nie. Ek het jou lief soos jy is. Jy is my lewe, my geluk, my asemhaling. Ek sal jou nie laat gaan nie, my liefste prinses. Nooit nie. Niks van wat jy oor jouself gesê het maak saak vir my nie. Ek het jou lief sonder jou verlede, sonder die gebruik van jou bene, net vir jou, my koper krullebol prinses. Al wat ek van jou wil hê is jou liefde," soebat hy.

"Dit is te laat..."

"Wat bedoel jy, dit is te laat?" vra terwyl die trane nou ook oor sy wange rol vir haar seer.

"Ek het besluit om te gaan vir bystanddood. Ek het reeds die afspraak gemaak. Dit is oor twee maande in Zurich," los sy die bom wat Zeus se hele wêreld uitmekaar skiet.

"Nee, my liefste prinses, nee! Jy kan dit nie doen nie. Jy mag dit nie doen nie, nie aan jouself nie en ook nie aan my nie. Beteken my liefde dan vir jou niks nie? Het jy my dan nie meer lief nie?"

"Zeus, my liefling ... dit is juis omdat ek jou so ontsettend lief het, dat ek hierdie besluit geneem het. Ek het nie die reg om jou te ontneem van volmaakte geluk vir die res van jou lewe nie."

"As jy lewe en my liefhet, sal jy my nie ontneem daarvan nie. As jy sterwe, sal ek saam met jou sterwe, want jy is my hartklop." Hy gryp haar in sy arms vas en saam ween hulle droewig.

"My liefste Doringrosie, moenie, moet asseblief dit nie doen nie. Nee, jy het nog soveel om voor te leef. Jy is so briljant. Wat maak dit saak wat in jou verlede gebeur het, waar jy vandaan kom? Wat saak maak is wat vir ons voorlê. Kanselleer die afspraak, ek smeek jou, kanselleer dit!" huil hy.

"Ek kan nie, ek mag nie so selfsugtig wees nie, ek sal jou lewe verwoes as ek bly lewe," reageer sy flou.

"Jy sal nie, hoe kan jy as ek jou so ontsettend lief het. Onthou jy nie dat ek jou gekies het lank voor jy my lief gehad het nie? Onthou jy nie dat ek die eerste een was wat geweet het dat jy aan geheueverlies ly en verlam is nie. Steeds het ek jou lief, en sal jou altyd liefhê. Ek kan jou nie verloor nie, my liefste!"

"Die keuse is nie in jou hande nie, my liefste Zeus. Dit is in myne en ek moet daardie besluit gemaak het vir ons albei se bes wil."

"Jy is tog 'n Christenvrou, jy glo en jy weet tog dat dit teen die Bybel en God se wil is," probeer hy sy laaste troefkaart speel.

"My liefling, ek kan net hoop dat Hy my sal vergewe omdat hy my hart ken. Verder, jy glo nie ... ek weet dit, maar het jou nooit daaroor geoordeel nie. Moet my dus nie oordeel vir my besluit nie."

Hulle raak albei stil, en Zeus weier om haar daardie nag te los, hy klou aan haar vas soos 'n drenkeling. Sy wêreld is geskud en hy het gee idee waar om te begin om dit reg te maak nie. Iewers deur die nag word hy wakker en verbeel hom hy hoor 'n stem met hom praat. Hy sit vir 'n rukkie stil en besluit om in haar sitkamer te gaan sit en homself net bymekaar te kry.

Ek raak nou mal, ek hoor iemand met my praat, maar hier is niemand nie.

Zeus jy raak nie mal nie, dit is net omdat jy nie glo nie dat jy nie weet wie met jou praat nie. Net soos sy vroeër gesê het. Jy het nog altyd wanneer sy oor My praat, net geswyg, want jy glo nie in My nie. Jy glo net jy kan alles op jou eie regmaak. Toe werk dit ook nie om My te probeer gebruik om haar te laat skuldig voel nie.

Here is dit U wat met my praat? Hoekom sal U met my wil praat?

Ek wil nog altyd met jou praat, jy wou net nooit na my luister nie. Ek ken jou, ek het jou lank voor jou geboorte by jou naam geroep. Ek weet van jou goeie hart, maar dit is niks werd as jy My nie daarin toelaat nie. Nie wil erken dat alles wat jy is en het jy uit my hand ontvang het nie. Ek ken ook hierdie kosbare jongvrou wat jy liefhet en ek het haar net so lief.

Hoekom is sy dan verlam en ly steeds aan geheueverlies wat die rede vir hierdie vreslike besluit van haar is, as U haar so lief het?

Hoe ander sou jy haar ontmoet het? Hoe anders sou jy die geleentheid gehad het om jou hart onherroeplik op haar te verloor en haar so stukkend soos sy is steeds lief te hê?

Nou vat U haar van my af weg op so 'n wrede manier, wat is die doel dan van dit alles? Daar is niks wat ek daaraan kan doen nie. Ek is so magteloos.

Daar is baie wat jy daaraan kan doen, my seun.

Wat! Wat kan ek daaraan doen? U het tog gehoor wat sy besluit het.

Heel eerste moet jy jou lewe aan My oorgee. Erken dat jy nie enigiets in jou eie krag kan vermag nie, maar alleen deur My genade en liefde.

Wat dan? Hoe gaan dit my help om haar te keer?

Dit sal Ek aan jou bekend maak, maar eers wanneer jy My onvoorwaardelik vertrou.

Here ek is magteloos, ek is stukkend, U weet ek kan nie sonder haar lewe nie. U weet hoe lief ek haar het.

Ek verstaan jou seer, Ek moes my geliefde Seun aarde toe stuur om te sterf aan 'n kruis omdat ek elke mensekind so liefhet. Omdat ek nie een aan die vyand wil afstaan nie. Hy was gehoorsaam al moes Hy deur hel gaan om lewe vir almal wat in My glo te bewerk. Steeds was Hy gehoorsaam en het die dood oorwin. Vandag nog tree Hy in as Middelaar vir almal van My kinders by my. Nou is dit jou beurt om iemand wat jy liefhet te red van haar besluit wat sy uit liefde en desperaatheid gemaak het.

Hoe Here hoe kan ek haar red. Sy het selfs teen U wil in hierdie besluit gemaak.

Gee oor, gee jou lewe oor aan My en ek sal jou lei en wys en rig. Vertrou my onvoorwaardelik. Ek is nie 'n mens dat ek kan jok nie. Verder het ek julle albei innig lief.

Die trane stoom oor sy wange en hy verstaan nie hoe hy God se stem so duidelik kan hoor nie. Hy is daar waar hy weet hy het niks en kan niks doen om sy geliefde prinses se besluit te verander nie. Hy het 'n bomenslike wonderwerk nodig, hy gaan alles verloor.

Vader, ek gee oor! Ek gee my lewe oor, ek gee alles oor. Dit wat ek die kosbaarste geag het, gaan ek verloor. Help my! Help my net, asseblief. Ek aanvaar U Seun se offer vir my lewe. Ek erken dat ek sonder U niks is nie. Ek kan nie die pad vorentoe sien nie, net U kan. Help my! Vat my hand, wys my, lei my. Ek kan haar nie verloor nie.

Welkom in My arms, my seun. Gaan rus nou. Bly van nou af naby my, praat met my en ek sal jou bekend maak wat my wil vir jou lewe is. Ek sal jou wys wat jy moet doen. Vertrou my net.

Ek sal U vertrou. Ek sal naby U bly. Ek sal met U praat. Ek glo dat U my liefhet en vir my prinses net soveel. Ek is reg om gehoorsaam te wees.

Daar kom meteens 'n rustigheid oor Zeus, hy staan op en gaan lê weer saggies by sy prinses. Plaas sy arm om haar en bid terwyl hy haar styf vashou. *Dankie Vader dat ek haar in U hand kan gee. Dat U haar liefhet, nog meer as ek. Dat U my vrede gegee het en ek U vertrou om elke tree van hierdie pad met ons te wees.*

Binne minute is hy vas aan die slaap en skrik eers weer die volgende oggend wakker, nog so met sy arm om Doringrosie. Hy kyk vir lank na haar pragtige gesig en voel hoe sy liefde vir haar in sy binneste brand. Na 'n rukkie raak sy wakker en kyk in sy blou oë wanneer sy op kyk.

"Môre my liefling, het jy die hele nag hier by my geslaap?" vra sy.

"Ja, ek het, ek kon jou nie los nie."

"Ek is jammer dat ek jou hart gebreek het, maar ek hoop tog dat jy sal verstaan hoekom ek hierdie besluit moet maak."

"Ek wil nie daaroor praat nie. Ek het net een versoek, kan ons mekaar net voluit liefhê vir die tyd voor jy moet gaan. Ek wil jou nie hartseer sien nie, ek wil jou gelukkig sien. Elke druppel van ons liefde indrink, my liefste prinses."

"Dit is heeltemal reg met my, maar ek wil nie hê jy moet hoop dat dit my sal laat verander van besluit nie."

"Al wat ek wil hoor is dat jy my liefhet, ek wil niks verder hoor oor jou besluit nie. Kan ons so ooreenstem?"

"Ons kan ... ek het jou lief. Jy is die wonderlikste man wat ons Vader geskape het."

Die res van die naweek neem hy haar uit Heja Lodge toe, en bly so na as moontlik aan haar. Hy hou haar vas, soen haar en dra haar op die hande. Nie een van hulle verwys weer na die gesprek van Vrydagaand nie.

Erna sien dat daar 'n drastiese verander plaasgevind het, maar het geen idee wat aangaan nie. Sy is net te dankbaar dat haar Dokter en haar Juffrou weer gelukkig lyk.

Intussen bid Zeus aanhoudend in sy hart dat Vader God hom sal wys wat hy moet doen.

'n Week gaan verby en Zeus hoor niks van God af nie, tog bly hy vashou aan die belofte wat die Vader hom gemaak het toe hy uitgeroep het en oorgegee het aan God.

Vader, dra my deur U Gees, om te bly vashou totdat U met my praat.

Hy gaan deur sy besige dae en haas hom huis toe om tyd met sy geliefde prinses te spandeer. Doringrosie verstaan nie Zeus se kalmte nie, tog is sy dankbaar daarvoor. Dit lyk vir haar asof hy haar besluit aanvaar en respekteer. Sy is dankbaar en lewe vir elke oomblik saam met hom, omdat sy weet die uurglas loop uit.

Die Saterdagaand terwyl Erna besig is om haar juffrou Rosie se hare droog te blaas, besluit Zeus om bietjie op die internet te gaan oplees oor die nuutste vordering in sy veld. Hy het dit altyd gedoen voor hy vir Doringrosie ontmoet het.

Nou terwyl hy wag wil hy bietjie gaan kyk en ook of daar dalk enige aanlyn seminare is oor die nuwe uitvindsels.

Hy lees oor verskillende nuwe tipe prosteses wat gebruik word vir skouers, enkels en die maklike manier waarop knieskywe nou aan gewerk kan word deur net twee klein gaatjies te maak. Dan vang sy oog 'n artikel oor 'n deurbraak wat gemaak is in Amerika waar pasiënt met rugbeserings wat hul verlam gelaat het gehelp kan word en weer kan loop. Sy volle aandag is skielik daar en sy hart klop opgewonde.

Vader is dit U, is dit U boodskap aan my?

Hy lees verder: Navorsers aan die Noordwes-Universiteit het 'n nuwe inspuitbare terapie ontwikkel wat rugmurg-beserings met behulp van 'dansende molekules' herstel. ' Die molekules vorm nanovesels wat rondbeweeg, wat dit meer waarskynlik maak dat hulle met selle sal kommunikeer om die herstel van die beseerde rugmurg te begin. Die inspuitings word onder narkose toegedien en die werking daarvan kan so vinnig as 'n week na die inspuiting begin.

Daar bars 'n opgewondenheid in hom los en hy weet dadelik dit is die pad wat God wil hê hy moet loop. Sy prinses sal weer kan loop as gevolg van hierdie nuwe uitvindsel.

Ek gaan oor die naweek uitvind by watter kliniek sy 'n afspraak het en met die dokter kontak maak. Dan gaan ek met die kliniek kontak maak wat reeds sukses behaal het met hierdie inspuitings. Hulle sal my die dokter se naam kan gee. Ek sal uitvind hoe ons dit kan bewerk dat sy nie weet nie. Vader, help my dat alles in plek sal val, dan weet ek dit is van U.

Saterdag wanneer hulle, heel ontspanne by die swembad kuier terwyl Zeus vir hulle braai, gaan sit hy by haar en neem haar hande.

"My liefste prinses, ek het gesê ons moet nie oor jou besluit weer praat nie. Tog voel ek dat ek moet weet presies wanneer en waar dit gaan gebeur. Ek wil saam met jou gaan. Ek wil daar wees vir jou. Verstaan jy dit?"

Sy kyk lank en indringend na hom en besef net weer watter besonderse mens hierdie man voor haar is. Selfs al breek haar besluit sy hart, sien hy nog kans om tot die einde saam met haar te wees.

"My liefste Zeus, dit was nog altyd my hart se wens dat jy saam met my sal wees tot die einde. Ek het net nie gedink dat dit regverdig van my sal wees om jou te vra nie. Sal jy werklik saam met my gaan?"

"Ek sal. Hoe kan ek jou toelaat om alleen deur die grootste emosionele uitdaging in jou lewe te gaan. Dit mag dalk jou besluit wees, maar maklik sal dit nie wees nie."

"Die afspraak is vir die 10 November by die Dignita Kliniek in Zurich, Switserland. Die dokter waarmee ek die afspraak het, is Dokter Trautmann. Ons het afgespreek dat ek die vorige dag al sal ingaan. Daarom sal ek my vlug bespreek het vir om en by die 8ste November."

"Los dit dan alles vir my, ek sal sorg dat ons vlugte bespreek word. Moet nooit een oomblik twyfel aan my liefde en hoe hierdie besluit my hart breek nie ... al rede vir my rustigheid is, dat ek die pad met ons Vader begin stap het."

"Het jy werklik my liefste?"

"Ja, daardie nag wat jy my vertel het van jou besluit. Daardie nag het ek my lewe vir God gegee. Hy alleen is ons krag en sterkte. Ek het 'n keuse gehad, of ek baklei vir die twee maande met jou en mors kosbare tyd waarin ek jou kan wys hoe lief ek jou het, of ek gee dit oor aan ons Vader."

"Dan is my besluit tog die moeite werd, want ek kan in vrede gaan omdat ek weet God sal jou dra en vertroos."

"Dit sal Hy doen... Sy wil sal geskied, en dit is die beste vir ons om net in gehoorsaamheid te stap met Hom. Dit weet ek nou." Hy soen haar en staan dan op om na die vleis te gaan kyk. Vir hom is die gesprek nou finaal afgehandel en sal hy alles reël soos die Vader hom lei.

Maandagoggend gaan hy vroeg in spreekkamer toe. Die eerste ding wat hy doen is om die Dignita Kliniek se nommer en e-pos op te soek. Hy stuur onmiddellik 'n e-pos vir die aandag van Dokter Trautmann en vra hom om hom te kontak of te laat weet wanneer geskik sal wees vir Zeus om hom te kontak.

Vader, dit is alles in U hande. Gee my asseblief guns. Laat hierdie man sal verstaan en sal instem om my te help. Ek weet reeds dit is nie U wil dat sy moet sterf nie.

Hoofstuk 20

Die uurglas het byna leeg geloop vir Doringrosie. Dit is kort voor hulle moet vertrek Zurich toe. Zeus se hart is vol dankbaarheid dat sy Vader 'n perfekte plan voorsien het en alles gereël is. Hy doen sy laaste hospitaal rondte voor hulle die volgende dag vroeg moet vertrek.

Wanneer hy die hospitaal verlaat loop hy hom vas in een van sy studente vriende. Patrick is ook 'n dokter, maar 'n Algemene Praktisyn. Hy het sy spreekkamers aan die ander kant van die stad by die MediCity hospitaal en daarom sien hulle mekaar byna nooit.

"Patrick, wat 'n verrassing om in jou vas te loop. Sjoe, ons het mekaar sowaar jare laas gesien, al bly ons in dieselfde stad."

"Zeus, net so aangenaam om jou te sien."

"Wat bring jou hier, het jy pasiënte wat jy besoek?"

"Nee, my vrou word vandag geopereer. Ek is hier om haar by te staan."

"Jou vrou? Ek het nie eers geweet jy is getroud nie."

"Ja, ons is al byna 'n jaar getroud. Sy is ook 'n dokter en die wonderlikste mens. Wat van jou, is daar al 'n vrou in jou lewe?"

"Daar is ... ons is nog nie verloof of getroud nie, maar dit kom nog. Ek wag vir ons Vader om my die regte tyd te wys. Ons is anders as ander paartjies."

"Wat bedoel jy daarmee?"

"Het jy 'n oomblik of is jy haastig?"

"Ek het tyd, ek wou maar net lank voor die tyd kom omdat ek nie wil hê Lida moet alleen wees nie."

"Goed, kom ek vertel jou my en my prinses se storie, hoe ons ontmoet het." Hy vertel aan Patrick daar in die hospitaal parkeerarea die hele verhaal vandat hy sy Doringrosie ontmoet het en hoe. Die luister na hoe hulle besonderse verhaal ontvou.

"Dus is sy verlam en ly steeds aan geheueverlies?"

"Ja, steeds is sy die wonderlikste mens. Ek sal haar in my hele lewe nie verruil vir enige ander vrou nie. Ons is juis môre op pad Zurich toe, hulle het 'n nuwe uitvinding gemaak om pasiënte waarvan die rugmurg beskadig is te help om weer te kan loop. Sy weet nie dit is waarheen ons op pad is nie. Hierdie doen ek vir haar, en is dankbaar dat ons Vader hierdie nuwe uitvindsel mee gebring het.

" Hoe lyk sy... ?"

"Sy is petit en met die weligste bos lang koperrooi krulle. Dit is waar my naam vir haar dan ook sy oorsprong het, ek noem haar Doringrosie. As sy daardie hare vleg, lê haar twee vlegsels soos Doringrosie s'n oor haar skouers."

"Jy het my nou vrek nuuskierig. Wanneer julle terug is en sy herstel het van die operasie, wat ons hoop haar weer die gebruik van haar bene sal terug gee, moet ons saam kuier."

"Ek dink jy is reg. Daar is geen twyfel in my hart dat sy na hierdie operasie weer sal kan loop nie. Kom ons ruil nommers uit, dan sal ek jou skakel sodra ons gereed is. Die laaste maande was baie rof op haar, hierna sal sy weer kan begin lewe. Haar geheue neem stadig, maar dit sal sy ook weer herwin. Ek het jou nou lank genoeg opgehou, gaan ondersteun jou vrou my vriend. 'n Goeie vrou is soos die Woord ons leer kosbaarder as korale."

"Ek wag vir jou oproep. Alles sal goed afloop want jou geloof is in die Almagtige en vir Hom is niks onmoontlik nie."

Dit was nou lekker om vir Patrick raak te loop. Ons moet werklik by mekaar kom as my prinses en ek terug is. Sy sal dan meer selfvertroue hê omdat sy sal kan loop. Die geheue sal ook terugkom. Ek is opgewonde oor hierdie reis, steeds moet ek my opgewondenheid goed wegsteek. Sy sal mos nie verstaan as ek opgewonde is nie, want volgens haar is ons nog op pad om haar besluit van bystanddood te gaan uitvoer. Ek sien al vir die laaste week dat sy baie daarmee stoei. Vader, help haar. U weet hoe om haar rustig te maak.

Wanneer Patrick by Lida kom, is sy maar angstig. Dit is ook normaal as mens narkose moet kry om angstig te wees.

"My liefste, kom ons bid, dit sal jou kalm maak," stel hy voor en neem haar hande.

"Vader, maak vir Lida rustig. U weet dat dit net menslik is om angstig te wees voor 'n operasie. Laat ons op U alleen vertrou, en wil U ons hierna seën met 'n baba. Wil u gee dat die dokter alles sal verwyder van haar eierstokke wat tot nou verhoed het dat sy swanger kon raak. Ons gee dit oor in U hand."

"Dankie, my liefling. Ek weet so goed dat ons Vader met my is, tog steeds probeer die vyand my vrede steel. Dankie dat jy hier by my is."

"Daar is geen ander plek waar ek wil wees nie. Hierdie my vrou, is die plek waar ons Vader die deur gaan oopmaak vir ons babas wat nog gaan kom. Ek glo dit vas."

"Ek dank ons Vader vir jou, waar ek moeg en mismoedig raak, bemoedig en versterk ons Vader my deur jou."

Patrick se ontmoeting met Zeus is nou eers heel vergete, want sy geliefde Lida het hom nou nodig. Die afgelope maande was pure hel vir hulle as familie en daarby moes sy nog die emosionele las dra dat sy nie swanger raak nie.

'n Baba sal nie net die vervolmaking van hulle liefde wees nie, maar ook vir die hele Schmidt familie 'n troos en nuwe hoop. Vandat hulle hul Elyna so onverklaarbaar verloor het, is hulle almal se geloof getoets. Berusting het hulle nog nie gevind nie, maar daar is ook geen leidrade om te volg nie.

Elyna se huis verhuur hulle dat dit nie moet verval nie. Sou sy deur een of ander wonderwerk weer eendag herenig word met hulle, kan sy teruggaan na haar huis. Die moontlikheid is steeds baie groter dat sy oorlede is. 'n Moontlikheid waaroor hulle nie een praat nie.

In Zeus se huis het die laaste aand van Doringrosie se verblyf volgens haar hier aangebreek. Sy probeer haar vrees en seer wegsteek van Zeus. Hy ken haar egter te goed en kry haar uit sy hart jammer. Dit laat hom skuldig voel dat hy haar nie kan inlaat op sy planne nie. Tog weet hy die is die beste so. Daarom los hy haar nie alleen nie en het al 'n tyd gelede besluit om die nag haar in sy arms vas te hou.

"My liefste, wat het jy vir Erna gesê gaan ons in Switserland doen?" vra Doringrosie. Sy stoei nou al lank hiermee. Die vrou het soos 'n moeder vir haar geword.

"Moet jou nie bekommer daaroor nie, sy dink ons gaan net bietjie vakansie hou."

"Ek is baie jammer dat ek haar moet mislei en nie die waarheid kan vertel nie. Ek bid net dat sy my sal vergewe as sy die waarheid uitvind wanneer jy alleen terugkom, my liefling. Net so bid ek dat jy my sal vergewe en ons wonderlike tydjie saam sal onthou, eerder as die seer."

"Moenie nou daaroor praat nie. Ek wil net hier by jou wees, en jou in my arm aan die slaap sien raak. Môre sal ons Vader nuwe genade en krag gee."

Hulle vlug Zurich toe vertrek in die voormiddag en dit is 'n bedekte seën, want nou kan Zeus sien dat sy erg angstig word. Hy is bang dat Erna dit sal agterkom. Haar juffrou Rosie is baie emosioneel wanneer hulle groet en sy kan dit nie verstaan nie.

"Erna, ek gaan jou mis. Kyk mooi na jouself. Baie dankie dat jy so mooi na ons albei omsien." Die trane loop as sy die ouer vrou groet.

"Ai my juffrou Rosie, ons sien mekaar mos oor 'n paar dae. Geniet net die vakansie. Ek is baie lief vir jou."

Zeus het met die lugredery gereël dat sy nie in haar rolstoel gaan sit tydens die vlug nie, maar langs hom in die vliegtuig. Dit gaan baie gemakliker vir haar wees en dan kan sy beter slaap ook. Hulle word dus heel eerste na die vliegtuig geneem. Sy word in haar rolstoel opgehys en waarna Zeus haar optel en na haar sitplek dra.

"Is jy gemaklik, my liefste prinses?"

"Ek is, baie dankie. Jy het soveel moeite gedoen. Steeds is ek dankbaar want so sal ek baie nader aan jou wees."

"Dit is presies my motivering en beslis geen moeite nie. Jy was nog nooit vir my moeite nie, my prinses."

Zeus het gesorg dat hy 'n paar slaappille in sy sak het. Hy wil die vlug vir haar so gemaklik moontlik maak en ook help dat sy nie sal wroeg oor wat sy glo voorlê oor drie dae nie. Die vlug is byna dertien ure lank, en dit is baie lank vir haar om te sit. Daarmee kan hy haar help deur haar op sy skoot te laat lê, maar aan haar gedagtes en emosies wat met haar besluit gepaard moet gaan, kan hy niks doen nie.

Wanneer hulle in die lug is, praat sy eerste:

"Zeus, my liefste, baie dankie dat jy so dapper is om saam met my te kom. Hoe baie ek dit waardeer sal jy nooit besef nie."

266

"Moenie my bedank nie, ek doen dit omdat ek jou liefhet. Ek sal aan jou sy wees tot die einde van ons dae."

Vir haar is sy woorde 'n troos, maar sy besef nie die volle strekking van sy woorde nie. Hy het nog vandat hy van hierdie nuwe uitvinding in die mediese gehoor het, nooit sy Vader ophou dank daarvoor nie. Dit het so betyds gekom. Nog nooit voorheen het hy eers daaraan gedink om daar oor navorsing te doen nie. Op die regte tyd het God hom daardie artikel laat lees.

U tyd is altyd perfek Vader. My dankbaarheid sal ek nooit genoeg aan U kan oordra nie. Dankie vir al die struikelblokke wat U uit die weg geruim het om hierdie moontlik te maak. Dat dokter Trautmann verstaan en bereid was om te help. Dat U Professor Loutit se skedule oopgemaak het presies vir daardie tyd. Vir al die bystand wat dokter Trautmann gaan verleen om my prinses aan die slaap te maak dat ons haar na die Schulthess Kliniek kan neem vir die operasie. U het werklik ons pad voor ons uit gelyk gemaak soos u die see vir die Israeliete oopgemaak het om deur te trek.

"Waaraan dink jy as jy so stil is my liefste," vra Doringrosie.

"Ek dink hoe ons Vader my geseën het deur jou in my lewe in te bring."

"Glo jy dit steeds na alles?"

"Ek glo dit steeds. Daar is iets wat ek wil hê jy moet lees. Dit is die woorde van 'n lied deur Charlie Pride geskryf en gesing." Hy soek die foto wat hy van die woorde geneem het en gee sy foon aan haar.

Sy begin lees en hoe verder sy lees hoe meer vloei die trane.

'If tonight should be our last night together
I'm not sorry that we fell in love at all
If tomorrow sun should find me hurtin' for you I know

267

That the price for loving you would still be small
For I'd never know the thrill of your sweet lips
And the chills I get just knowing that you're mine
Cause I've spent my life not knowing what real love is
oh no
Though I'd be hurtin' I'm still certain
That I'd rather love and lose you than never know your
love
at all ...'

Hy trek haar teen hom aan en troos haar.

"Dit my liefste prinses, is my hart. Jy is my volmaakte ander helfte al dink jy nie so nie."

Middagete word bedien en Zeus gee aan haar 'n slaappil om te drink.

"Hierdie sal die vlug meer draaglik maak, my prinses. Dit is al wat ek kan doen om jou te help. Jy kan lekker op my skoot slaap en jou nie verder bekommer oor môre nie."

Terug in Windhoek is Patrick by Lida vir besoektyd en nou dat sy wakker is en baie beter voel onthou hy vir die eerste maal weer sy ontmoeting met Zeus 'n dag gelede.

"My liefste, ek loop toe mos gister 'n vriend van my hier voor die deur raak. Hy is 'n chirurg en het sy spreekkamers hier in die hospitaal. Was dit nou lekker om hom te sien. Verder was hy verbaas om te hoor ek is getroud. Ons het mekaar belowe om sodra hulle terug is van Switserland en sy meisie herstel het van die operasie, saam te kuier."

"So hy is nie getroud nie? Ken jy sy meisie en watter tipe operasie gaan sy kry dat hulle daarvoor Switserland toe moet gaan."

Patrick vertel aan haar Zeus en sy Doringrosie se verhaal.

"Dit is wonderlik hoe ons Vader mense bymekaar bring my vrou."

"So sy is verlam en lei aan geheueverlies? Dit is voorwaar 'n merkwaardige verhaal van liefde. Hoekom noem hy haar Doringrosie?"

"Hy sê sy het die pragtigste bos koperkrulle wat byna tot in haar middel hang. Dit was in twee vlegsels toe sy ingekom het daardie dag en het oor haar skouers gelê. Sy het hom aan Doringrosie laat dink, want sy is petit en pragtig daarby."

"Patrick! Wanneer het hy haar ontmoet?"

"Sowat 'n paar maande gelede? Hoekom vra jy, my vrou?"

"Sien jy dit nie? Sy het koperrooi krullerige hare wat byna in haar middel raak, sy is petit, sy is 'n argitek – die enigste ding wat sy nou weet, sy het die Visrivier geloop om haar ouers se gedenkplaat te gaan besoek…"

"Elyna, dit moet net Elyna wees! My vrou jy is briljant. Hulle is nou al op pad Zurich toe. Ons sal uitvind as hulle terug is."

"Nee, dit is te lank. Ek sal mal word oor die twyfel. Stuur vir hom 'n foto van Elyna en vra hom of dit sy meisie is."

"Natuurlik … hoe dom is ek nie. Ek stuur dadelik 'n foto. Hy sal dit dan kry sodra hulle land."

Lida is nou so opgewonde dat sy uit haar vel kan spring en nie eers meer die effense pyn en ongerief in haar lae buik area voel nie. Patrick stuur die foto wat hy van die twee niggies geneem het net voor Elyna verdwyn het.

"My liefste, miskien moet ons wag en hoor, voor ons te opgewonde raak."

"Ek weet dit moet net sy wees … dit is presies dieselfde scenario soos jy aan ons vertel het. Dit is ons Vader se werk, want niks is toevallig nie."

Die ure trek nou vir Patrick en Lida … daar is niks anders waarop hulle kan konsentreer behalwe die gedagte dat hulle dalk vir Elyna uiteindelik gevind het nie. Hulle albei besef hulle kan dit nie met die familie deel alvorens hulle nie bevestiging gekry het dat dit wel sy is nie.

In Switserland het die Boeing 747 pas geland. Doringrosie het die grootste gedeelte van die vlug geslaap en Zeus het gelees. Niemand sal ooit vermoed het op watter missie hierdie jongvrou glo sy is nie.

"Ons kan rustig wag, want ons sal laaste afklim. Hoe voel jy my liefste prinses?"

"Ek voel seer en verlore. Steeds is dit my eie besluit en nou is daar nie meer omdraai nie. Ek glo steeds dat dit die beste vir ons albei is. Die wete dat jy geluk sal vind en 'n vol lewe sal kan lei is my dryfveer."

"Dit sal nooit te laat wees nie, steeds bly dit jou besluit."

'n Ruk later tel hy haar terug in haar rolstoel en hulle gaan die lughawe gebou binne om deur doeane te gaan. Zeus voel sodra hulle in die gebou is sy selfoon in sy sak vibreer. Terwyl hulle staan en wag, haal hy dit uit en sien dit is 'n WhatsApp van Patrick. Hy maak dit oop en daar op die skerm is 'n foto van sy pragtige prinses saam met 'n ander blondekop jongvrou. Hy lees die boodskap.

"Is hierdie jou Doringrosie, Zeus? Die blonde vrou, is my vrou, Lida."

Meteens besef hy wat dit beteken en byt op sy tande om nie te gil van pure opgewondenheid en verbasing nie. Sy vingers gly oor die sleutels.

"Dit is beslis my Doringrosie! Is jou vrou haar suster?"

"Nee, haar niggie, maar hulle het soos susters grootgeword. Ek moet nou gaan, want nou gaan die Schmidt familie fees vier. Na maande van soek en huil en opgee, het ons ons Elyna gevind. Haar naam is Elyna Boudin. Haar vader was 'n Fransman. Sy het saam met

270

Lida en by haar grootouers op die plaas Duwiseb groot geword na haar ouers se afsterwe. Ons praat later."

"Al wat ek kan sê is dat God goed is en sy tydsberekening perfek. Ons praat later, dankie vir die foto."

"Net gou, by watter kliniek word sy opereer en wanneer?"

"By die Schulthess Kliniek, môre."

"Hou my asseblief op hoogte van haar vordering. Jy weet nie watter groot geskenk hierdie vir ons is nie. Daardie meisiekind is kosbaar vir ons."

"Ek doen dit, beslis."

Doringrosie wonder met wie is Zeus op sy foon besig.

"Soek hulle jou al reeds weer, my liefling?"

"Geen krisis nie, my prinses. Dit is net my sekretaresse wat wil weet wat die vroegste is wat sy 'n knievervanging vir een van ons pasiënte kan skeduleer." *Vader vergewe my dat ek moet jok, maar hierdie wonderlike verrassing sal my eerste woorde aan haar wees sodra sy wakker word na die operasie.*

Sodra hulle deur doeane is, kry hulle 'n taxi na Dignita, want sy moet gaan inboek. Daar behandel almal hulle soos koninklikes. Dokter Trautmann kom ontmoet hulle en maak seker dat alles vlot verloop.

"Dokter ek het 'n guns om te vra."

"Vra gerus."

"Sal ek vannag by haar kan bly ... u sal sekerlik verstaan."

"Ja, ek sal dit so reël. Juffrou Muir as daar enigiets is, moenie skroom om te vra nie." Wanneer hy die kamer verlaat, knip hy oog vir Zeus.

In Windhoek is dit nou chaos wat binnekort na Duwiseb toe gaan oorwaai.

"My liefste, Zeus het bevestig dat dit beslis sy Doringrosie is wat langs jou op die foto staan."

"Wat! Dit is ons Elyna, sy lewe…" trane van dankbaarheid rol oor haar wange. Patrick hou haar vas en saam huil hulle omdat hul Vader so goed vir hulle is.

"Nou maak alles sin, net soos jy gesê het. Hierdie vriend van jou moet 'n besonderse man wees en baie lief vir ons Elyna. Hy het haar sommer net so ingeneem. Kan sy nog niks onthou nie?"

"Nie veel nie, en net soos met ons het hulle ondersoek en soeke na antwoorde oor haar verlede nie veel opgelewer nie. Ons het haar gekry, prys ons Vader. Wil jy jou grootouers laat weet?"

"Nog beter, ek gaan my ouers vra om na hulle te gaan en dan te bel. Ek wil vir hulle saam vertel. Dit, liewe Vader, is die heuglikste dag in ons familie, ons het ons Elyna gevind. Sy sal weer onthou…" Sy tik 'n SMS aan haar vader en vra hom om haar moeder saam te neem en na oupa en ouma te gaan.

"Groot nuus om te deel, bel as Pappa-hulle almal saam is."

Gunther junior wat besig was by die stalle, sien die SMS en frons. Hy weet Lida was in vir 'n klein operasie, maar wat sal die nuus wees. Gedryf deur sy nuuskierigheid, stryk hy dadelik aan huis toe.

"My vrou, kom, Lida het gevra ons moet na pa-hulle gaan en dan bel. Sy het groot nuus om met ons almal te deel."

"Groot nuus? Sy kan tog nie swanger wees nie, sy het dan gister daardie prosedure gehad juis om te kan swanger word. Wat sal dit wees. Laat ons gaan my man."

Gunther senior wat op die stoep sit en oor die vlaktes tuur, juis met hul geliefde Elyna in sy gedagtes, sien die kinders so vinnig aankom.

"Imke, wat sal die kinders dan nou so haastig hierheen op pad wees?" roep hy na Imke. Sy verskyn in die deur en sien waarna hy verwys.

"Ek weet nie my man, ek bid net dat dit nie nog slegte nuus is nie."

"Kom ons wag voor ons die bobbejaan agter die bult gaan haal."

"Dit lyk nie vir my asof hulle bedroef is nie," merk Imke as hulle nader kom.

"Middag Vader en Moeder," groet hulle.

"Middag, wat is julle so haastig op pad hierheen? Wat is fout?"

"Ek glo nie daar is fout nie, Lida het gevra ons moet hierheen kom en dan saam vir haar bel. Die boodskap lui dat sy groot nuus het om te deel."

"Bel haar dan dat ons kan hoor. My ou hart kan nie meer slegte nuus hanteer nie," laat Gunther senior hoor.

Beate bly ook staan, terwyl Gunther skakel.

"Pappa, is julle almal daar?" hoor hulle Lida se stem.

"Middag, my kind, ons is almal hier." Hulle groet haar dat sy kan hoor.

"Wonderlik, ek sal aanbeveel dat julle almal moet sit, want die nuus wat ek julle nou gaan gee, gaan julle laat omval."

"Praat nou, kinta, jou oupa se hart kan dit nie hou nie," berispe Gunther haar.

"Ons het Elyna gevind!"

"Wat? Waar? Is sy okei?" reën die vrae.

Patrick neem oor en vertel hoe dit gebeur het en dat hulle nou in Switserland is vir 'n operasie aan haar rug wat haar weer sal laat loop.

"Vader in die hemele, U is goed vir ons!" reageer Gunther senior. Hulle is almal op hulle voete en druk mekaar vas terwyl hulle huil van blydskap oor die nuus.

"Ongelukkig sal ons moet wag totdat sy en Zeus terug is. Dan is daar nog die uitdaging dat sy ons nie kan onthou nie," gaan Lida verder.

"Ek gaan beslis nie wag nie. Jou ouma en ek gaan so gou moontlik daardie vliegmasjien klim en Switserland toe. As sy haar oë oop maak na daardie operasie, wil ek daar wees. Ek kan dit nie glo nie, na soveel maande. Patrick, toe was jy al die tyd reg."

"Ja, Oupa, dit is mos hoe die Gees werk met ons. Ek sal vir julle Zeus se nommer stuur. Kan ek help om die eerste vlug vir julle te boek?"

"Dit sal wonderlik wees, ou seun. Ek het nie woorde om my blydskap aan jou te verduidelik nie."

Wanneer Lida aflui, kyk die viertal op die stoep na mekaar in verstomming en vreugde.

"Al die tyd is sy reg onder Lida en Patrick se neuse. Kyk net hoe wonderlik werk ons Vader. Dat juis 'n dokter op haar verlief moes raak en so goed vir haar is in hierdie tyd wat sy niemand kan onthou nie en nog verlam ook is," reageer Beate.

"Dit is net so, ons Vader se werke is wonderlik," beaam Gunther junior.

"My vrou, pak! Ons gaan ons kind ondersteun en daardie wonderlike jongman ontmoet wat haar versorg het en 'n veilige hawe vir haar was in haar nood."

Nie een van die ander sal hom eers probeer anders oortuig nie, want hulle weet vir Gunther Schmidt senior sal geen kettings kan bind om na sy kind toe te gaan na soveel maande van hartseer en gemis nie.

Hoofstuk 21

Patrick kry vir hulle 'n vlug nog daardie aand, en laat dadelik weet. Gunther junior en Beate bring hulle Windhoek toe. Dit gee hulle ook die geleentheid om vir Lida en Patrick te sien.

"Oupa en Ouma stuur asseblief al ons liefde aan Elyna en vertel vir haar dat ons nie kan wag om haar te sien nie. Ons sal haar help om weer alles te onthou. Daardie dokter kan maar weet dat ons sy drumpel gaan deurtrap."

"Ons maak so my kindjie."

Nadat Gunther en Beate hulle by die lughawe afgesien het, stuur Gunther senior aan Zeus 'n boodskap.

"Dokter Von Heinitz, ek is Elyna, dit is nou jou Doringrosie, se oupa. Ons is op pad Switserland toe. Ons kan net nie langer wag om haar te sien nie. Die laaste maande was vir ons hel. Ek hoop jy verstaan. Sal jy asseblief so gaaf wees om vir ons die adres van die kliniek te stuur waar sy haar rugoperasie gaan ondergaan. Ons behoort daar aan te kom op die dag van haar operasie en sal dadelik na die hospitaal kom. Ons dank ons Vader dat hy jou oor haar pad gestuur het en sien uit daarna om so 'n besonderse jongman soos jy te ontmoet. Gunther Schmidt senior."

In Switserland wil Zeus uit sy vel spring as hy die boodskap kry, en maak verskoning aan Doringrosie dat hy gou badkamer toe moet gaan. Hy gebruik egter nie die badkamer wat aan haar kamer grens nie, maar stap by die deur uit. Sy voete kry vlerke as hy homself na buite haas om Gunther te gaan antwoord.

"Oom Gunther, voorwaar is God goed. Dit sal 'n eer wees om julle te ontmoet. Julle het 'n besonderse jongvrou groot gemaak. Dit sal wonderlik wees as julle hier kan wees wanneer sy wakker word. Ek stuur die adres en ook 'n foto van my dat julle my maklik sal vind. Ek sal die heel tyd by die hospitaal wees waar sy opereer word. Mag ons Vader julle beskerm dat julle veilig sal reis." Hy heg die elektroniese lokasie van die kliniek aan.

"My vrou, nou moet ons net in Switserland kom. Zeus wag vir ons."

Zeus is so opgewonde soos 'n kind. Vader, miskien is dit net wat my liefste Elyna nodig het om haar weer te laat onthou. Elyna, Elyna, wat 'n pragtige naam vir 'n pragtige mens. Hoe wonderlik is U werke nie? Sy kom om 'n einde aan haar lewe te maak, maar in die proses vind haar familie haar en ek kan deel wees van hulle vreugde. Dan is sy Elyna Boudin. Wat maak dit saak, vir my sal sy my Doringrosie, my prinses bly.

Vir die res van die dag probeer hy haar aandag aftrek van die gebeure wat sy glo môre gaan plaasvind. Hy soen haar en vertel haar van sy kinderdae ook op 'n plaas, maar net in die Noorde van Namibië. Dat sy ouers jare gelede Duitsland toe emigreer het en drie jaar gelede kort na mekaar oorlede is aan Covid.

"Wou jy nooit self gaan boer nie, nie eers deeltyds nie?"

"Nee, so lief as wat ek vir daardie plaas was, wou ek vandat ek kon onthou 'n dokter word."

"Hou jy van perdry, my liefling?"

"Ja, as jong seun het ek in die veld geboer op my perd se rug. Hoekom vra jy so, my prinses?"

"Ek dink ek onthou iets ... dit is 'n prentjie van myself waar ek seker ook op 'n plaas oor die vlaktes galop op 'n perd."

"Dit is wonderlik, dan het jy beslis 'n liefde vir perdry en perde." Hy hou hulle geselskap weg van wat sy dink gaan gebeur. Omdat sy nie mag agterkom wat werklik gaan gebeur nie, gee hulle vir haar 'n inspuiting om haar te laat slaap. Zeus is dankbaar, want sy opgewondenheid ken geen perke nie.

Vader, sy het dood gekies as gevolg van haar omstandig-hede en omdat sy so 'n onselfsugtige mense is, maar U gee vir haar lewe. Lewe in oorvloed, want haar familie het haar gevind, na môre sal sy weer kan loop en ek sal daar wees om haar te kan liefhê vir so lank as wat U ons spaar. Hoe sal ek U ooit kan genoeg loof en prys vir hierdie wonderwerk wat u vir ons gedoen het?

Die nag slaap Zeus net met kort tydjies, maar hy gee nie om nie. Hy weet as die nuwe môre aanbreek begin 'n nuwe hoofstuk spesiaal deur God vir Elyna en hom geskryf.

Elyna word wakker en kyk in haar geliefde Zeus se oë.

"My liefling, het jy ooit geslaap?"

"Ja, ek het. Maar dit is baie lekkerder om na jou te kyk as om te slaap. Hoe voel jy, my liefste prinses?"

"Bang, ek voel bang. Tog weet ek dat ek nie selfsugtig mag wees nie. My dood sal vir jou lewe gee, my liefling. Aanvaar dit as my grootste geskenk aan jou." Trane rol stil oor haar wange. Zeus se hart breek vir haar. Hy wens so hy kon haar die waarheid vertel. Gelukkig nie meer lank nie, voor die dag se einde sal sy die waarheid weet. Dankie Vader, dankie!

Hy hou haar vas en bemoedig haar en probeer sy bes om dit so maklik as moontlik vir haar te maak. In sy hart is hy dankbaar as dokter Trautmann inkom om haar te verdoof, vir wat sy glo die finale groet is.

"Juffrou is u gereed?"

"So gereed as wat ek kan wees, as jy iemand moet agterlaat wat jy so ontsettend lief het." Zeus druk haar hand, buk af en soen haar. Haar hande gaan om sy nek, en sy hou aan hom vas.

"My liefste prinses, ek sal jou vir ewig liefhê." Die trane wat oor sy wange rol is trane van dankbaarheid dat hy vir die res van sy lewe saam met haar sal kan wees. Dit weet sy egter nie en fluister terug:

"Tot die dood ons skei het ek jou lief..."

Dokter Trautmann knik sy kop vir Zeus en die weet dit is die teken dat hy haar nou gaan verdoof dat hulle haar na die ander kliniek kan neem.

Hy druk haar nog eenmaal teen sy hart vas. Dokter Trautmann spuit die ligte narkose direk in haar aar en soos die vloeistof in haar are inloop, is sy omtrent dadelik aan die slaap.

Die verpleegpersoneel is by om haar na die ambulans te neem wat haar na Schulthess Kliniek sal neem, waar Professor Loutit reeds vir haar in die teater wag, gereed om haar die gebruik van haar bene terug te gee.

Zeus is die hele tyd by haar, totdat sy in die teater in verdwyn. Sy hart loop oor van dankbaarheid. *Vader, wil U self vandag die beskadigde deel van haar rugmurg herstel. Wil U gee dat wanneer sy wakker word sy al tekens sal kan voel dat sy weer binnekort sal kan loop. Gee haar guns en oorvloed van U seën.*

Terwyl hy bid, is sy hand gevou om die swart fluweel dosie in sy binne sak. Die eerste sleutel na die weg op hul nuwe toekoms.

Twee ure in die operasie in, hoor hy sy naam word oor die interkom sisteem geroep. Hy skrik hom eers boeglam, maar besef dat dit kan net een ding beteken, sy prinses se grootouers het aangekom. Hy haas hom na die ontvangs.

"Zeus, dit moet net jy wees," groet 'n lang, bejaarde man as hy nog aankom.

"Oom Gunther, tannie Imke, ja dit is ek, Zeus von Heinitz. Baie aangenaam om julle te ontmoet."

"Ou seun, jy het gee idee hoe aangenaam dit vir ons is om jou te ontmoet nie. Jy is die een wat ons Elyna na ons terug gebring het. Is sy nog in die teater?" reageer Imke.

"Tannie, ja, sy sal nog 'n paar ure daar wees. Dit is 'n baie delikate operasie. Kom, julle is sekerlik doodmoeg en honger, kom ons gaan eet iets hier by die kafeteria."

"Ja, natuurlik sal jy van die goed weet, jy is mos self 'n chirurg. So het Patrick gepraat. Ek moet erken, ek sal nou kan doen met iets om te eet en 'n ordentlike koppie koffie. Die vliegmasjien se koffie smaak na niks," antwoord Gunther.

"Dit is waar oom, daardie plastiekgoed wat hulle koffie noem, is darem maar nie die ware Jakop nie." Hulle vind 'n tafel en word dadelik bedien. Gunther en Imke het duisende vrae oor die laaste maande in hulle Elyna se lewe. Zeus antwoord dit geduldig. Daarna is die sy beurt om hulle uit te vra na haar grootword jare, watter tipe sport sy gedoen het, by watter firma sy gewerk het toe sy die ongeluk gehad het. Gretig vertel hulle.

"So my prinses, is 'n Ruitersport ster. Daar is iets wat ek met oom en tannie moet deel. Ek wil nie hê julle moet ontsteld wees daaroor nie, dit is agter ons. Die enigste rede hoekom ek julle dit vertel is omdat sy dalk mag snaaks optree as sy wakker word."

"Wat is dit ou seun?" vra Gunther ernstig.

"Ons het volgens my Doringrosie nie Switserland toe gekom vir 'n rugoperasie nie, maar vir haar bystanddood."

"Nee, hoe kon sy dit wou doen?" vra Imke geskok.

"Tannie, sy het 'n baie moeilike paar maande agter haar rug. Sy het in 'n diep depressie verval, ongeag hoe hard ek probeer het om haar positief te hou en van my liefde vir haar te vir seker. Soos tyd aangegaan het en onthou haar bly ontwyk het, het sy besluit om vir bystanddood te kom. Ek was eers nie bewus daarvan nie, want sy het net begin onttrek. Een aand het ek haar gesmeek om my te vertel wat haar so ongelukkig maak, omdat ek enigiets sal doen om haar gelukkig te sien. Daardie aand het sy my vertel, dit was net 'n skrale twee maande gelede. Daardie nag het ek uit moedeloos en magteloosheid my hart vir Vader God gegee. Ek het besef dat ek hierdie besluit nie sal kan verander as Hy my nie genadig is nie. Sy het gevoel dat sy dit nie aan my kan doen om my te bind aan haar wat verlam is nie. Hoe meer ek haar vir seker het dat ek haar liefhet net soos sy is, hoe meer vasberade was sy. God het my in die volgende week op die nuwe mediese uitvindsel laat kom wat haar weer sal kan laat loop. Van toe af het ek beplan om dit te laat werk. Ons het gister by die ander kliniek ingeboek, vanoggend het die dokter daar haar 'n ligte narkose gegee en sy is hierheen gebring waar die Professor reeds gewag het om haar te opereer. As sy dus wakker word, gaan sy verward wees, want in haar brein moet sy dood wees."

"Zeus, dit is 'n wonderwerk! God het vir haar, haar lewe teruggegee deur jou wat haar so liefhet."

"Ja, oom Gunther, ons Vader se weë is wonderlik. Ons sal nou- nou teruggaan wagkamer toe. Ek wil net eers gou nog een belangrike ding afhandel."

"Wat is dit?" vra Imke.

"Sal oom en tannie toestemming gee dat ek met my liefling-prinses kan trou asseblief?"

"Ons het jou skaars ontmoet, maar dit is die maklikste wat ek al ingestem het oor iets wat ons Elyna aan betref.

Ja, dit dra ons seën weg. Wat jy reeds vir haar gedoen het, doen geen man in 'n leeftyd vir sy vrou nie."

"Baie dankie, sodra sy heeltemal wakker is, gaan ek haar vra. Tyd is kosbaar en ek wil vir altyd haar by my hê."

Drie baie gelukkige mense gaan verder voor die teater in die wagkamer wag. Sowat twee ure later kom Prof Loutit uiteindelik uit die teater.

"Dokter Von Heinitz, alles het baie suksesvol afgeloop. My voorspelling is dat sy binne die volgende twee maande weer normaal sal kan loop. Die selle sal vinnig werk en wanneer sy heeltemal wakker is behoort sy al haar tone te kan beweeg."

"Professor, dit is die beste nuus wat ek in my hele lewe nog ontvang het. Kan ek u voorstel, hierdie is haar grootouers, Gunther en Imke Schmidt."

"Aangenaam om u te ontmoet, meneer en mevrou Schmidt. So daar wag nou vir haar meer as een verrassing, sy is nie net lewendig nie, maar sal een van die dae kan loop en haar familie het haar gevind. Ek dink daardie geheue gaan nou baie vinniger bykom."

"Ek dink ook so Prof, baie dankie vir u hulp om dit alles moontlik te maak."

"Dit is net 'n plesier om deel te wees van so 'n unieke verhaal van onvoorwaardelike liefde, dokter Von Heinitz."

"Uit al hierdie gebeure het daar 'n paar wonderwerke gekom. Eerstens dat Dignita bereid was om alles te kanselleer en te help om haar hier by die Schulthess kliniek te kry. Dan dat Prof Loutit bereid was om op haar te opereer net op die scans en inligting wat ek deurgestuur het en bo dit alles dat julle haar gevind het."

Hulle wag nog 'n uur voor Elyna by die teater uitgestoot word en hoor dadelik hoe sy met die verpleegster baklei.

"Waar is ek, ek moet nie hier wees nie. Hoe kom ek hier?" Zeus is dadelik by.

"My liefste prinses, kalmeer, ek is hier. Jy moet hier wees, voor jy verder baklei, probeer om jou tone te roer."

"Zeus, my liefling, ek moet dood wees ... wat soek ek hier. Jy weet mos baie goed ek kan nie my tone roer nie."

"Probeer net..." Hy hou die duvet dop en sien hoe haar tone beweeg. Gunther en Imke wag eers dat sy tot verhaal moet kom.

"Ek het dit geroer! Hoe is dit moontlik?"

"Dit is moontlik, hulle het jou vandag geopereer en herstelwerk aan jou rugmurg gedoen. Hulle het selle ingeplant wat dit heeltemal oor tyd sal herstel en binne die volgende maand, my liefste prinses Elyna, sal jy weer kan loop."

"Werklik, Zeus, werklik?"

"Ja, werklik, my liefste." Hy wag om haar reaksie te sien oor hy haar op haar naam genoem het.

"Wat het jy my so pas genoem?"

"Elyna, om presies te wees, Elyna Boudin. Ken jy haar?"

"Ek ken haar ... dit is ek!" Gunther en Imke het agter hulle aan beweeg en sodra die verpleegpersoneel haar in haar kamer besorg het en gekoppel het aan die monitor, wink Zeus hulle nader.

"My liefste Elyna, ek het nog mense wat jou wil groet. Hulle het lank na jou gesoek en gedink jy is dood."

"Wie? Wie het na my gesoek?"

Gunther en Imke kom die kamer binne, en trane stroom oor hulle wange.

"Oupa se roosknop, ons het na jou gesoek..." Hy en Imke omhels haar. Zeus wonder of sy onthou en bid dat sy hulle sal onthou. Wanneer hulle regop kom, sien hy die erkenning en vreugde in haar oë voor sy nog praat.

"Zeus my liefling, waar en hoe het jy hulle opgespoor?" vra sy oorstelp van vreugde.

"My liefste, eintlik het hulle jou deur Patrick gevind."

"Patrick ... hy is ook 'n dokter ... hy is iemand naby my se vriend," kom die onthou stadig terug.

"My poplap, Patrick is met Lida getroud intussen," help Imke haar reg.

"Lida! Ja, Lida was soos 'n ma vir my toe ek koshuis toe gegaan het en weer toe ek universiteit toe gegaan het. Lida, is my Lida getroud?"

"Ja, sy is," bevestig Gunther.

"My liefste, ek dink jy moet nou eers rus dat daardie narkose kan uitwerk. Ons sal net hier rond wees. Wanneer jy wakker word sal ons vir jou alles vertel," praat Zeus sag met haar.

"Ek is nie moeg of vaak nie, hoe kan ek wees?"

"Dit glo ek, want jy het so pas jou mense teruggevind, tog is dit noodsaaklik vir jou liggaam om te rus."

"Okei, ek sal rus, maar net as julle almal net hier in my kamer bly."

"Ons gaan nêrens nie, oupa se roosknop."

Later daardie aand word sy eers weer wakker. Net so voor sy wakker word, verbeel sy haar sy hoor bekende stemme, maar dink sy droom net. Dan fladder haar oë oop en sy kyk in Zeus se blou poele vas. Hy buk af en soen haar teer op haar lippe.

"My slapende skoonheid is wakker, oom en tannie."

"Dan het ek nie dit alles gedroom nie, julle is werklik almal hier."

"Ons is werklik almal hier," beaam Gunther, voor hy afbuk en haar ook teer op haar voorkop soen. Nie hy of Imke kan glo hulle kind lewe nie.

"Nou wil ek eers hoor hoe het ek hier beland?" vra sy nog verbaas dat alles werklik is.

"Dit is hierdie jongman van jou se werk ... laat hy jou vertel hoe hy gekonkel het." Zeus vertel aan haar hoe hy sy hart aan God gegee het en die hom die inligting oor die nuutste wonder kuur gegee het vir haar verlamming. Hoe hy met die dokter en Prof gereël het. Daarna van hom en Patrick se ontmoeting en hoe Lida dadelik besef het dit moet net hulle Elyna wees toe sy die beskrywing van die meisie hoor.

"Jy sien my liefste Elyna, jou plan was dood, maar God se plan was lewe. Tussen lewe en dood het jy, uit desperaatheid en omdat jy gedink het jy sal my 'n guns bewys, dood gekies, maar God het lewe gekies."

"Hoe dankbaar is ek nie dat Sy wil altyd die perfekte wil vir ons is nie. Dankie my liefling dat jy bly hoop en glo het in ons liefde."

"Wel nou dat jy wakker is, het ek ook 'n vraag," reageer Zeus.

"Vra maar, as ek die antwoord ken, sal ek jou antwoord."

"Elyna, my liefste Doringrosie, sal jy met my trou. Hoe lief ek jou het, glo ek besef jy vandag beslis."

"Skaakmat, my liefling ... omdat jy God aan jou kant het, het jy gewen en hoe dankbaar is ek daaroor. Ek het jou ook lief, so ontsettend lief. Ek sal graag met jou trou. My beker loop oor, ek het gekom om te sterf, God het my met sy oorvloed geseën. Ek was verlam, het nie geweet wie ek is nie en gee idee gehad wie my mense is nie. Nou het Hy my nie net lewe nie, maar ook vir jou en my familie gegee by 'n vooruitsig om binnekort weer te kan loop." Zeus haal die ring uit sy sak en steek dit aan haar vinger.

"Oupa en ouma, julle kan seker sien hoekom ek gedwing is om met hierdie man te trou – ek het my eie planne gemaak, God in die proses probeer voorskryf, maar Zeus von Heinitz het in sy uur van nood na God gedraai en God se planne is altyd perfek. Nooit in my lewe sal ek weer die gawe van lewe minag nie. Ek het jou innig lief, en ek kan nie wag om met jou te trou nie."

"Sodra jy na my toe kan loop, kan jy my voor die kansel ontmoet my liefste. Met ander woorde, hoe gouer jy loop, hoe vinniger trou ons."

"Nou is ek dankbaar vir daardie biokinetikus wat my spiere in oefening gehou het," antwoord sy met geluk en liefde wat uit haar pragtige groen oë straal.

"Hemelse Vader, dankie dat U ons lewe gegee het en lewe in oorvloed. Dankie vir hierdie vrou, dankie vir U guns wat op ons rus en dat ons as familie mekaar gevind het."

"Zeus von Heinitz, tussen lewe en dood, kies ek jou!"

Geagte Leser,

Ons hoop dat u ons boek geniet het en dit boeiend gevind het. U terugvoer is baie belangrik vir ons en vir toekomstige lesers.

Ons sal dit baie waardeer as u 'n paar oomblikke kan neem om 'n resensie op Amazon te skryf. U mening help ander om ingeligte besluite te neem en dit help ons om beter te verstaan wat ons lesers waardeer.

Baie dankie vir u ondersteuning!

Vriendelike groete,
Die Malherbe Span

www.ingramcontent.com/pod-product-compliance
Lightning Source LLC
Chambersburg PA
CBHW071850220626
47052CB00002B/53